हिन्द पॉकेट बुक्स

सुनीता जैन

की यादगारी कहानियां

सुनीता जैन हिन्दी और अंग्रेज़ी की आधुनिक कहानीकार और उपन्यासकार हैं। वे एक कवयित्री के रूप में भी प्रसिद्धि प्राप्त कर चुकी हैं। अम्बाला में जन्मी सुनीता जैन ने 'स्टेट यूनिवर्सिटी ऑफ़ न्यूयार्क' से अंग्रेज़ी साहित्य में एम. ए. किया था। इसके बाद उन्होंने 'यूनिवर्सिटी ऑफ़ नेब्रास्का' से पीएच. डी. की उपाधि प्राप्त की। शिक्षा और साहित्य का 'पद्मश्री' अलंकरण प्राप्त करने वाली सुनीता जैन, अंग्रेज़ी और हिन्दी में बेहतरीन कविताएँ लिखतीं हैं। उनके उपन्यास, लघुकथाएँ, रचनात्मक अनुवाद और आलोचनात्मक विश्लेषण पाठकों की भरपूर सराहना अर्जित कर चुके हैं। कई पुरस्कारों और फैलोशिप उनके खाते में दर्ज हैं।

सुनीता जैन

की यादगारी कहानियां

सुनीता जैन

हिन्द पॉकेट बुक्स
पेंगुइन रैंडम हाउस इम्प्रिंट

हिन्द पॉकेट बुक्स

यूएसए। कनाडा। यूके। आयरलैंड। ऑस्ट्रेलिया। सिंगापुर
न्यू ज़ीलैंड। भारत। दक्षिण अफ्रीका। चीन

हिन्द पॉकेट बुक्स, पेंगुइन रैंडम हाउस ग्रुप ऑफ़ कम्पनीज़ का हिस्सा है,
जिसका पता global.penguinrandomhouse.com पर मिलेगा

पेंगुइन रैंडम हाउस इंडिया प्रा. लि.,
चौथी मंजिल, कैपिटल टावर -1, एम जी रोड,
गुड़गांव 122 002, हरियाणा, भारत

पेंगुइन
रैंडम हाउस
इंडिया

प्रथम संस्करण हिन्द पॉकेट बुक्स द्वारा 2010 में प्रकाशित
यह हिन्दी संस्करण हिन्द पॉकेट बुक्स में पेंगुइन रैंडम हाउस द्वारा 2022 में प्रकाशित

10 9 8 7 6 5 4 3 2

इस पुस्तक में व्यक्त विचार लेखक के अपने हैं, जिनका यथासंभव तथ्यात्मक सत्यापन किया गया है, और इस संबंध में प्रकाशक एवं सहयोगी प्रकाशक किसी भी रूप में उत्तरदायी नहीं हैं।

ISBN 9789353492915

मुद्रकः रेप्रो इंडिया लिमिटेड

www.penguin.co.in

FSC www.fsc.org
MIX
Paper from responsible sources
FSC® C047271

This is a legitimate digitally printed version of the book and therefore might not have certain extra finishing on the cover.

अनुक्रम

जो अब बस याद भर :

डॉ. हेमचंद्र पंत

काफ़ी नहीं

हुआ वही जिसका डर था। हमारी फ्लाईट न्यूयार्क में ही फँस गई। दो घण्टे देर से चले हम। परसों भी ऐसा ही हुआ था, यह कल के अख़बारों में छपा था। एक भारतीय मूल के कलाकार, लम्बा, काला कुर्ते पहने थे, लम्बे बाल, काश्मीर में जन्म, हिन्दू होने के बाद भी कुछ संदिग्ध सा नाम! उन्होंने लाख समझाना चाहा मैं एक संतूरवादक हूँ, भारत का पद्मश्री हूँ, पर नहीं। उन्हें और उनके बेटे को तो रोक ही लिया गया और बाकी के यात्री भी लेट हुए। उनकी कनेक्टिंग फ्लाईट छूट गई।

गनीमत कि दो घण्टे देरी से हमारी यात्रा आरम्भ हुई पर अब फ्रेंकफर्ट से ठीक समय अगली फ्लाईट जा रही थी। तो भी मेरा सिर दुख रहा था। असहायता की पराकाष्ठा हो गई आजकल अन्तर्राष्ट्रीय यात्राओं में। जाने कौन आपको कब धर दबोचे, या किसी अन्य के कारण आप बीच राह में ही राख हो जाएँ। एक झुरझरी सी हुई। इस ख्याल को मन से दूर करने की कोशिश की मैंने।

अब पन्द्रह मिनट शेष थे। सभी यात्री बैठ चुके थे। मेरे पास 'आइल' सीट थी। बीच की एक खाली और खिड़की वाली सीट पर केरल का एक युवक। कुल मिलाकर सब ठीक ही था। बीच की सीट खाली होने से तनिक हाथ-पैर फैलाने की सुविधा होगी। अब तो किसी की यात्रा में कोई सीट खाली नहीं होती। सभी फ्लाईट ठसाठस भरी होती हैं। और यह केरल वाला तो वैसे भी नहीं बोलेगाः ये लोग अपनी ही दुनिया में जीते हैं तो यह आठ घण्टे थोड़े शान्ति से कटने की

सम्भावना थी।

मैंने जैसे ही यह सोचा, एक लम्बी तगड़ी महिला हमारी ही ओर झपटती सी नज़र आई। ओफ्फ! यह बीच की खाली सीट इसी की होगी। वह भागती आई थी और हाँफ रही थी। हाथ का सामान उसने किसी तरह ऊपरी, 'ओवरहेड' बनी जगह में ठूँसा और स्वयं हम दोनों के बीच 'एक्सक्यूज मी' कहती धँस गई।

हरा सलवार कमीज, काफ़ी सारा सोने का गहना, क्या पता नकली ही हो, होठों पर भदी सी लिपिस्टिक। मैंने दूसरी ओर को मुँह कर आँख बन्द कर लीं। वह समझ जाएगी कि मैं बात नहीं करना चाहती। सामान्यतः इतनी अभद्र मैं नहीं होती। पर आज, जैसे-तैसे दिल्ली पहुँच जाऊँ फिर शायद कई वर्ष विदेश यात्रा की न सोचूँ। कम से कम अमरीका की तो नहीं। वे दिन अब जा चुके जब आप योरूप या अमरीका बड़ी शान से लहराते जाते थे। मुस्करा-मुस्करा कर एयरपोर्ट पर सहयात्रियों से बातें करते थे, पते अदलते-बदलते थे। दोबारा मिलने के, पत्र लिखने के वायदे करते थे।

अब? अब कोई एक-दूसरे की ओर देखता तक नहीं। हर व्यक्ति संदेह के घेरे में, हर कोई संदेह भरा, अपना बैग सम्भालता, चुपचाप बैठा, आँख बचाए।

मुझे लगा कि महिला को सीट की पेटी बाँधने में कठिनाई हो रही है। किन्तु मैंने सहायता करने की चेष्टा नहीं की। शायद खिड़की वाले यात्री ने सहायता की हो। भोजन आने तक वह महिला भी आँख बन्द कर बैठी रही। मैं भी। क्योंकि वह भी मुझसे न बोली तो मैं अपने मन में तनिक ढीली हुई, उसके प्रति।

खाने के समय एयर होस्टेस पूछ रही थी 'वेजेटेरियन' लेंगे या 'चिकन' डिनर। महिला न समझ पा रही थी न अपनी बात ठीक से समझा। मैंने ही सहायता की कि वह क्या खाएंगी, क्या पीएंगी। मन

में सोचा कहाँ से उठकर आई है यह! न हिन्दी जानती है, न अंग्रेजी। ऐसे यात्रा कैसे विदेश में काम चलाते हैं?

उसने मुझे उसकी सहायता करने के लिए धन्यवाद किया 'थैंक यू'। खाना समाप्त हुआ तो नींद नहीं आ रही थी। फिल्म देखने में मेरी रुचि न थी। देखा वह भी जागी थी। कम से कम छ फुट दो ईंच कद, उसी अनुपात में बड़े-बड़े हाथ, नाखून रंगे हुए। बालों का जूड़ा, हाथ में चूड़ा। चालीस से तो कुछ ऊपर की ही लगती थी। मुझे कुछ हँसी भी आई, थोड़ी जिज्ञासा भी, लेखक होने के नाते। पर मैं बात शुरु करना न चाहती थी।

तभी उतरने के पहले भरे जाने वाले कार्ड आ गए-एक सफेद, एक हरा। वह थोड़ा घबराई। पंजाबी में बोली, "एदा कि कराँ?" इसका क्या करूँ? भरिए। मैंने कहाँ प्लीज आप मेरी मदद कर दो, मुझे नहीं आता भरना...वह पंजाबी में मुझे कह रही थी। मुझे दया भी आई गुस्सा भी। सच में, ऐसे यात्री कैसे विदेश में अपना काम चलाते हैं? मैं पंजाबी बोल नहीं सकती पर समझती खूब हूँ क्योंकि, मैं बचपन में कई वर्ष पंजाब में रही थी। मैंने उसका पासपोर्ट निकलवाया। उससे पूछ-पूछकर उसके कार्ड भर दिए-कुछ सूचनाएँ उसके पास कागज में लिखी हुईं थीं-इसी काम के लिए।

कार्ड भर कर जाने क्यों हम दोनों एक-दूसरे के निकट सी हो आईं। वैसे भी दिल्ली पहुँचने में अब दो-ढाई घण्टे ही बचे थे।

"जर्मनी क्या करने गईं थीं, या वहीं रहती हो?" मैंने पूछा।

"नहीं, मेरा घरवाला वहाँ है। पहली दफे गई थी। अभी शादी हुई है।" उसने भेद भरी मुस्कराहट बिखेरी।

"कितने दिन रहीं?"

"दो महीने। छोटा लड़का वहीं पिण्ड में है अमरसर के पास।

इसलिए ज्यादा नहीं ठहर सकी।"

"छोटा बेटा? अभी तो शादी हुई कह रही थी, तो क्या बड़ा बेटा भी है?"

"एक बड़ा है" उसने जैसे मेरे भीतर उठ रहे प्रश्न को सुन लिया। वह तो अपने पिता के साथ जर्मनी में ही रहता है। रेस्टोरेंट के काम में मदद करता है।"

"इतना बड़ा कैसे हो गया?"

"सोलह साल का है नरिन्दर। असल में हमारी शादी तो अट्ठारह साल पहले हुई थी, अभी तो दोबारा हुई है...।"

"तो क्या तलाक हो गया था?"

वह हँसी। बड़ी रहस्यमय और गहरी प्रसन्नता की हँसी।

"नहीं, नहीं। मेरा घरवाला बारह साल पहले जर्मनी चला गया काम के वास्ते। वहाँ के वीसा के लिए वो अपनी जर्मन मालकिन के साथ रहने लगा जिसका रेस्टोरेंट था। फिर उन दोनों ने शादी कर ली. .. नहीं डाईवोर्स नहीं लिया मुझसे। उस औरत को बताया थोड़े कि हमारी शादी हुई थी उसे तो यही बताया कि वह कुआँरा है।"

"और तुम्हें?"

"मुझे तो बता दिया कि शादी कर रहा है वीसा के लिए। कुछ साल घर नहीं आ सकता। जब पक्का वीसा वगैरह बन गया तब आता जाता रहता था हमारे पास... धीरे-धीरे नरिन्दर को भी ले गया-उसे उसी जर्मन औरत को गोद दिलवा दिया।"

"पर उसे तो यही मालूम था कि तुम्हारा पति कुआँरा है।"

"हाँ, मेरे घर वाले ने उसे बताया कि नरिन्दर उसकी बहन का

बेटा है। इस तरह उसे ले गए। वह वहीं पढ़ने लगा। तब तक मेरा छोटा लड़का पैदा हो गया महिन्दर। वो तो अभी दो साल का है...।" वह फिर आत्ममुग्ध सी हँस रही थी।

"लेकिन कागज? कागज कैसे बने? लड़के के माता-पिता का नाम, जन्म सब कैसे साबित किया जर्मनी ले जाने से पहले?" मैं सचमुच हैरान थी।

वह फिर हँसी। हँसते हुए वह बुरी भी न लग रही थी। जैसे कोई सम्पूर्ण समर्पित महिला हो-सन्तुष्ट भी। "वो तो जी सब हो जाता है। घरवालों ने मदद की, कागज बनवा दिए...दूसरों के नाम हमारा बेटा दिखाकर।"

"तो फिर तुम से दुबारा शादी कैसे की? क्यों की?"

उसने मेरी ओर ऐसे देखा मानो कह रही हो, 'तुम्हें इतनी सीधी सी बात समझ क्यों नहीं आती?' प्रत्यक्ष में बोली, "क्यों? की तो कोई बात नहीं न। उसने तो जर्मन औरत से शादी सिर्फ वीसा के लिए की थी। जब वीसा पक्का हो गया तो कुछ साल उसके साथ रहना जरुरी था, नहीं तो भेद खुल जाता, वह पुलिस में पकड़वा देती। दस साल बाद तलाक देने में कोई परेशानी खड़ी नहीं होती। पूछताछ नहीं होती। तो जब सब ठीक-ठाक सा लगा, उसने उस जर्मन औरत को सब बता दिया या खुद ही उसे पता लग गया कि वह शादीशुदा है और नरिन्दर उसी का बेटा है। औरत ने तलाक दे दिया। वो तो जी, वैसे भी काफ़ी बुढ़ी थी-उसके बच्चे तो होने नहीं थे-साथ रहकर क्या करती...।"

"और होटल?"

"वो तो पार्टनरशिप डलवा ली थी न मेरे घरवाले ने। आधा बिजनेस उसे मिल गया। डाईवोर्स देकर वो इण्डिया आया और मेरे से कोर्ट में शादी की, कागज बनवाए। अब वीसा भेजा तो मैं जर्मनी

गई।"

"और छोटा बेटा?"

"हमने उसका ज़िकरा नहीं किया कागजों में। धीरे-धीरे उसे भी अडॉप्ट कर लेंगे...।"

"तुम्हें बुरा नहीं लगा उसका दस साल किसी और के साथ रहना और तुम्हारे भी?"

"ओ जी, हमारे और बच्चों के लिए ही तो कर रहा था वह सब। बुरा तो लगता था कभी-कभी...। पर क्या करें। तरक्की वास्ते करना पड़ता है। सब करते हैं...अभी केनाड़ा से एक मियाँ-बीबी आए। हमारे गाँव के ही हैं। दोनों वहाँ से तलाक ले के आए। बड़े चिर से वो वहाँ रह रहे थे। वहीं के सिटीजन हो गए:तब तलाक लेकर आ गए। आकर जनानी ने अपने भाई से शादी रचाई कागजों पर, आदमी ने अपनी बहन से। बस कागजों पर, जी। और इस तरह दोनों अपने बहन-भाई को केनाड़ा निकाल कर ले गए। थोड़े दिन पीछे कागजों में तलाक ले लेंगे-चारों साथ ही रहते हैं। मियाँ-बीबी पहले की तरह ही मियाँ-बीबी हैं। उनके बहन-भाई नौकरी पे लग गए हैं। कमा खा रहे हैं। डाईवोर्स हो जाएगा तब वो भी वहीं के किसी लड़के-लड़की से ब्याह कर लेंगे. ..करना पड़ता है जी...सब करते हैं ...तरक्की वास्ते।"

मेरा जी कच्चा-कच्चा हो रहा था। सब करते हैं? अपने देश के कानून को धोखा! दूसरे देश के कानून को धोखा। एक भरोसा करने वाली औरत को धोखा! अपने बच्चों को अपने ही बच्चे न कह फर्जी माँ-बाप के बच्चे दिखलाना...क्यों करना पड़ता है? किस तरक्की खातिर अपनी ज़मीर, अपने खुदा, अपने समाज को धोखा...? इतना तो गरीब भी नहीं है मेरे देश का पंजाब! मैं भी तो वहीं पली थी कभी। मैंने देखे हैं लहलहाते गेहूँ के खेत, फलों के बागीचे, सब्जियों से पटी धरती। मैंने देखा है कुँओं में छरछराता पानी, धान की फसल और हर

घर की गोशाला से आता गाढ़ा ताजा दूध बाल्टी भर। देखी है सुबह को मक्खन पड़ी छाछ, और दोपहर को मकई की रोटी और हरा साग! क्या यह काफी नहीं? इज्ज़त से जीने को?

मुझे याद आया कुछ वर्ष पहले मिल्वाकी में भी एक व्यक्ति मिला था। पेट्रोल पम्म पे काम करता था। उसने भी ऐसी ही कुछ कहानी सुनाई थी। पहले काली अमरीकी औरत से शादी की फिर अपनी ब्याहता को गाँव जाकर ले आया।

याद आई एक प्रसिद्ध पंजाबी लेखिका की रिपोर्ट। वह भारतीय मूल के उन हजारों अवैध-अप्रवासी लड़कों से मिली जो पकड़े जाने पर जर्मनी की जेलों और पुराने किलों में बन्द हैं। न उनका कोई वकील न पैरवी। न माता पिता को उनके मरने-जीने की कोई सूचना। कैसे वे गिड़गिड़ा रहे थे अपने देश लौट आने को...कैसे चले गए थे विदेश बसने के लोभ में अपने पुश्तैनी खेत, खलिहान, मकान बेचकर, बूढ़े माँ-बाप को कर्जों में डुबाकर।

याद आई एक तुक,

बिना संतोष नहीं कोई राजे।
सुपन, मनोरथ बिरथे सब काजे।।

यह किसने कही थी, लिखी थी?

क्रेज़ी किया रे...

हर वर्ष ज्यों-ज्यों सर्दी की छुट्टियाँ निकट आती हैं, त्यों-त्यों घर में बहस गर्माने लगती है।

"दिल्ली चलोगे इस साल?" प्रश्न कभी मैं करती हूँ, कभी मेरे पति, कभी कोई और।

"दिल्ली! न बाबा न। पिछली दफे तो हेपाटाईटस बी लेकर आया था। तीन दिन अस्पताल रहना पड़ा...।" मयंक बोला।

"कहा नहीं था कि वहाँ सम्भल कर खाना पीना? हमारे साथ जाते तो ऐसा न होता।" मेरे पति बोले।

"पापा आप भी न बस! आपको तो अपना पंजाब याद है। वो जमाने और थे। आपकी जैसी इम्यूनिटी थोड़े है हमारे पास! बाहर का छोड़ो हम तो घर पर भी डर-डर के खाते रहे। लेकिन दाँत तो साफ करेंगे न सुबह, नहाएँगे भी? पता नहीं कब कमबख्त ये बैक्टीरिया घुस जाते हैं शरीर...में। न मुझे नहीं जाना।"

"तो कहाँ चलें?"

"कहीं भी।"

"कहीं भी? जब से सुनामी आई, छोटे टापुओं पर जाने का मन नहीं होता न ही समुद्री किनारों पर।"

"और भी तो देश हैं...।"

पति कुछ न बोले। सिर हिलाते रहे। पर मुझे पता था वे क्या सोच रहे थे? जब से 9 सितम्बर का हादसा हुआ वे बच्चों को कहीं भी भेजते हुए डरते हैं। सभी के तो अमरीकी पासपोर्ट हैं अब। कहीं भी कोई उग्रवादी दबोच ले...।"

"अमरीका में ही कहीं चलें?"

"कितनी बार तो जा लिए जहाँ-जहाँ जाना चाहते हैं...।" मैंने कहा, पर जो नहीं कहा वह यह कि दिल्ली जाकर अच्छा लगता है। अपने लोग, अपना खाना, अपना घर, अपनी आबोहवा...

"व्हट आबो हवा मम्मी?" नीतू सुनती तो तमकती। "पिछली दफे याद नहीं क्या हुआ था रेलवे स्टेशन पर? सारा सामान ले कर भाग गए। पुलिस ने अलग तंग किया...यह तो अच्छा है हमारे पासपोर्ट हमारी जेबों में थे। नहीं तो वहीं बैठे रहते हम दिल्ली में।"

"नहीं जाएँगे तो मेरी चूड़ियाँ कैसे आएँगी?" डिंकी बोलेगी।

"और नए-नए कपड़े? मैं तो अब इण्डियन डान्स ग्रुप में भी हूँ न-मुझे लहंगे चाहिए, घुँघरु और कॉस्ट्यूम, जूलरी (नकली जेवर) बड़े-बड़े।"

"तेरा पेट तो कभी नहीं भरेगा। जरा दराज़ खोल-खोल कर देख कैसे ऊपर तक ठुँसे पड़े हैं। छुट्टियों का मतलब शॉपिंग थोड़े होती है?"

"तो क्या होता है?" दोनों बहनों में देर तक घमासान-घमासान होता रहेगा तब।

"अच्छा चलो मुझे रसोई में काम है।" मैं सब को नाश्ते की मेज से भगाती।

दो दिन बाद फिर वही।

"छुट्टियों में कहाँ चलना है?"

"दिल्ली चलना है तो जल्दी बता देना," मेरे पति बोले। "आजकल टिकट बहुत महंगे हैं। दस हजार डॉलर तो वैसे ही लग जायेंगे। दिन पे दिन हवाई जहाजों को कम करते जा रहे हैं। एक ही फ्लाईट ठूँस-ठूँस कर भरते रहते हैं...।"

इससे पहले कि मयंक कुछ कहता, वे फिर बोले, "चलना है तो बताओ, पर मेरे सामने बुराईयाँ मत गिनने बैठ जाना। यहाँ नहीं होता क्या क्राईम...? दो बार तो मुझे पिस्तौल दिखा कर लूट लिया एटीएम के आगे। तुम्हारी माँ का पर्स छीन कर भाग गए दिन-दहाड़े। और रात को हारलम जैसी जगह निकल गए तो शायद हड्डी भी बाकी न बचे. ..अपना देश अपना होता है। छोड़े थोड़े देंगे...।"

बच्चे एक-एक कर खिसक गये। किसी का मोबाइल बज गया था, किसी का दोस्त बाहर हॉर्न बजा रहा था।

अब बचे मैं और यह। एक ही अवसाद में घिरे। कुछ-कुछ हताश। हम दोनों को अमरीकी हॉलीडे नहीं भाते। अगर किसी समुद्र किनारे जाओ तो लगभग नंगों की भीड़ में मैं अपना 6 गज का सलवार कमीज या साड़ी ही सम्भालती रहती हूँ। बहुत अटपटी लगती हूँ खुद को। पति हिसाब लगाते रहते हैं कि होटल की एक रात का इतना, खाने का इतना हम अन्य भारतीयों की तरह किसी अन्य भारतीय परिवार पर जाकर कभी नहीं लदंते। वैसे भी यहाँ रिश्तेदार तो कोई है नहीं। और ये इतने दोस्तनवाज़ भी नहीं।

धीरे-धीरे मुझे लगने लगा है कि केवल अपना देश ही नहीं छूटा, अब हमारा इतिहास भी हमसे छूट रहा है तेज़ी से। बच्चे जब छोटे थे, हम जब चाहे उठ कर चल देते थे दिल्ली, चण्डीगढ़, आगरा। अब सोचना पड़ता है। उनकी तो कोई यादें भारत से जुड़ी नहीं। वे खफा होते हैं छोटी-छोटी बातों से। नलों में गर्म पानी नहीं, गर्मियों में आँधी की बारीक धूल। सर्दियों में मार्बल के फर्शों से उठती शीत

लहर। बॉथरुम में जाते रोज़ सुबह झींकते हैं सारे। लेकिन हम अमरीका में कहीं जाएँ तो हमें कोई जानता नहीं। भारत जाते हैं तो बच्चों की किसी को जानने में रुचि नहीं। उनके दोस्त यहाँ हैं, उनकी सुविधाएँ यहाँ हैं, भविष्य भी तो...

तो भी! शायद तभी कहा करती थीं माँ कि एक बार समुद्र लाँघ जाओ तो दोनों किनारों से छूट जाते हो-समुद्र का शाप है। फिर भी हम न जाएँ दो एक वर्ष, तो अमरीका काटने को दौड़ता है। यहाँ की हर बात पर चिड़चिड़ाहट बढ़ जाती है मेरी और मेरे पति की। भारत से थक, टूट और बीमार होकर लौटते हैं तो अमरीका फिर अच्छा लगने लगता है-साफ हवा, सड़कों की खामोशी, हरे-भरे वृक्ष, फूलों की भरमार। बड़ी-बड़ी दुकानों पर 'सेल' का सरुर...बैंक बैलेंस की मद! सब अच्छा लगने लगता है एक बार फिर।

खैर इस बार कहाँ जाएँ? यह समस्या अप्रत्याशित रुप से निपटी। 'थैंक्स गिविंग' के पर्व पर बड़ा बेटा शानू घर आया तो साथ में मीशा भी थी। "वी आर एन्गेज्ड, मम्मी!" वह आते ही मुझे से लिपट गया। फिर मीशा गले लगी। घर भर में बधाई बजने लगी, 'ग्रेट', 'वन्डरफुल', 'वाओ' की आवाज़ें हर ओर। मीशा को हम सब भी बहुत प्यार करते रहे हैं।

शाम को खाने के बाद सब टीवी वाले कमरे में बैठे तो शानू मेरे से सट कर बैठा। ऐसे ही बैठता है, जब उसे कुछ चाहिए होता है। "हाँ" मैं बोली धीरे से, "कुछ कहना है क्या? पैसे चाहिएं?"

"नो मॉम! पर मीशा को छुट्टियों में भारत जाना है...सब चलें..।"

"भारत!"

"हाँ मम्मी!" मीशा बोली, "अगर आप सब जा रहे हैं तो मुझे भी ले चलिए, प्लीज़! पापा तो अब वहाँ जाते नहीं...।" कहकर मीशा

चुप हो गई। उसकी माँ की मृत्यु के बाद उसके पिता ने एक अमरीकी औरत से विवाह कर लिया। मीशा तब से अकेली पड़ गई। मीशा में अपनी माँ के दिये गहरे संस्कार हैं। वह बढ़िया गाती है, चित्रकारी करती है। बंग्ला बोलती है।

"पर तुम्हारी मम्मी-पापा के रिश्तेदार तो कलकता होंगे...।"

"कोई बात नहीं, मम्मी। मैं ले जाऊँगा इसे दो दिन को कलकता, सब से मिल लेगी। और चण्डीगढ़ में दादी जी से भी।"

"ठीक है।" मैंने कहा, "पन्द्रह को चलेंगे, अट्ठाइस को लौट आएँगे।" सब स्तब्ध से मुझे देखते रहे। मयंक उठ कर चला गया। डिंकी वहीं बैठ कर अपनी खरीददारी की फेहरिस्त बनाने लगी : माथे का टीका, बिन्दियाँ, हथफूल, बड़ा सा हार, तगड़ी...

दो दिन बाद मेरे पति, रजत पाँच टिकट ले आए। बोले "बड़ी मुश्किल से दोनों तरफ़ की आरक्षित टिकटें मिली हैं। तौबा ! लगता है सब भागे-भागे वहीं जा रहे हैं...।"

खैर, मेरे दो बच्चे तो नहीं जा रहे थे। मयंक का अपना दोस्तों के साथ कैम्पिंग का प्रोग्राम बन गया और नीतू ने कहा उसकी सहेली का विवाह तय हो गया है सो वह भी नहीं जायेगी। तो बचे मैं, रजत, डिंकी, शानू और मीशा।

क्योंकि हम पाँच थे, यात्रा हँसते-हँसते निपट गई। दिल्ली भी उतरे तो सीधे 'ग्रीन' चैनल से बाहर हो गए, दो मिन्ट में। बाहर आ मीशा हक्की-बक्की सी बोली, "मम्मी, बड़ा डर लग रहा था मुझे तो बाहर आते समय। कितनी बुरी-बुरी बातें लोग बताते हैं इस हवाई अड्डे के बारे में : यहाँ तो किसी ने कुछ पूछा ही नहीं।"

"तुझसे डर गये होंगे।" शानू न उसे छेड़ा। "सोचा होगा कोई

फिल्म अभिनेत्री है...।"

"देखा मम्मी, यह हरदम मेरी टाँग खींचता है, मारूँ क्या इसे?"

"नहीं मीशा। वह खुश हो रहा है कि किसी ने हमें तंग नहीं किया। पिछली दफे जब इसका दोस्त अकेला आया था अपने नए-नए गोद लिए बेटे को भारत से ले जाने, तो बहुत परेशान किया उसे एक महिला कस्टम इन्सपेक्टर ने...।'

शानू ने सारी कथा दोहराई कि बिमल त्रिवेदी जब पिछली बड़े दिन की छुट्टियों में आया तो अपनी माँ के लिए टिफनी कम्पनी से एक कट गिलास का फूलदान उपहार में लाया। टूटने के डर से डब्बा हाथ में लटकाये चला आ रहा था ग्रीन चैनल से। एक महिला इन्स्पेक्टर ने रोक लिया कि नहीं जा सकते। सामान चैक होगा।

बिमल हैरान। बोला मेरे पास तो कुछ भी नहीं। वह नहीं मानी। बिमल को ध्यान आया उसका व्यक्तिगत लेपटॉप भी है, जो हमेशा ऑफिस के काम से उसके साथ रहता है, कैमरा भी और घरवालों के लिए कुछ उपहार में कपड़े जिन पर से उसने कीमत की चिटें जल्दी में नहीं उतारी थी। गोद लिए बच्चे के ही कपड़ों पर चालीस-चालीस पचास-पचास डॉलर के दाम चिपके होंगे...इन्होंने रोका तो जान क्या-क्या गिनने बैठ जाएँ। बाहर बूढ़ी माँ खड़ी होगी, गोद में बच्चा लिए आरती भी, और भी कई मित्र। तभी महिला का एक सहयोगी बोला, "जाने दीजिए मैडम, आज बड़ा दिन है। यह सौ डॉलर तो दे ही रहे हैं...।"

बिमल हैरान। इतना पतन! लड़ने को हुआ, पर रोक लिया स्वयं को। बड़ी कड़वाहट से सौ डॉलर उस औरत के हाथ में पटके...।

"यकीन नहीं होता।" रजत बोले।

"लेकिन न्याय हो ही जाता है, कभी-कभी अपने आप! दसेक

दिन बाद अख़बार में छोटी सी ख़बर थी कि दिल्ली के हवाई अड्डे पर एक महिला कस्टम इन्स्पेक्टर घूस लेती पकड़ी गई और निलम्बित कर दी गई...।"

टैक्सी तब तक घर आ गई थी। घर पर वही हमारी जानी-पहचानी भारतीय धूमधाम।

अगले दो-तीन दिन भी बढ़िया निकले। डिंकी अपनी खरीददारी में व्यस्त हुई। शानू और मीशा अलग से गाड़ी किराये पर मंगवा दिल्ली दर्शन को जाते रहे। मैं अपनी बहनों, भाईयों के परिवार में पनीर की सब्जियाँ खा-खाकर तौबा-तौबा करती रही। कुछ हल्का-फुल्का बनाओ न भई। पर नहीं, वही पनीर कभी सब्जी में, कभी बेक कर, कभी कच्चा, पनीर टिक्के में। रजत तो बोल गये। पेट दर्द से पड़े रहे।

उस शाम मैं टीवी के आगे अकेली ही बैठी थी। मीशा आकर बैठ गई। "क्यों, बाहर नहीं गई?"

"नहीं मम्मी। शानू अपने स्कूल के दोस्तों से मिलने गया है। मेरा मन नहीं था। आने के बाद मुझे कलकता भी जाना है...क्या देख रही हैं आप?"

"कुछ भी नहीं।" मैंने रिमोट उसके हाथ में दे दिया। वह बटन दबाती रही। जल्दी-जल्दी। चैनल पलटती रही।

"कोई फिल्म देखोगी? यहाँ तो अब सौ चैनल हैं...।"

एकाएक वह पलट कर पहली वाली चैनल पर लौटी।

मैंने नज़र उठाई।

स्क्रीन पर दो छोटे-छोटे बच्चे नाच रहे थे। हम बातें करती रहीं। एकाएक एक नये बच्चों को जोड़ी थिरकने लगी....

"मम्मी, बच्चों की कोई टेलेंट प्रतियोगिता जैसी हो रही है... पर

ये फिल्मी गानों पर क्यों... ओह माई गॉड। मम्मी, लुक! यह वही वल्गर सा गाना नहीं है...और देखो न बच्चे कपड़े भी फिल्मी पहने हैं... हावभाव भी उसी फिल्मी दृश्य के जैसे हैं...।" जब वह छोटी आठ-एक बरस की लड़की नौ बरस के लड़के की बाहों में लटकी तो मीशा ने आँखों पर हाथ रख लिया।

"दिस इज़ ऑबसीन! अश्लील है यह...। अमरीका में तो ऐसे शो पर बवाल खड़ा हो जाता। आयोजक और माँ-बाप भी धरे जाते, बच्चों को ऐसी अश्लील हरकतों के प्रदर्शन को बढ़ावा देने के आरोप में... इन बच्चों का बड़े होकर क्या होगा? देखो कैसे तालियाँ पीट रहे हैं दर्शक... शेम!"

मीशा समाज विज्ञान में डाक्टरेट के लिए शोध कर रही है प्रिन्सटन में। उसने मेरे कन्धे में मुँह छुपा लिया। एक और बच्ची काले कपड़े पहने-छोटा सा ब्लाउज पहने-नाचने लगी। हाय...ये इश्क कमीना...ये इश्क कमीना...

कभी छाती पिटती अपनी हथेली से, कभी कूल्हा...

मैंने टीवी बंद किया। हम सुबह के लिए सामान बाँधने में लगे।

चण्डीगढ़ से तभी भाई साहब का फोन आया। "गुड्डी, चण्डीगढ़ तक आते तुम्हें तीन बजे जायेंगे। शायद ज्यादा। आजकल कोहरा लग जाता है। सुबह-सुबह। देर से निकलना-धूप चढ़ जाये तब! रास्ते में मेरे बेटे का साला है। पानीपत में उसकी फैक्टरी है। वहीं रुकना उसके घर। दोपहर का खाना खा लेना...उन्होंने बहुत कहा है...।"

भाई साहब मुझे आज भी गुड्डी कहते हैं,कभी-कभी रजत भी, जब बहुत दुलार आता है मुझपे।

करनाल में कर्णा झील पर रुकने का मन था सबका। पर भाई

साहब के फोन के बाद प्रोग्राम बदला। पानीपत रुकेंगे। चलो शायद ठीक ही है। बाहर का खाना नहीं खाना पड़ेगा। घर ठीक रहेगा।

गाड़ी में मीशा रजत को कल के टीवी वाले प्रोग्राम के बारे में बता रही थी। ड्राईवर सुन रहा था। बड़ा शौकीन सा पढ़ा-लिखा सरदार था। बोला, "अजी, बच्चे बड़े हुनर मंद हो गए हैं आजकल। हमारे छिन्दवाड़े में भी एक मैडम दोपहर को डाँस सिखाती है लड़कियों को ताकि वे टेलेंट शो में जा सकें। सब सीखते हैं... अपना राज है जी. ..बन्दा कुछ भी कर सकता है।"

"लोग तो माईन्ड ही नहीं करते, शानू...अजब बात है...।"

सुनकर शानू गुस्से में आया। अंग्रेजी में भड़का, "मनोरंजन जो होता है इन पेडोफाइल्ज़ का। दे शुड बी हैंग्ड। टेलेंट माई फुट! फिल्मी दृश्यों की नकल करना टेलेंट होता है क्या?" मैं और रजत खिड़की के बाहर देखने लगे, मानो हमने सुना ही न हो। गनीमत डिंकी हमारे साथ नहीं थी। वह वहीं अपनी ममेरी चचेरी बहनों के पास दिल्ली रुक गई थी। नहीं तो मुँह फाड़ के पूछ बैठती... "व्हट इज पेड़ोफाइल्ज़?"

खाना खाया। खूबसूरत घर। बढ़िया बागीचा। दिल्ली में तो अब ऐसी बड़ी-बड़ी कोठियाँ सम्भव नहीं। हमारे मेज़बान बोले, "आप चण्डीगढ़ में देखियेगा सेक्टर नौ के कुछ बंगले...जन्नत बस जैसे वहीं है...।"

"देखे हैं।" मैं हँस कर बोली "एक घर के पेड़ में तो लीची जमीन तक लटकी थीं, और मीठे नीम्बू भी...।" रज़त ने उसाँस भरी। "हमारे पंजाब में तो ऐसा ही था सब जगह, दूध, मक्खन, फल, सब्जी...।"

"तभी तो आप आज भी इतने हट्टे-कट्टे हो...।" मैंने छेड़ा।

"नो नज़र...।" रजत हँसा।

तभी हमारे मेज़बान शर्मा जी की बेटी बाहर से आ गई। अपने पापा को दोपहर में घर पर देख उनसे लिपटी। फिर माँ की गोदी में जा बैठी। बड़ी प्यारी गोल-मटोल। "यह गीतम है हमारी।" माँ ने कहा, "नमस्ते करो।"

"कितनी बड़ी हो, गीतम बेटा?" मैंने पूछा।

"मैं सात की। परसों जन्मदिन था...।"

"बड़ी स्मार्ट है हमारी गीतम!" उसका पिता, पिता सुलभ अभिमान से बोला। "अभी डाँस सीख कर आई है।"

"अच्छा!" मैंने कहा। "क्या सीखती हो? कत्थक?"

वह अनजानी सी माँ को देखने लगी, "कतक क्या होता है?"

माँ हँसी। "चलो आँटी को दिखाओ तुमने क्या सीखा।"

वह जाकर टेपरिकॉर्डर उठा लाई। गाने की टेप तेज़ी से चलने लगी फास्ट फारवर्ड... गीतम बोली, "नए कपड़े पहन लूँ?"

"हाँ, जल्दी आना।"

वह लौटी। काले सूट में। छोटा सा जाली टॉप।

मैंने प्यार से कहा, "तुम्हें बर्थ-डे पर मिला? मम्मी ने सिलवाया?"

"नहीं! बाज़ार से लिया। इसकी नानी जी ने भेजा..." माँ बोली।

"करीना कपूर वाला है।" गीतम ने दुप्पटा मरोड़ते हुए कहा... "मैंने नानी से कहा दिल्ली से भेजना।"

माँ ने टेप रिकॉर्डर चलाया।

झूठ बोले कौआ काटे...

नहीं! गीतम बोली

ले जा सोनिए...

नहीं।

हाय! ये इश्क कमीना...

गीतम नाच रही थी। छाती पर मार-मार कर हाथ फिर अपने कूल्हे को बाहर निकाला। छोटी सी हथेली से अपने को पीटती, उछलती, आँख मटकाती...' ये इश्क कमीना।

उसकी माँ और पिता हँस-हँस कर बेहाल! उनकी 7 बरस की बेटी उनके सामने 'कमीने इश्क' की गिरफ्त में बेहया अदा से उछल-कूद रही थी। वह नहीं जानती थी 'इश्क' के अर्थ न 'कमीने' के।

रजत चुपके से उठ कर ड्राईवर से कुछ कहने बाहर निकल गया।

मीशा बाथरुम में चली गई किसी बहाने से।

मैं और रजत अपने-अपने कंधों में मुँह छुपाए थे। मुझे रजत पर दया आ रही थी। उसके पास तो साड़ी का पल्ला भी नहीं था जो मुँह पर रख सा लेता, अपनी हैरानी छुपाने। वह अपनी गोदी में पड़े अपने हाथों को कभी एक-दूसरे में फँसाता, कभी खोलता।

गीतम की माँ कह रही थी, 'चल जो आज सीखा है उस की प्रेक्टिस भी कर ले...।'

गीतम रुकी और जैसे ही गाना चालू हुआ, वह नाचने लगी, क्रेज़ी किया रे...

न-से-नेता

जब तक उन्हें नेतागिरी की चंडी नहीं चढ़ी थी, हमारी मम्मी जैसी भी थीं, मम्मी तो थीं। अब हमारी मम्मी 'नेता' होने जा रही हैं और सारा घर तितर बितर...।

पहले जब हम घर आते थे तो मम्मी बेमन से ही सही, टीवी बन्द कर देतीं और हमारे लिए कुछ नाश्ता लातीं या बनातीं। कभी उपमा जो राजी को पसंद है, कभी आलू की चाट जो मुझे पसंद है। कभी पकोड़े जो उन्हें स्वयं पसंद हैं, कभी दही की पापड़ी जो पापा को पसंद है।

राजी और मुझे खिला पिला कर मम्मी फिर अपना टीवी खोल देतीं। राजी उनकी गोदी में सिर रख कर सो जाती और मैं अपने कमरे में। पापा का आफिस से आने का समय होने लगता तो मम्मी टीवी से उठतीं; राजी अपना 'होमवर्क' करवाने मुझे उठाती; और मैं अगले दिन स्कूल के कपड़े प्रेस करती। बीच-बीच में मम्मी हमें प्यारे से बुलाती रहतीं, "गजलक्ष्मी बेटा, जरा रामू को देखो कहाँ है..." "राजलक्ष्मी, देखना कौन घंटी बजा रहा है... ?" मम्मी की दुलार भरी बोली सुन हमें अपने ये भारी भरकम नाम भी बुरे न लगते।

अब इन नामों की भी अपनी एक कहानी है। मम्मी मेरा नाम 'सुभद्रा कुमारी चौहान' और राजी का 'महादेवी वर्मा' रखना चाहती थीं। पर पापा अड़ गये थे, "यह क्या पागलपन है ?" वे बोले।

"आपको नहीं पता ये कितने बड़े नाम हैं। लड़कियां इतनी बड़ी

कवित्री बनेंगी तब तो....” मम्मी ने कहा था।

“मैं ‘मोहनदास करमचंद’ होने से क्या गांधी हो जाऊंगा और तुम ‘लता मंगेश्कर’ से लता जी?” पापा ने टक्कर ली थी।

उन दोनों की बहस के ये सब किस्से, वे दोनों ही हमें बारी-बारी से सुनाते रहते हैं। आखिर में मम्मी ने अपनी संस्कृत की संस्कृति से मुझे ‘गजलक्ष्मी’ और मुनिया को ‘राजलक्ष्मी’ बना ही दिया। हम दोनों डरी रहतीं हैं कि कोई हमारा पूरा नाम न जान ले। राजी कहती है, वह बड़ी होकर अपना नाम नर्गिस रखेगी। माँ डांटती है, “हमारे यहाँ नहीं रखते ये नाम।”

“क्यों?” राजी पूछती है, “नर्गिस तो फूल का नाम है।”

“होगा,” कह कर मम्मी फिर टीवी देखने लगती हैं, और मैं सोचती हूँ मैं अपना नाम जूही रख लूंगी।

पर ये उन दिनों की बात है जब मम्मी घर पर रहती थीं। हम दोनों भले ही उनकी टीवी से ऊब कर कैरम या लूडो या स्क्रैबल या चेस खेलती रहतीं। आज सोचती हूँ वे दिन कितने प्यारे थे। मम्मी टी वी के आगे, मै और राजी आँगन में और छुट्टी के दिन पापा बरामदे में। अब तो... मम्मी घर पर ही नहीं रहतीं। वे नेता जो होने जा रही हैं।

और यह सब हुआ टीवी के ही कारण। बैठे-बैठे जब मम्मी का पेट निकलने सा लगा, और ब्लाऊज छोटे होने लगे तो डाक्टर अंकल ने उन्हें ‘एक्सरसाइज’ करने को कहा, फिर उनकी सहेलियों ने भी, जो उनसे जरा पतली थीं।

मम्मी ने कुछ दिन तो योगा व कुछ अन्य कसरतें करने की कोशिश की। पर जब हम उन पर हँसे और उनकी भी कमर में ‘चिनक’ जैसी आ गई या पैर में मोच तो पापा ने कहा, “नलिनी, तुम सैर करने जाया करो....”

"कब जाऊं? सुबह तो इन्हें स्कूल भेजना होता है?"

"शाम को जाओ।"

तो मम्मी शाम को कालोनी के पार्क में सैर को जाने लगीं।

"बाप रे," आकर कहती, "इतनी भीड़! कोई गेंद खेल रहा है, कोई क्रिकेट, कोई बच्चा साइकिल चला रहा है। छोटी सी पटरी है, चलने की। कैसे चलें?"

"जब बच्चे स्कूल होते हैं, तब जाओ", पापा ने कहा

और मम्मी तीन बजे सैर को जाने लगीं। हम स्कूल से लौट कर उन्हें पार्क में मिलते और साथ साथ घर आते। रास्ते भर मम्मी कहती रहतीं, "इतना बड़ा पार्क, दो एकड़ का। और हालत देखो! न एक ढंग का पौधा, न सफाई। माली सारा दिन ताश खेलते हैं...।"

"तो आप उनसे बोलो न कुछ काम करें।" राजी बोली। "हाँ मम्मी, आप करवाओ उनसे काम," मैंने कहा।

हमें क्या पता था कि मम्मी के नेता बनने का रास्ता हमीं ने उन्हें दिखाया था।

अब जब हम स्कूल से घर आते तो मम्मी पार्क में लस्त पस्त काम करवा रही होतीं। पापा से कह कर उन्होंने दो हजार 'एलाऊन्स' पास करवा लिया कि 'यदि मैं एक्सरसाईज करने किसी क्लब या फिटनेस सेन्टर जाऊंगी तो इससे ज्यादा खर्च होगा।' पापा बोले, 'ठीक है, पर तीन महीने में चार किलो वजन कम होना चाहिए।'

मम्मी और पापा के ऐसे संवाद रात को खाने की मेज पर ही चलते। जब मम्मी को पापा से कुछ मनवाना होता तो वे पापा के पसंद का कुछ बढ़िया सा पकातीं, फिर नहा कर कपड़ा बदल जरा संवर कर

बैठतीं। हम से हँस-हँस कर स्कूल की बातें करतीं और फिर अपनी पेशकश रख देतीं। पापा भी एक आध पैंतरा बदलते, फिर मान जाते। अकेले में मुझसे कहते, 'नहीं मानता तो वह फिर टी वी देखने लगती। या और औरतों की तरह ताश खेलने। अब कुछ कर तो रही है....।'

यह करना ही बड़े रंग लाया। पहले तो पेड़, पौधे, फूलों के गमले आये। मम्मी कभी इस नर्सरी, कभी उस। फिर पार्क के सरकारी मालियों के लिये घर से कभी मट्ठी, कभी कुछ और नाश्ता जाने लगा। उनके बच्चों के लिए हमारे पुराने खिलौने और किताबें। उससे भी काम न चला तो मम्मी ने एक निजी माली भी रख लिया। अब वे लगी रहतीं हैं उसके साथ। अपनी साड़ियां भी गंदी कर लेतीं, और हाथ पैर भी। और हमें सिखातीं, 'यह बरबीना है, छः महीने फूल देगा बैंगनी रंग का; यह पोर्चुलाका है तीन चार रंग का; यह क्लेन्चू है...।' मानो घर में एक नया शब्दकोश आ गया हो।... 'यह पेन्जी; यह कॉर्नफ्लावर; यह ब्लूबेल; यह हाइबिसकस; यह गजेनियां; यह एल्ट्रा एन्थ्रा-गरमियों में हरी, सर्दियों में लाल हो जाती है- यह संगोनियम, यह मालपेजिया का फूल- मुझे बहुत पसंद है।'

फिर मम्मी हमें याद दिलवाती कि हमारे नाना का बंगला कितना बड़ा था और उनका बागीचा कितना शानदार। कैसे-कैसे फल-फूल उगते थे उनकी कोठी में। तभी तो मम्मी को इतना मालूम था बागबानी के बारे में। बचपन में ही शौक शौक में मालियों ने उन्हें सब सिखाया था। पौधों की छंटाई करना, गुट्टी बांधना, बीज लगाने, पौधा सरकाने का समय बगैरह बगैरह....हम मम्मी के इस नये जनून पर जितना हैरान थे। उतना ही पूरी कालोनी भी। सच ही उस मरे से पार्क का तीन महीने में ही काया कल्प हो गया था। चारों ओर नई नई, तरह तरह की क्यारियां दिखने लगी थीं। मौरैया की बाड़, जो नौ फूट ऊंची खड़ी थी, करीने से साढ़े तीन फुट पर छांट दी गई थी। पार्क में रोज सुबह मम्मी का माली झाड़ू लगाता, वृक्षों की ज्यादा बढ़ी टहनियां काट

देता। जगह जगह मम्मी के लगाये पोस्टर दिखने लगे -

‘यह पार्क आपका है
इसे साफ रखें।’
‘ये फूल हमारे मित्र हैं
इन्हें न तोड़े’
‘पार्क में कुत्ते न लायें’
‘यहाँ क्रिकेट खेलना मना है’
‘साइकल चलाना मना है’
‘घास पर न चलें
पटरी पटरी आयें जायें।’

मम्मी की कोई तारीफ करता तो वे सलज्ज सी कहतीं, “मैं तो दिल्ली में आकर भूल ही गई थी गार्डनिंग का सुख। यह पार्क तो मैंने गोद ले लिया है - यह मेरा बेबी है-”

हाँ, तो सारी कॉलोनी दंग! कोई उन्हें बधाई दे रहा, कोई प्रशंसा के पुल बांध रहा

“मिसेज शुक्ला, आपने तो कमाल कर दिया। ये ‘कर्त्ताधर्त्ता’ लोग तो बस पैसे बटोरते हैं। असली लीडर तो आप जैसे होते हैं...” पापा भी प्यार से उन्हें नलिनी न कह कर ‘न-से-नेता’ बुलाने लगे, क्योंकि हमें और पापा को मम्मी की यह बड़ाई अच्छी लगती। उनका यह जनून भी प्यारा ही लगता। पर न पापा को तब पता था न हमें कि यह बड़ाई मम्मी के लिए गुब्बारे में गैस जैसी होगी...

देखते देखते लोगों की बड़ाई से ‘बड़ी’ हुई हमारी मम्मी कॉलोनी के ‘वेलफेयर’ के चुनाव में अध्यक्ष के पद के लिए खड़ी कर दी गई। पापा ने मना भी किया, पर वे अब सुनती ही नहीं। न लोग सुनने देते हैं। “नहीं, नहीं, मिसेज शुक्ला, आपको लड़ना है। देखिये न, वह वर्मा कितने पैसे खा गया है। सारी कॉलोनी को कूड़ा घर बना दिया है।

कहीं सोम बाजार लगने लगा है, कहीं ठेले वाले आने लगे हैं। सबसे पैसा ऐंठता है। बिल्डरों से तो हजारों लेता है। हमें आप जैसा प्रेसीडेन्ट चाहिए : आप हमारी सोनिया गांधी हैं, जनाब...।"

बस! फिर क्या था। अब वे कभी घर पर नहीं होतीं। बच्चे राजी को छेड़ते हैं, 'तुम्हारी मम्मी झाड़ू लगवा रही थीं...कूड़े वाले को डांट रही थी...।' इन कामों में मम्मी अकेली नहीं, मम्मी के साथ छह सात लोग रहने लगे। कुछ महिलाएं, कुछ आदमी। मम्मी एकदम आँधी फिल्म की हिरोईन जैसी चलने फिरने लगीं।

घर में पापा के कम्प्यूटर पर एक लड़का बैठा मम्मी के पत्र और नोटिस टाइप करता रहता है, या तरह-तरह के बैनर बनवा कर लाता है :-

यह कालोनी हमारी है
हम इसे स्वच्छ बनाएंगे।

न पानी, न सड़क, न सफाई
ये कैसा 'वेलफेयर', भाई?

अब मम्मी कुछ कविता जैसी तुकबन्दी भी करने लगी हैं। भाषण भी देती हैं। और फोन तो जैसे पगलाया रहता है। बन्द ही नहीं होता।

पापा और हमारा मुंह काफ़ी लटक गया है। घर के काम के लिए पापा ने एक लड़की को रख दिया है। लेकिन न पापा को पता है न मम्मी को कि लड़की का एक बॉयफ्रैण्ड चुपके-चुपके आता है और वह उससे घण्टों 'हीं...हीं...' करती रहती है। हमने शिकायत की, "पापा ये लड़की अच्छी नहीं, इसे निकाल दो।"

पापा बोले, "इसकी शिकायत न करो, तुम्हारी मम्मी चुनाव जीत गई तो तुम्हें घर पर रोटी भी नहीं मिलेगी। यह लड़की जो करती है

करने दो, नेताओं के घर ऐसे ही चला करते हैं...” अजीब बात कि मम्मी जब से जीतने में लगी हैं, पापा हारे से हो गये हैं।

और अजीब कि ग्यारह साल की राजी के पंख निकल आये हैं। मम्मी के घर पर न रहने से वह खूब बदल रही है। मेरी उससे अक्सर लड़ाई होती है। वह लम्बे लम्बे नाखून रखने लगी है। ऊंची एड़ी के चप्पल ले आई है। शाम को जब खूब 'टाईट' जीन्स और टॉप पहनती है तो पूरी चमगादड़ दिखती है। मम्मी की जगह अब वह टीवी के आगे बैठी जाने क्या क्या देखती रहती है.... या कॉलोनी की लड़कियों के साथ मार्केट में घूमती रहती है...।

अभी अभी खबर आई है कि मम्मी चुनाव जीत गई हैं.... हमारी पूरी बैठक में कालोनी के लोग भरे हैं। बाहर कुछ सफाई कर्मचारी उनसे मिलने के लिए खड़े हैं...और कुछ बिल्डरों ने बधाई के साथ बड़े बड़े फूलों के 'बुके' भेजे हैं। पापा पीछे के दरवाजे से दफ्तर चले गये हैं। वे जाते-जाते मुझसे कह गये हैं, “शाम को जल्दी आ जाऊंगा। तुम गणित में पिछड़ रही हो, आकर पढ़ाऊंगा।” मैंने अपने कमरे का दरवाजा भीतर से बन्द कर लिया है। मुझे फिलहाल मम्मी से कोई बात नहीं करनी। न अच्छी, न बुरी... वैसे भी उन्हें बात करने की फुर्सत है ही कहाँ?

काश, मम्मी 'न-से-नेता' न होतीं! बस हमारी मम्मी होतीं : पहले जैसी घरेलू और गोल मटोल, जो रसोई में पकौड़े बनातीं। और मिर्च के पकौड़े खाकर सी...सी...करतीं। फिर पल्ले से नाक पोंछ मुझसे कहतीं, “गजलक्ष्मी, तू भी खाकर देख न ज़रा, कितना चरचरा है...।”

ऊँची पसंद

मुर्गे मियाँ काकू खाँ जब से हमारे गाँव में आए, गाँव की तो पूछो न। न घरों में झाड़ू लगे, न कपड़े धुलें न खाना पके। अब पूछिये क्यों?

क्योंकि काकू खाँ जैसा छबीला मुर्गा अब तक किसी ने देखा ही न था। मुर्गियों ने देखा तो बस देखती रह गईं। जब जरा होश आया तो वे छुप छुप के काकू खाँ को पास से देखने गईं। सच ही, क्या कद, क्या चाल, क्या बांग! "इससे तो मैं ब्याह करूंगी।" एक मुर्गी ने कहा, "अपनी सूरत आइने में देखी है?" दूसरी ने तमक कर कहा, बस फिर क्या था। सारी मुर्गियां अपनी अपनी सूरत संवारने दौड़ी। कोई ललना के यहाँ बाल कटवाने पहुंची तो कोई ब्यूटी पार्लर में नाखून रंगवाने। किसी ने संगीत मास्टर मदन को गाना सीखने रखा तो किसी ने डांस मास्टर बिरजू से नाचना। कपड़ों वालों की तो चांदी हो गई। कोई डिज़ाईनर साड़ी लेने लपकी तो कोई सूट और कोई मुर्गी नई चाल की स्कर्ट। सबका एक ही सपना, कब हो काकू खाँ अपना।

काकू खाँ छबीला तो जरूर था पर था बेहद भोला। वह मुर्गियों से बेखबर दाना चुगता और सुबह बांग लगाता, शाम को किसी आरामदेह पेड़ पर सो जाता। उसे तो यह भी नहीं पता था कि गाँव के सारे मुर्गों की नींद उसके कारण उड़ चुकी थी।

गाँव के मुर्गे जो दिन भर गुटका खा कर पीक थूकते खटोलों पर पड़े रहते थे अब इधर उधर बौखलाए घूम रहे थे : क्या कारण कि उन्हें दो दिन से न खाना मिला? न नहाने का पानी? न बदलने को कपड़े?

उन सब के मुखिया ने मुर्गियों की इस बेरुखी का कारण पता किया। पता लगते ही उसके पंखों में से आग निकलने लगी। अपने पुराने डंडों को जो सालों से बेकार पड़ा था, बार-बार जमीन पर पटकते हुए उसने सारे मुर्गों की सभा बुलाई।

सब ने फैसला किया कि उसी रात में वे सब जाकर काकू खाँ की दोनों टाँगे तोड़-ताड़ उसके पुराने गाँव में फेंक आयेंगे।

मुर्गों की यह सारी बातें लच्छी नाम की एक गरीब मुर्गी सुन रही थी। उसने कभी काकू को नहीं देखा था। न उसे कभी कोई इच्छा थी कि काकू उसे देखकर मर मिटे और उससे शादी करे। लच्छी को तो औरों के घरों में बर्तन चौका करने से ही कभी फुर्सत न मिली। वह कहाँ नाखून रंगती या बाल कटाती। लेकिन लच्छी जानती थी कि काकू इस गाँव में मेहमान हैं और मेहमान को मारना बुरी बात है।

शाम को सूरज ढलने पर जब सब मुर्गे-मुर्गी 'कौन बनेगा मुर्गापति' देख रहे थे तो लच्छी छुपती छुपाती वहाँ गई जहाँ गाँव की सीमा पर काकू खाँ दाना चुग रहे थे।

एक पेड़ की ओट खड़ी हो लच्छी बोली, "काकू जी, आप से प्रार्थना है कि आप यह गाँव छोड़ दें। आज रात गाँव के सब मुर्गे आपको मारने आ रहे हैं।"

काकू खाँ बड़े हैरान हुए। बोले, "मोतरमा आप हैं कौन? और वे लोग मुझे क्यों मारना चाहते हैं?"

लच्छी ने गाँव की मुर्गियों की हालत बयान की। सुन कर काकू खाँ जोर से हँसे। उसे हँसते देख लच्छी पेड़े के पीछे बाहर आई ताकि काकू खाँ को चुप करा सके। ऐसा न हो उसकी हँसी सुन मुर्गे वहाँ आ जाएँ।

उसी समय बादलों में से चाँद ने झांका। चांदनी में लच्छी को

देखा तो काकू खाँ वहीं मर मिटे। अरे! इतनी सुन्दर मुर्गी! न कभी देखी न सुनी!

उधर पेड़ की ओट से बाहर आ लच्छी ने काकू खाँ को देखा तो उसका खुला मुंह फिर बंद न हुआ उसे अब कुछ भी याद नहीं था कि वह क्या कहने वाली थी?

रात के अँधेरे में बाबू खाँ लच्छी को बगल में दबाये कब गाँव से भाग निकला, किसी को पता नही चला।

हाँ, कुछ दिन बाद मुर्गियां आपस में कहती सुनी गईं, "तुम्हें नहीं पता, वह मुर्गा काना था।" दूसरी ने कहा, "लंगड़ा था। लंगड़ाकर चलता था।" तीसरी ने कहा "थोड़ा बहरा भी था...."

गाँव में फिर से खाना पकने लगा, कपड़े धुलने लगे, और घरों में सफाई होने लगी। दोपहर को टी.वी के आगे मुर्गियां पहले की सी पसरी नज़र आईं।

और दिन भर खटोलों में लेटे मुर्गे फिर एक दूसरे को गुटका देते नवाबी अंदाज में पीक थूकने लगे, "मुर्गा लोगों की ऊँची पसंद।"

शेखू भैया

हमारे शेखर भैया का नाम शेखची या शेखू भैया कब पड़ा, यह तो नहीं मालूम। लेकिन क्यों पड़ा यह सबको मालूम ही है।

भैया सच ही शेखचिल्ली जैसा ही कुछ न कुछ करते रहते हैं। उनकी इन हरकतों से घर भर के नाक में दम, रहता है। और सब से अधिक परेशानी मुझे झेलनी पड़ती है, क्योंकि मैं शेखर भैया से दो तीन वर्ष छोटी हूँ। इसलिए वे हर समय मेरी ही पुकार लगाए रहते हैं। 'मुनिया इधर आना' 'गुड़िया जरा ये पकड़ना'। 'मेरी अच्छी बहना, किसी से नहीं कहना' ऐसा सब कह कर शेखर भैया मुझे दौड़ाते ही रहते हैं। पर क्या करूं। वे शेखची होते हुए भी हैं तो मेरे प्यारे से भाई।

अब पिछले वर्ष की सुनिए। भैया ने अखबार में पढ़ा कि एक भारतीय चित्रकार घोड़े बना बनाकर करोड़पति हो गया। देश विदेश में उसका मान होता है। बस फिर क्या था; शेखू भैया ने अखबार नीचे पटका और बोले, "लो! यह कौन सी बात है! मैं बना कर दिखाऊंगा घोड़े।"

भैया ताबड़ तोड़ घर से गये और चित्रकारी का ढेरों सामान उठा लाए। कुछ पुस्तकें, एक ईज़ल और रंगों के डब्बे व तरह तरह के ब्रश और पैंसिलें। बाबू जी ने जब खर्चे के बिल देखे तो बहुत बिगड़े। बोले, "तू हुसैन बाद में बनना, पहले बारहवीं तो पास करले।"

उस समय तो भैया इधर उधर हो गये पर बाबूजी के घर से जाते

ही बोले, "क्या हुसैन सुशैन करते रहते हैं सब लोग! अब देखना मेरे घोड़े।"

और भैया ने गर्मी की छुट्टियों में वो घोड़े बनाए वो घोड़े बनाए कि सारा घर ही घुड़साल हो गया। एक रसोई की दीवार को छोड़कर सारे घर की दीवारों पर भैया के घोड़े दौड़ने लगे। कोई मोटे कोई छोटे। किसी चित्र में अकेला घोड़ा किसी में कई कई घोड़े। कोई काले तो कोई रंगीन घोड़े। भैया रात रात भर काम करते रहते। न सोते न सोने देते। तो मैं भी बैठी बैठी हुसैन की जीवनी पढ़ती रहती। कहाँ पैदा हुए थे। कहाँ रहे। कितने बच्चे। क्या क्या काम किया।

एक दिन मैं बोली, "भैया, हुसैन ने तो फिल्मों के पोस्टर भी बनाए थे शुरू शुरू में। तुम मिनार्वा टाकीज़ से बात करो न। कुछ पैसे भी मिलेंगे।" भैया पेंट ब्रुश ले मेरी ओर लपके - मैं भागी कमरा छोड़के।

और एक दिन मैं और छोटा रोलू उनके इधर उधर फेंके चित्र उठा लाए। रोलू बोला, "भैया इन पर अपना नाम तो लिख दो।"

"क्यों? ये सब तो खराब चित्र हैं। ठीक से नहीं बने।"

"कोई बात नहीं, भैया।" मैंने कहा, "जब आप हुसैन हो जाओगे तो हमें इनके भी लाखों रुपये मिलेंगे।"

"हाँ, भैया," रोलू बोला, "हमारी हिन्दी की मिस कह रही थीं कि बड़े आदमियों की गल्तियां भी मुहावरे होती हैं।"

भैया ने आँख तरेरी। "तुम जाते हो कि नहीं यहाँ से, शैतान कहीं के। मुनिया, तू ही सिखाती है ये सब बातें इसे। देखना, ससुराल जाएगी तो दो साल तक भी लेने नहीं आऊँगा...तब रोयेगी।"

अब ऐसे भाई को मैं कैसे प्यार न करती। जब सब सो जाते, तो

उन्हें कुछ ठण्डा लाकर पिलाती या आम काट कर देती। माँ, जब भैया की रंगों से रंगी कमीज़ें देख गुस्सा करतीं तो मैं ही उन्हें शांत करती। "पुरानी तो थीं, अभी स्कूल खुलने पर नई बनेगी न।"

मैंने एक पुराने कुर्ते को उधेड़ कर शेखू भैया के लिए कमीज़ पर पहनने का एप्रन जैसा बनाया।

"लो, इसे पहन लो, भैया, कमीज़ खराब न होंगी।"

प्यार से मेरी चोटी खींचते हुए भैया ने उसे कमीज बचाने को नहीं बल्कि इसलिये पहन लिया कि अब वे पूरे चित्रकार दिखते थे।

पर शेखू भैया हुसैन न हो सके। जितनी तेजी से वे हुसैन बनने दौड़े थे उतनी तेजी से चित्रकारी छोड़कर बैठ गए। हुआ यूँ कि एक दिन उन्होंने किसी दीर्घा में चित्रकारों की प्रदर्शनी का विज्ञापन देखा। बस फौरन उन्होंने अपने अच्छे अच्छे घोड़े कागज में लपेटे और फटफटी में बैठ कर चल दिये। तीन घंटे बाद वे जब लौटे तो उनका मुंह देख हममें से किसी का साहस न हुआ कि उनसे कुछ पूछते। हम गर्दन नीची किए अपना अपना होमवर्क करते रहे। उस रात बीच बीच में शेखर भैया अपने आप से बोलते सुने गए, "बेवकूफ कहीं के! किसी को कोई समझ नहीं। सब जलते हैं दूसरे के काम से...."

हुआ जो भी हो, लेकिन शेखू भैया ने फिर घोड़ों की ओर मुड़ कर भी न देखा। जब स्कूल खुल गए तो माँ ने धीरे-धीरे सारे घोड़े उतार कर ऊपर बरसाती में दादी के पुराने बड़े संदूक में रखवा दिये। बोली, "वह शेखचिल्ली कुछ पूछे तो कह देना कि मकान की सफाई करवाने में घोड़े खराब हो जाते।" पर भैया ने कुछ नहीं पूछा।

देखते देखते दशहरे की छुट्टियां आ गईं। सारे शहर में क्रिकेट का बुखार। एक दिन खबरों में आस्ट्रेलिया द्वारा भारतीय टीम की पिटाई होते देख भैया बहुत भड़के। बोले, "मैं होता तो बताता। दो चार को

क्लीन-बोल्ड कर देता। सीधे पेविलियन में पहुंचा देता।"

और भैया अगले दिन ही बढ़िया सा क्रिकेट बैट झुलाते घर में आए। पैरों में नये सफ़ेद कपड़ों के जूते, हाथ में लाल मिर्च सी तीखी गेंद।

उसी शाम से पास के मैदान में घमासान क्रिकेट का खेल आरम्भ हो गया। दिन भर भैया के दोस्त मैदान को साफ करते, पानी छिड़कते चूने से निशानदेही करते। अब मेरी आफत। "मुनिया पानी देना तो। दास्ताने लाना तो। विकेट कहाँ है?" आखिर माँ ने ही डपटा, "यह काम सीमा का नहीं है। रोलू से कहो।"

चलो जान छूटी। अब मैं खिड़की में बैठी भैया को गेंद के पीछे भागते देखती रहती। कभी वे घुटना छिलवा कर घर आने लगे। कभी हथेली पर पट्टी बांधे। एक दिन जब गेंद माथे पर लगी और आँख फूटते-फूटते बची तो बाबू जी ने क्रिकेट बंद करवा दी। वैसे भी हमें लगा कि शेखू भैया भी तंग से आ ही गये थे रोज पिट-पिट कर। ऊपर से स्कूल फिर खुल गए। यों उन्हें भी खेल बंद करने का बहाना मिला।

भैया गिलक्रिस्ट को तो न पीट सके लेकिन मैंने किताबें पढ़ पढ़ कर क्रिकेट के सारे नियम सीख लिए। भारत और विदेश के बड़े बड़े खिलाड़ियों के नाम सीख लिए। सब मुझे "शेखू की चेली" कह कर चिढ़ाते रहते। लेकिन मुझे जब टी वी देखने की अनुमति होती - जो हमें स्कूल से आकर विश्राम करने के बाद चार बजे से साढ़े पांच बजे तक ही होती है, तो मैं रोलू के संग बैठ खेल चैनल पर खेलें देखती - कभी क्रिकेट, कभी टेनिस कभी बेसबाल। और रोलू को भी सब नियम बताती रहती।

शेखर भैया तो नाश्ता खाकर बाहर चले जाते और शाम को लौटते। तब तक हम सब के होमवर्क का समय हो जाता। वैसे भी बाबूजी साढ़े आठ बजे खबरें देखने के बाद टीवी वाले कमरे को बंद

कर देते हैं। तब न घर का कोई बड़ा न ही छोटा टीवी पर फिल्में देखता है।

लेकिन जब शहर में देवदास की धूम मची तो हम सब एक साथ देखने गए। मेरी समझ में तो फिल्म आधी अधूरी ही आई, क्योंकि माँ पूरे समय पुराने देवदास की बातें करती रहीं। लेकिन शेखू भैया जो हमसे थोड़ी दूर बैठे थे, सारी फिल्म बड़ी गंभीरता से देखते रहे।

फिल्म देखने के बाद जाने क्यों शेखू भैया कुछ गुमसुम से रहने लगे। एक दो दिन बाद वे अपनी पढ़ने की मेज खिड़की के पास ले गए। अब वहाँ से बैठे-बैठे वे सामने के घर में जो परिवार आया है, उसे देखते रहते। उस परिवार में सावनी नाम की एक लड़की भी है।

सावनी मुझसे दो वर्ष बड़ी है। लगभग शेखर भैया जितनी। किंतु वह झटपट मेरी सखी हो गई। शायद इसलिए कि हमारे आसपास के और घरों में कोई लड़की हमारी उम्र की नहीं है। सावनी सबको अच्छी लगती। शायद शेखर भैया को कुछ ज्यादा ही। लेकिन सावनी उधर देखती तक नहीं।

एक दिन रोलू मुझसे बोला, "दीदी सावनी हम सब से बोलती हैं, पर शेखची भैया से क्यों नहीं बोलती?"

"क्यों बोलेगी?" मैंने कहा, "लड़कियों को करेले जैसे लड़के नहीं भाते। बाल देखे हैं शेखर भैया के? जैसे कांटों का झाड़ खड़ा हों। ऊपर से ये घिसी फटी सी तंग जीन और रंग बिरंगे बनियान..."

"तो फिर कैसे लड़कों से बोलती हैं लड़कियाँ?" रोलू ज़रा आँख मटका कर बोला।

"घिया जैसे साफ सुथरे लड़कों से, समझे।"

"ठीक है बताता हूँ मैं शेखर भैया को।" कह कर रोलू भागा

"मारूंगी इतना कि तीतर बन जाओगे...."

लेकिन मुझे नहीं मालूम था कि शेखर भैया पर्दे के पीछे से हमारी सब बात सुन रहे थे। लेकिन रोलू को यह पता था। वह जोर जोर से हँसा और मैं भाग कर रसोई में छुप गई।

उस दिन से भैया ने बालों में ठीक से कंघी करना शुरू कर दिया है। वे खादी भंडार से सफ़ेद पतले कुर्ते ले आए हैं। ज़ीन पर पहनने लगे हैं। कल माँ से कह रहे थे, "एक शाल दो न, लड़कों वाली।"

मुझे लगता है शायद अगले वर्ष तक, वे बंगाली धोती न भी सही, तो पायजामा ज़रूर पहनने लगेंगे। फिलहाल वे बुजुर्गी मुद्रा में मेज़ पर बैठे पढ़ाई कर रहे हैं।

पर क्यों? यह मैं रोलू को भी नहीं बता सकती। प्लीज़, आप भी किसी से न कहें।

आनन-फानन

शोभा दीदी जब से बीए के आख़िरी वर्ष में आईं, घर पर उनके विवाह को लेकर कोई न कोई चर्चा चलने लगी।

मैंने एक दिन माँ से पूछा, "माँ, दीदी का विवाह कब होगा?"

दादी वहीं बैठी थीं। एक दम चिहुंक कर बोलीं, "जब चाहेंगे तभी हो जाएगा, बिटुआँ हमारे घर की लड़कियों की शादी तो छींक मारते हो जाती है।"

"क्यों दादी?"

"क्योंकि वे सुंदर हैं, गुणवती हैं। और शोभा तो इतनी पढ़ी लिखी भी है।"

असल में जब से हमारी तीनों बुआ का विवाह देखते देखते हो गया, दादी सबसे कहती रहती हैं, "शोभा का तो जिस दिन चाहेंगे वर आन खड़ा होगा।"

लेकिन शोभा दीदी सुनती तो बहुत बिगड़ती। वह बार बार माँ से कहतीं, "माँ, मुझे एम ए करना है, फिर पढ़ाना है।"

माँ, 'अच्छा, अच्छा,' कह उन्हें टाल देतीं। हमने शोभा दीदी को बताया कि माँ बाबूजी से कह रही थीं कि जैसे ही शोभा बीए कर ले, आप विवाह की बात चलाओ।

सुन कर शोभा दीदी गंभीर हो आईं। खैर उनकी बीए तो हो गई

और वे एम ए के प्रथम वर्ष में आ गईं। एक दिन उन्होंने मुझे और कुश को पास बुलाया और कहा, "सुनो, तुम दोनों मेरी सहायता करना। मुझे अभी शादी नहीं करनी।"

हम दोनों ने बहुत उत्साह से कहा, "हाँ-हाँ दीदी, हम भी नहीं चाहते आपका जल्दी विवाह हो। फिर हमारा होमवर्क कौन करवायेगा?"

"बड़े स्वार्थी हो तुम दोनों। बस होमवर्क के लिए मुझे चाहते हो?"

हम दोनों दीदी के गले लग गए। "नहीं दीदी, हम आपको बहुत प्यार करते हैं। जल्दी से आपको कहीं जाने नहीं देंगे।"

"प्रामिस?" दीदी ने हाथ आगे किया।

"प्रामिस?" हमने दीदी को वचन दिया।

बस फिर क्या था। हम दोनों दिन रात ऐसी ऐसी शरारतें सोचने लगे जिससे यदि कोई लड़का उन्हें देखने आ भी जाए तो हाँ न करे। हमारी इन योजनाओं में दीदी भी सलाह देती रहतीं।

जब दीदी एम ए के तीन महीने पूरे करने पर आईं तो घर में पहला वर प्रत्याशी आया। भाग्य से उसके मूंछें थीं। मैंने और कुश ने तुरंत कागज पर बहुत सारी भयावही मूछोंवाली आकृतियां बनाई और दीदी ने जब लड़के के हाथ में नाश्ते की प्लेट दी तो उसके नीचे कागज को रुमाल की तरह मोड़कर थमा दिया। पता नहीं लड़के ने वह कागज देखा या नहीं किंतु दीदी का विवाह टल गया।

दादी बहुत बिगड़ीं, "यह कैसा निगोड़ा लड़का था जो हमारी शोभा को ना कर गया? आँखें तो ऐसी फाड़-फाड़ कर देख रह था"

मैं और कुश जुड़वा भाई हैं, इसी लिए हमें सब 'दोनों -दोनों कहते रहते हैं। हम दोनों जोर से हँसे तो दादी और बिगड़ी, "तुम दोनों

क्यों दांत फाड़ रहे हो!"

"दादी, हम 'दोनों' नहीं लव कुश हैं।"

"जानती हूँ। मैं ने ही तो रखा था तुम्हारा नाम। अगर कोई शैतानी तुमने की तो खैर नहीं। शादी ब्याह कोई गुडे-गुड्डी का खेल नहीं।"

दीदी का छींक मारते ही रिश्ता न हो जाने से दादी जितना दुखी थी और माँ हैरान, उतना ही हमारी बुआ लोग प्रसन्न। उन्हें लगा अवश्य वे दीदी से अधिक गुण सम्पन्न व सुंदर थीं। उनके तो रिश्ते आनन- फानन हो गये।

दीदी के लिए जब दूसरा रिश्ता सुझाया गया तो दीदी एम ए के प्रथम वर्ष को पार कर चुकी थीं। रिजल्ट आने ही वाला था। उन्हीं दिनों चाचा ने आकर कहा कि फलां लड़के ने दीदी को किसी पारिवारिक विवाह में देखा और मुग्ध हो गया। उसने कहलवाया है वह दीदी से ही विवाह करेगा। यहाँ तक कि उसने अपना रिश्ता वहाँ से तोड़ लिया जहाँ उसकी बात पक्की थी।

सुनकर दादी बोलीं, "मैं न कहती थी, हमारे घर की लड़कियां माँगी जातीं हैं...." लेकिन दीदी ने सुना तो टस से मस न हुईं। बोली, "जो मुझे देखकर अपनी पहली सगाई तोड़ आया तो वह किसी और को देख मुझसे शादी तोड़ेगा, तब आप क्या करेंगे?"

बाबूजी नाराज हुए कि यह भी कोई तर्क है? हम सब उछले "हाँ है, क्यों नहीं? हमें नहीं चाहिए ऐसा दिल फेंक जीजा।"

तो यह बला भी टली। हम तीनों कमर कस कर तैयार थे कि कैसे भी एक वर्ष पार करना है।

तीसरा रिश्ता आते आते तीन चार महीने तो बीत ही गये।

बाबूजी कुछ नाराज से भी रहने लगे कि अब मैं कहाँ कहाँ देखता फिरूं? माँ ने उन्हें समझाया, "ले दे कर एक ही तो बेटी है। उसके बाद जाने कब बारात आयेगी इस घर में! देख भाल कर रिश्ता कीजिए। ऐसी जल्दी भी क्या है?" हमने जोड़ा, "दीदी तो बहुत भली हैं माँ, नहीं तो लड़कियां आजकल स्वयं ही शादी कर लेती हैं। वो भी जाने कैसे कैसे लंगूरों से!"

"बहुत बोलते हो तुम दोनों," माँ ने डांटा।

"दोनों नहीं, हमारा नाम लव कुश है।"

"ठीक है ठीक है, भागो अब।"

और हमने तब ऐसी शरारत की कि तीसरा रिश्ता भी न हुआ, किया ये कि किसी तरह बहाने से कमरे में लड़के और दीदी को अकेला छोड़ दिया।

दीदी तुरंत उठीं और वो लंगड़ाई की क्या बताएं? लड़का हैरान! दीदी घबराई सी बोली, "किसी से कहियेगा नहीं कि मेरे पैर में मामूली सा कंज है।"

यह रिश्ता भी न होने पर घर भर के कान खड़े हुए। ज़रूर कोई शरारत लव कुश कर रहे हैं या ये तीनों मिलकर। हम दोनों को अलग अलग प्रलोभन देकर और डरा धमका कर पूछा गया। कभी माँ ने, कभी बाबूजी ने और कभी दादी जी ने। फुसला-फुसला कर पूछा। पर हमें कसम चाहे जिसकी, जो हमने कोई खुराफत की हो।

दीदी हाँफती पाँकतीं सी एम ए के दूसरे वर्ष की परीक्षा की तैयार में लगीं। हम तीनों को लग रहा था कि अब भला क्या संकट आ सकता है? इतने मैदान मार चुके थे हम दो भाई कि अपने को रामायण के लव कुश से कम नहीं समझ रहे थे। दीदी के विवाह का घोड़ा हमने ही तो बांध रखा था। कोई छुड़ा के तो देखे।

एक दिन शाम हम क्रिकेट खेल कर लौटे तो घर पर कोई मेहमान जैसे आये थे। बाबूजी ने आवाज़ देकर हमें अन्दर बुलाया और मेहमान से बोले, "राजेश, ये शोभा के छोटे भाई हैं लव कुश। जुड़वा हैं।"

हमारे कान खड़े हुए। दीदी की मार्फत हमारा परिचय तो केवल रिश्ते वालों के सामने ही होता है। राजेश नाम का प्रत्याशी मुस्कराता रहा और हमसे प्रश्न करने लगा पढ़ाई वढ़ाई के बारे में। बाबूजी बोले, "सारा होमवर्क शोभा कराती है इन्हें, तभी पास होते हैं बच्चू..."

"दीदी? उन्हें तो गणित नहीं आता, न साईन्स।"

बाबूजी ने आँख तरेरी, बोले, "शोभा से कहना चाय दे जाए।"

हमने भाग कर दीदी से कहा, जरा सावधान रहना। उसके बाद हमें बैठक में जाने की अनुमति नहीं मिली। आधा घण्टे बाद दीदी ने ही बाहर आकर बताया कि बाबूजी से नजर बचाकर उन्होंने अपनी आँखें खूब बेंहगी, की। अकेले में बात करते समय हकला हकला कर भी बोलीं। लेकर वह तो ऐसा ढीठ लड़का है कि घर से जाता ही नहीं।

तभी एकाएक बाबू जी ने सब को सुना कर कहा, "राजेश को शोभा पसन्द है।" दीदी को काटो तो खून नहीं।

बाबूजी फिर बोले, "लेकिन राजेश की एक शर्त है।"

शर्त के नाम पर दीदी की जान में थोड़ी सी जान आई।

"राजेश कह रहा है कि शादी तब होगी जब शोभा की पढ़ाई पूरी हो जायेगी।"

अब दीदी सदा की तरह लड़ने झगड़ने की बजाए ऐसी शर्माती भागीं कि हम दंग रह गये। ये लड़कियां भी बस!

थोड़े दिन में सारा राज़ खुला। राजेश दीदी के कालेज में नया नया

लेक्चरर हो कर आया था। वह दीदी को तो नहीं पढ़ाता था, पर उसने दीदी को अच्छी तरह देखभाल रखा था। उस पर भला दीदी के शादी-से-बचने-वाले कारनामों का क्या असर होता?

और दीदी! कहाँ तो सदा 'मैं पढ़ूंगी' 'मैं पढ़ूंगी' कह कर सबसे लड़ती रहती थीं। अब बैठी अपनी सगाई की अंगूठी को घूरती रहती हैं जैसे अपने शादी के दिन गिन रही हों। अपने 'दोनों' को तो वह भूल सी ही गई हैं : होमवर्क तक नहीं करातीं।

हम दीदी से बहुत गुस्सा हैं।

पार्वती जब रोएगी

सिगरेट का पैकेट जेब से निकालते हुए उसकी ऊँगलियाँ अँगूठी की डिबिया से टकरा गईं और जेब में ही ठिठक गईं। सोनिया की कार बायीं ओर मुड़कर ओझल हो चुकी थी। शाम के घिरते अन्धकार में शिकागो की भीमकाय धुँधली कलसाई इमारतों के सायों में दबा वह एकाएक थका-सा हो गया। पोर-पोर में थकावट ऐसे रिस आई कि खड़ा होना दूभर हो गया। पैर घसीटता वह 'इन्टरनेशलन हाउस' की सीढ़ियाँ चढ़ने लगा, "हैलो", किसी ने कहा।

"हैलो", बिना देखे ही उसने जवाब दिया।

सोने की सादा अँगूठी अभी तो सोनिया पसन्द कर गई थी उसकी जेब में थी। परसों वह उसे पहन लेगी, परसों वह उसे पहना देगा।

शर्मा सामने से आ रहा था, वह कतराकर अपने कमरे की तरफ बढ़ गया साला...उसके मुँह में एक शब्द उभरा। उसे देखते ही शर्मा की आँखों में जो एक घिनौना वासना भरा प्रश्न उभर आता है, उसे वह सहन नहीं कर पाता और कुछ कह भी तो नहीं पाता। शर्मा की मिचमिची आँखें और युवावस्था के मुहासों के दागों से भरे चेहरे पर वह प्रश्न लपलपाता रहता है।

पहले वह मिलते ही कन्धे पर हाथ मारकर पूछता था, "है न गोरी चमड़ी कमाल की चीज़? दोस्त तू बड़ा किस्मत वाला है, आते

ही बढ़िया माल हाथ लगा है। यहाँ चार साल में सब घिसी-पिटी..."

तब भी उसका मन होता शर्मा का मुँह नोच ले, आँख निकाल ले, पर वह खिसिया कर रह जाता। कभी सोनिया पर झल्लाता कि क्यों ऐसे सबके सामने उससे सटकर चलती है। सटकर बैठती है पर अब शर्मा कुछ नहीं कहता। सोनिया उसकी वाग्दत्ता है। पर घिनौना जिज्ञासा भरा भाव वहाँ बन आता है सदा, "हैं न मजे..."

बॉब के अंधेरे कमरे के सामने से गुजरते एकाएक उसके पैर लड़खड़ा आए। अंधेरे में दो मृत, फूली आँखें उभर आईं, सारा शरीर काँप उठा। मंगलवार को जब बहुत खटखटाने पर भी बॉब ने किवाड़ नहीं खोला था तब पुलिस ने आकर दरवाजा तोड़ा था और कारीडोर में खड़ी उत्सुक भीड़ को कुर्सी पर सीधे बैठे, सामने देखते बॉब की आँखें दिखाई दी थीं। फिर कुर्सी के दोनों ओर जमीन पर सूखे रक्त का कत्थई-सा ढेर।

जल्दी-जल्दी वह कमरा पार कर अपने कमरे में आ गया, मानो बॉब उसका पीछा कर रहा हो। इसे ही भूत-प्रेत का डर कहते हैं क्या? उसने हँसना चाहा, एक सूखी, खोखली, फटी-सी आवाज़ खाली कमरे में भर गई।

बत्ती जलाए बिना ही वह पलंग पर लेट गया। आजकल छुट्टिया हैं। 'इन्टरनेशलन हाउस' में बहुत थोड़े लड़के हैं। बाकी लोग घूमने गए हैं या इधर-उधर नौकरी पर। उसके कमरे में रहने वाला मद्रासी लड़का भी नियागरा गया है। सब ओर शान्त चुप्पी है।

आज किसी हिन्दुस्तानी ने चोरी से कमरे में हलवा भूना है शायद। हवा में घी आटे की भारी गमक अभी है, वैसी ही जैसी उसके कमरे में शादी के बाद कितने ही दिनों तक भरी रही थी। माँ ने बची-खुची मिठाई कनस्तरों और टोकरों में भर उसके ही कमरे में

रखवा दी थी और वह तब तक वहीं पड़ी रही थी जब तक कि झल्लाकर एक दिन उसने उन्हें छत पर नहीं डलवा दिया था।

धर्मपुरे की वह दो कमरों की ऊपरी मंजिल जिसमें वे रहते थे, माँ, पिताजी, कम्मो, विम्मो और मन्नो, स्वयं वह और पार्वती।

"कम्मो! जरा उसे भेजना तो," कमरे में खाने की थाली लेकर आई कम्मो से उसने कहा था।

"वह...भाभी...तो..." साँवली कम्मो होंठ काटती नीचे उतर गई थी।

हाथ का हैंगर पलंग पर फेंकते वह बेहद झुँझला गया था। वह 'अलग' है, कम्मो का आधा वाक्य बेढंगा मुँह बना उसने पूरा कर दिया था। नीचे किसी कोने में टाट पर गठरी बनी पड़ी होगी। अखबार पर रख खाना खाएगी और मिट्टी के बर्तन में पानी पिएगी जाहिल! उसने दाँत पीसे थे, जाने पार्वती पर, घर पर, माँ की छुआछूत पर या कि सारे धर्मपुरे पर, सारी दिल्ली, सारे समाज पर।

धर्मपुरे से उसे नफरत थी, सख्त नफरत। गली में पैर रखते ही नाक पर रूमाल रख वह सिकुड़ा-सिकुड़ा, गन्दगी और खिड़कियों से फेंके गए कूड़े से बचता, आवारा गाय-भैंसों से कतराता चलता था। यहीं वह पैदा हुआ था, यहीं खेला था, पर हर दिन के साथ उसकी घृणा यहाँ के लिए बढ़ती जाती थी।

छत पर बैठा वह मोटी-मोटी किताबें लैम्प के प्रकाश में पढ़ता, माँ की कराहट और पिता जी की दमा-खाँसी को सुना करता। लोहे के जाल के नीचे रसोई पर से आती-जाती तीनों बहनों के युवा शरीर और पीले चेहरे उसे जहर से लगते थे।

कभी सीधे मुँह वह उनसे बोलता नहीं था। बेचारी सहमी रहती

थीं उससे। वह चाहता था कि वे पढ़ें, कुछ करें, घर में खाली न पड़ी रहें। सबको टी.बी. हो जाएगी। टी.बी. उसका मन चिल्लाता पर कहाँ जाएँ वे?

गली में आवारा गुण्डे हर पनवाड़ी के यहाँ जमघट लगाए रहते हैं। उनके छज्जे की ओर मुँह कर सीटियाँ बजाते हैं, पान से रँगे होंठों पर जीभ फेरते हैं। किस-किस से लड़े वह। लड़ने लायक हों भी तो। नाली के गन्दे कीड़े! और मेज पर मुक्का दे मारता।

सच ही तीनों को टी.बी. हो जाएगी और एम.एस-सी. में पढ़ने वाले उसने, उस मोटे मारवाड़ी की चार फुट आठ इंच की अनपढ़ दुबली लड़की से बिना चूँ-चरा किए ब्याह की हाँ भर दी थी। मन्नो और बिम्मो दोनों का ब्याह एक सप्ताह के आगे-पीछे हो गया था, एक का खेकड़ा दूसरी का रिवाड़ी।

माँ खुश नहीं थी। गाँव में लड़कियाँ जाएँ और वह भी देहातियों के यहाँ। शहर में क्या "बाबू लड़के नहीं थे?" थे तो, किन्तु ये भी सब गन्दी गली, कूचा सेठ, मालीवाड़े में रहते थे जहाँ कबूतर और इन्सान, बदबू और धुआँ साथ-साथ पनपते हैं, जहाँ पाखानों का मल कठपुतले सिर पर ढोते हैं। जहाँ टी.बी. के कीटाणु साँसों में जीते हैं। नहीं, मन्नो और विम्मो साफ हवा में रहेंगी, गन्दगी भरे इस वातावरण से दूर।

करवट बदलते उसे लगा पार्वती वहीं कमरे में धरती पर लाल दुशाले में लिपटी पड़ी है। पसीने से और घूँघट से फैली बिन्दी, रोने से सूजी आँखें, पडपड़ाए होंठ, मेहँदी की बासी गन्ध भरी हथेली, जिसमें सैकड़ों पतली, आड़ी-तिरछी लाईनें खिंची थीं और सुबकियों मे उठता-गिरता पार्वती का वक्ष।

पार्वती! अरे उमा ही हो जाता नाम। कॉलेज में साथ पढ़ती थी,

विभा, रचना, अर्चना, सन्ध्या, निशा, घर में पार्वती। पारो भी तो कैसे कहे? बिमल राय प्रोडक्शन्स की पारो, कहाँ वह सुमित्रा सेन और कहाँ यह? नहीं पार्वती पार्वती ही थी फिर नाम लेना ही कब होता था। वह बोलती जो नहीं थी। हाँ,...जी...किया करती थी। शुरु में तो वह भी नहीं। हाथ लगाया तो रो पड़ी। बड़ी खीझ होती थी उसे कभी-कभी।

पहले दिन, शादी के छः रोज बाद जब उसे अपने कमरे में बैठा पाया था तो थोड़ा अचकचाया था। यह नहीं कि वह विवाह में उसे विदा करा लाकर भूल गया था। सिर्फ उसे विशेष उत्सुकता नहीं थी। इस घर में माँ के नियम-बन्धन थे। वधू उसकी हुई तो क्या, जब माँ ठीक समझेगी, उसे भेजेगी। पर बाद में लगा कि पार्वती खुद ही आई नहीं होगी, रोई होगी। घूँघट उलटते न उलटते उसकी डर से घिग्घी बँध गई थी।

वह बाघ था क्या? वह जो अंग्रेजी के बहुत उपन्यास पढ़ता था, अंग्रेजी की फिल्में देखता था कि सही-सही चुम्बन कैसे किया जाता है? उसकी सब 'सेक्स नॉलेज' रखी रह गई थी। पार्वती ने शायद इस विषय में कभी सुना ही नहीं था। सुना था तो जाने क्या? घुटनों में मुँह छिपाया कि जो उठता नहीं था, अकड़ता ही जाता था। थककर वह पलंग पर सो गया था। पार्वती वहीं गठरी बनी बैठी रही थी, कितना समझाने-बुलाने पर भी नहीं आई थी।

लेटे-लेटे उसके शरीर में वही दोपहर वाली बिजली कौंधने लगी, वही उबाल। सोनिया के पसीने और सेंट की मिली-जुली गन्ध। गन्ध कि जो पहले पहल उसने 'बीच पार्टी' के अवसर पर अनुभव की थी। तब भी वह धूप से ओट किए अनमना-सा लेटा था, धर्मपुरा की ही सोचता, माँ के, कम्मो के, शायद पार्वती के सम्बन्ध में सोचता-सा। वह उसके करीब रेत में पसर कर बैठ गई थी।

"तुम क्या सोच रहे हो?" मुँह से सिगरेट निकाल कर वह उठ बैठा था, परेशान सा

"कुछ नहीं, कुछ नहीं..."

"क्या सुनहरा दिन है थोड़ा तैरोगे?"

"मैं? मैं तो तैर नहीं सकता..."

"अरे अच्छा मैं तैर आऊँ, बड़ी गर्मी है" उसके पास ही खड़े हो उसने एक झटके से ज़िपर खोल अपनी पतली सूती फ्रॉक उतार दी थी। नीचे वह लाल-सफ़ेद धारी का बेदिंग सूट पहने थी। लाल रंग में गोरा जिस्म कौंध गया था और वह पानी में उतर गई थी। पानी को चीरते उसके पैरों के तलवों को वह देखता रह गया था। सोनिया! पिछले साल उसने अपने पति को तलाक दिया था, कारण कि आपस में बनी नहीं। अब वह एक ऑफिस में काम करती है। विदेशी विद्यार्थी उसे बहुत अच्छे लगते हैं। इसी से 'इन्टरनेशलन हाउस' में उसकी शामें बीतती हैं।

"टेलीविजन या फिल्म देखने से तो किसी विदेशी दुनिया के बारे में बातचीत करना अच्छा है, ज्ञान बढ़ता है।" उसने कहा था, "हिन्दुस्तानी मेरे फेवरिट हैं। भारत को मैं अच्छा मानती हूँ, कभी जाने का भी मन है वहाँ... पर हिन्दुस्तानी लड़कों में, बुरा नहीं मानना, कुछ लड़कों में, मैंने देखा है एक खराब आदत है कि हम लोगों को सस्ता या बाजारू मानते हैं। उनमें... उनमें महिलाओं के लिए विशेष आदर नहीं है। कुछ ही की बात है शेष सब बहुत सीधे, बहुत ही भोले, प्यारे होते हैं, बच्चों की तरह।"

सोनिया के दाँत बड़े साफ, सुथरे थे, उसकी हँसी उन्मादक। इस एकाकीपन में सोनिया जैसे उसका आसरा हो गई थी। छुट्टी के दिन वे सारे शिकागो में घूमते, सोनिया की छोटी सफ़ेद कार में। एक दिन उसने उसका हाथ दबाकर धीरे से कहा था, "तुम बहुत अच्छे हो, मनी।" नाम मनीन्द्र है। यहाँ सब मनी बुलाते हैं, मनीन्द्र कोई कह ही नहीं पाता।

फिर सोनिया ने घर पर बुलाया था। कितनी बार शनिवार की

दोपहर का भोजन अपने यहाँ कराया था। "तुम्हें जब अकेला लगे फोन कर दिया करो, मैं लेने आ जाऊँगी। हर व्यक्ति को दूसरे की जरूरत होती है मनी, मेरा भी तो मन उचाट हो जाता है अक्सर।" सोनिया ने उस दिन उसे अमरीकी नृत्य सिखाना चाहा था। अजब हुड़दंग नृत्य था, वह हँसते-हँसते बैठ गया। "नहीं बाबा, मुझसे नहीं होगा...।"

अच्छा आओ एक पुराना डांस सिखाऊँ...देखो ऐसे धीरे-धीरे।" उससे कुछ नहीं सुना गया। सोनिया की कमर को घेरे हाथ पर त्वचा के स्पर्श का भान तीव्रतर होता जाता था, उसके सीने से सटे सोनिया के वक्ष की चुभन और तीखी। उसने एक भी स्टेप नहीं सीखा तो हँसकर वह उसके गले में बाँह लटका कर झूल गई थी और माथे से माथा सटा दिया था। दोनों की साँसें एक दूसरे के मुँह को गरमा गई थीं, होठों में इंच भर फासला था।

"अरे बुद्धु प्रिय!"

नहीं सोनिया ने नहीं बर्जा, न चुम्बन को न उसके हाथों को। सिर्फ उसने आँखें बन्द कर ली थी...। साँसें उसकी बिन्धे पशु की हुंकार-सी हो गई थीं, और मनी की जकड़ में उसका शरीर कितनी ही देर तड़पता रह गया था। बहुत देर बाद उसने आँखें खोली थीं। मनी का माथा अपने वक्ष में छिपाकर वह बोली, "यू सिली। आई हैव वान्टिड यू फार सो लांग।"

अजीब मस्त लड़की सोनिया! उसने कभी नहीं रोका, न उस दिन उसके बाद, आज तक भी नहीं। न कोई वायदे करवाए न वचन लिए, न ही रोनी भावुकता भरी बातें कीं। एक तथ्य की स्वीकारोक्ति की तरह वह कहती "मनी, आई लव यू।"

पिछले सप्ताह भी उसी तथ्य की स्वीकारोक्ति स्वर में उसने कहा था "मनी, मुझे गर्भ है।" नहीं, वह रोई-झींकी नहीं, उसने कुछ धमकी नहीं दी। सिर्फ उसके माथे पर थोड़ी चिन्ता की सलवटें उभर आई थीं

और उसकी उँगलियाँ मनी की पकड़ में काँप रही थीं।

"तुम चिन्ता मत करो। तुम मेरे प्रति किसी तरह बाध्य नहीं हो। मैं आर्थिक रूप से स्वतन्त्र हूँ। जैसे भी होगा निभा लूंगी।"

"यू सिली..."

मनी ने जब विवाह की बात कही तब ही वह रोई थी, कृतज्ञता से, मुक्ति से भर कर।

"पर तुम सचमुच चाहते हो क्या?"

"हाँ सोनिया, हाँ।"

शर्मा ने एक बार कहा था, "दोस्त, यहाँ जरा बच कर चलना। ये लोग इस्तेमाल के लिए हैं, बाँधने को नहीं। पकड़ाई में आ गए तो बँध जाओगे, फिर छुट्टी नहीं। रस्तोगी इसी चक्कर में फँसा बेचारा, क्रिस भी...।"

"सोनिया, हम इसी सप्ताह रजिस्ट्री करवा लें।"

"एकदम, इतनी जल्दी क्या है?"

"नहीं, इसी सप्ताह...।"

हाँ, उसे जल्दी थी, शर्मा की विजय वह नहीं होने देगा। किसी को पता चलने से पहले वह विवाह कर लेगा। फिर उसे उस धर्मपुरा में, नाली के कीड़े-सी जिन्दगी में लौटना ही कब है, लौटेगा भी कैसे, और क्यों? "साइन्टिस्ट्स पूल" में बहुत होगा चार सौ की नौकरी मिल जाएगी। उतने में रिटायर्ड पिता, बीमार माँ को लेकर कहाँ रह सकेगा दिल्ली में। यहाँ से दस हजार रुपये कम्मो के ब्याह को भेज चुका है। दो-ढाई सौ रुपये महीना तो यूँ ही भेज देता है।

कमरे में सिगरेट का धुआँ भर गया था। हलवे की गन्ध से उसे

मिचली होने लगी। उठा कि कुछ खा ही लिया जाए। डिनर तो नहीं मिलेगा अब, काफ़ी-केक ही सही। बॉब का कमरा वैसे ही बन्द था। कई अफवाहें उठी थीं कि उसकी प्रोफेसर से अनबन हो गई थी, उसने आत्महत्या कर ली, क्योंकि एक्सपेरीमेन्ट सफल नहीं हो रहा था। वह 'मैन्टली डिस्टर्ब्ड' था। बॉब! बहुत मेधावी था वह लड़का। आँखों पर मोटा चश्मा चढ़ाए वह कुछ न कुछ करता रहता था, हरदम। किसी ने कहा उसका ब्रेक-डाउन हो गया ओवर-वर्क से।

कैफेटेरिया अब तक खाली हो गया था। एक काली लड़की मेजों की सफाई में लगी थी। कॉफी और केक ले वह एक कोने में बैठा। भूख थी पर खाना दूभर हो रहा था।

वह अमरीका जाएगा, सुनकर पार्वती ने तुलसी का चौरा छत पर अपने कमरे के बाहर लीपा था। छत की यह बरसाती उन दोनों का कमरा थी। ऊपर टीन की टाँड में घर का फालतू समान भरा था। गद्दे-रजाई जो मेहमानों के लिए बनाए गए थे, फालतू बर्तन, पुराना चर्खा, गरम कपड़े, दिवाली की हटड़ी, खिलौने। वह ठीक से जाए और ठीक से लौटे, इसी से पार्वती तुलसी के नीचे दीपक जलाती थी, पूजा-व्रत करती थी और आने के समय वह उसे देख भी नहीं पाया। वह 'अलग' थी तीन दिन को। उन फालतू दो-ढाई सौ रुपयों को भी उसे अपने हाथ से सौंप नहीं सका जो सब खर्चे के बाद उसके पास बच रहे थे। उसके सन्दूक में ऊपर रखकर चला आया था। नहीं, उसे पार्वती से प्यार नहीं था। उसे अनडेवेलप्ड लड़की से भला किसे प्यार हो सकता था।

कॉफी के कड़वे घूँट निगलता वह सामने बैठी, बॉब की गर्ल फ्रैंड सूज़ी को बॉब के पक्के दोस्त जार्ज के साथ बातें करते देखता रहा। दफन के समय भी वे दोनों साथ-साथ खड़े थे। जब सूज़ी रोई थी तो जार्ज के कन्धे पर सिर रखकर। किन्तु पार्वती जब रोएगी तो...तो... किसका कन्धा होगा...।

रामसिंग

रामसिंग को पहले-पहल मैंने कब देखा, वह कहाँ से आया था, उसकी वय तब क्या थी : यह सब बताना शायद आज संभव न हो। हाँ, मुझे ठीक-ठीक याद है कि वह हमारे चांदनी चौक वाले घर में था, जब 1963 में भारत-चीन युद्ध छिड़ने पर मैं उस घर में रह रही अपनी दो वर्ष की बेटी, को लेने भारत आई।

मेरा बेटी को लेने आना, बेटी का भारत और हमारा स्विट्ज़रलैंड में होना भी अपने-आप में एक कथा है, जो भुलाई नहीं जा सकती। बेटी जब 8-9 महीने की थी, हम उसे उसकी दादी से मिलवाने भारत आए। वैसे भी हमें न्यूयॉर्क छोड़ स्विट्ज़रलैंड जाना था, जहाँ मेरे पति ने नई नौकरी ली थी। किन्तु स्विट्ज़रलैंड में घर कठिनाई से मिलते हैं और हमारा नम्बर आने में कुछ देर थी। वे मुझे यहीं छोड़कर चले गए। उनके जाने पर उनकी माँ एकदम बेहाल थीं। मेरे पति अपनी माँ के एकमात्र बेटे थे। उनका बिछोह मेरी सास से सहन न होता। वे बीमार भी थीं।

पति के स्विट्ज़रलैंड प्रस्थान के बाद यह मालूम हुआ कि दूसरा बच्चा आने को है। बस तो क्या? मेरी सास, उनकी सात बहनें तथा अन्य परिजन बारी-बारी से कभी हँसके, कभी नसीहत दे मेरे पीछे पड़े कि मैं अपनी बेटी, अपनी पहली सन्तान अपनी सास के पास छोड़ दूँ, तो उनका मन लगा रहेगा। पहले तो मुझे विश्वास नहीं हुआ कि कोई ऐसा कह भी सकता है। फिर डर लगा कि ये लोग मेरी बेटी को मुझसे जुदा न कर दें? वे बहुत सारे थे, मैं एकदम अकेली और दूसरे बच्चे

के गर्भ के कारण अस्वस्थ थी। तिस पर छोटा-सा घर। भारत की गर्मी।

ज्यों-ज्यों मेरे जाने का दिन निकट आने लगा मेरी सास का रोना और वेदना बढ़ने लगी। वे बार-बार यही कहतीं कि "अबके तुम जब लौटोगे, मैं नहीं रहूँगी..." इत्यादि। सुनकर कष्ट होता। वे बताती रहतीं कि अपने बेटे को उन्होंने कितने कष्ट से पाला था। अपनी विधवा सास का यह विलाप मुझे सालता रहता। लगता, मैं बहुत स्वार्थी हूँ। जिस दिन मेरा प्रस्थान था, उस दिन तो वे जैसे धरती पर बिछ गईं। बोलीं, "बहू तेरे तो एक और हो जाएगा, इस लड़की को मुझे दे दे....।" 'जिस मुख निकसत नाही' के अपने स्वभाव से विवश और बड़ों के आशीर्वाद से अपने को वंचित करने के डर से डरी, मैंने विमान में बैठने से पहले बेटी को उनकी गोद में दे दिया। और विमान में बैठने के बाद मुझ पर जो गुज़री, वह शब्दों में न बंधे तो ही ठीक।

समय निकलता गया। दूसरा बच्चा, स्विट्ज़रलैंड में पैदा हुआ उसे देखती तो बेटी और याद आती। कभी किसी बच्चे को 'मम्मी' कहते सुनती, तो ठगी रह जाती। मैं दो बच्चों की माँ थी, पर मैंने अभी तक 'मम्मी' नहीं सुना था। जब बेटी को छोड़ा वह बोलना नहीं सीखी थी। बेटा तो पांचेक महीने का ही था। इसी सब उदास करने वाली स्थिति के कारण मेरा मन पीछे-पीछे समय में ज़ाने लगा।

और तभी भारत-चीन के बीच युद्ध छिड़ गया। उन दिनों न तो घरों में टेलीविज़न होते थे, न विदेश से आप दनादन फोन कर सकते थे। मात्र पत्रों का सुभीता था और उन्हें भी आने-जाने में पूरा मास ही बीत जाता था। मेरे निरन्तर भारत जाने की रटन से तंग मेरे पति ने भारत में 'पूल ऑफ़िसर' का पद स्वीकार कर लिया था, पर मैं रुकने को एक दिन भी तैयार न थी और उन्हें जाकर पद पर पहुंचने में अभी समय था। सो मुझे और पांच-छः महीने के मेरे बेटे को उन्होंने इटली से पानी के जहाज़ में बैठाकर बम्बई के लिए रवाना कर दिया। बम्बई

से दिल्ली तक रेल का सफ़र था।

पानी की वह दुखदायी यात्रा कर और फिर ट्रेन से दिल्ली एक नन्हे बच्चे को साथ लेकर मैं पहुंच ही गई, इससे पहले कि दिल्ली पर (मेरी कल्पना में) कोई चीनी आक्रमण हो जाता और मैं अपनी बेटी को खोज न पाती। बेटी तब तक दो वर्ष से बड़ी हो चुकी थी। बोलने लगी थी। किन्तु जब उसे कहा गया कि 'यह तुम्हारी माँ है' तो उसका वह भय मारा मुख देखते ही बनता था। वह आँख में आँसू भर कभी मेरी सास को देखती, जो उसके लिए अब तक माँ थी, कभी मेरी ओर! जब मेरी सास ने भी उसे कहा कि "हाँ, हाँ, जाओ न, यह तुम्हारी माँ है - तुम्हारी मम्मी है।" तो वह आहत बच्ची डरकर जिसकी गोदी में जा छुपी, वह रामसिंग था। और रामसिंग को जाने कैसे हमसे अधिक समझ थी कि वह सैर कराने के बहाने उस घबराई और डरी बच्ची को घर से बाहर ले गया।

रामसिंग जब तक हमारे पास रहा और जिया, मेरे और मेरे बच्चों के बीच ढाल बना रहा उन्हें मुझसे, मेरी झुंझलाहटों और नासमझियों से बचाता रहा बीच-बीच में जरूरी हो तो मुझसे ख़फ़ा भी हो जाता।

फ़िलहाल मैं ख़फ़ा थी। स्वयं से। जिस बच्ची की याद में एक वर्ष एक युग-सा बिताया, वह मुझे 'माँ' नहीं मान पा रही थी। यह एक खीज और झेंप का कारण तो था ही और अपनी इस पीड़ा में मैं अकेली थी। मेरी सास अपने प्रेम से लैस थी और मैं अपने माँ होने के अधिकार से। इस ठनाठनाई में बच्ची पर क्या न बीतती? मेरे लिए नियति का क्रूर उपहास भी था और आत्मग्लानि जैसा भी कि भावुकता के एक क्षण में मुझसे जो वर्ष-भर पहले हुआ उससे अब कितने प्राणी प्रभावित थे - अबोध बेटी, जिससे पहले उसकी एक 'माँ' छूटी, अब दूसरी छूटने को थी, मेरी सास जो पहले अकेली थीं, अब बच्ची के मेरे पास आ जाने के बाद कितनी अधिक अकेली होंगी और मैं मूढ़-सी इस सबका कारण भी थी और अवश भी।

शायद स्थिति इतनी गंभीर नहीं थी, जितनी मेरे भावुक मन में उसकी स्मृति। कुछ महीने बाद जब पति दिल्ली लौट आए, तो उन्होंने ही निर्णय लिया कि दोनों बच्चे साथ पलेंगे और चांदनी चौक में बेटी को अधिक नहीं छोड़ा जा सकेगा। अब तक मैं अपनी अति-उदार-मना जेठानी की अतिथि थी-जाहिर था कि उस घर में इतनी जगह नहीं थी कि एक और गृहस्थी बस सकती। सो पति के नौकरी संभालते ही हमने अपने लिए घर देखना आरम्भ किया। दिल्ली में घर भी इतनी सुभीता से मिलते नहीं। न ही उन दिनों दिल्ली में इतनी कॉलोनी बनी थी। मेरी माँ के घर के पास एक घर ख़ाली था - उनके किसी परिचित का। माँ की सहायता से वह हमें मिला।

किन्तु चांदनी चौक छोड़ना अन्नु के लिए कितना दारुण रहा होगा, यह कौन जाने? यदि रामसिंग न होता तो जाने क्या होता? हम दो माँओं के बीच तीसरी और असली 'माँ'-रामसिंग, अन्नु को बहलाकर हमारे साथ नए मकान में ले आया। गनीमत कि बच्ची अपने भाई से प्यार करने लगी थी और दोनों संग खेलते भी थे।

धीरे-धीरे मेरी इस छोटी गृहस्थी को चलाने वाला भी रामसिंग ही था, क्योंकि नए घर आने के कुछ ही महीने बाद जिस सूचना ने मुझे सुन्न कर दिया, वह यह कि मैं एक बार फिर माँ बनने वाली थी। जब मेरी माँ को यह पता लगा, वे भी मुझसे नाराज़ हुईं कि कैसे इतने बच्चे पालोगी? किन्तु आज की लड़कियों की तरह मेरी कल्पना में भी यह बात नहीं आई कि बच्चे की हत्या की जा सकती है। हाँ, यह प्रण अवश्य किया कि यह बच्चा हमारी अन्तिम सन्तान होगा, क्योंकि मैं स्वयं अन्दर तक दुखी थी और चिड़चिड़ी हो गई थीं। रामसिंग ही दोनों बच्चों को तैयार कर नर्सरी स्कूल पहुंचाता, लाता और घर का सब काम करता।

क्या था इस एकदम कृष्ण वर्ण मझोले क़द के तीसेक वर्ष के व्यक्ति में कि उसने मेरे सारे कामों को अपने सिर ओढ़ लिया। आज

भी याद आता है वह, तो आँसू रुकते नहीं। बहुत कम बोलता था वह। बच्चों से बोलता था। उनका कोई भी काम उसे अरुचिकर नहीं लगता। न मैले कपड़े, न नहलाना-धुलाना, न बार-बार गीले बिस्तर को बदलना। किसी बच्चे के बिस्तर गीला करने पर यदि मेरा धीरज छूटता, तो वह कहता, "सीख जाएँगे, अम्माँ आपने कभी किसी को बड़े होकर गीला करते देखा है? ये भी नहीं करेंगे।"

कैसी अद्भुत बात, कितनी सरल उक्ति। ऐसा ही था वह। शायद बिहार का था। पूछने पर कहता, "हमारा कोई नहीं। यही तो अपने हैं अब।" और बच्चों के साथ उलझा रहता। नए घर की छत दो-तीन घरों से जुड़ी थी। एक छत से दूसरे मकान की छत पर जाया जा सकता था। छत पर बरसात के बाद कुछ क़ीमती सामान धूप लगवाने के लिए भेजा। शाम को उसमें से एक कम्बल चोरी हो गया। पति घर आए उन्हें पता लगा। रामसिंग पर संदेह का तो सवाल ही नहीं था। किन्तु जाने कैसे और लोगों ने उनसे कहा, 'पहले तो अपने घर के नौकर को पुलिस में दो।' वे भी मान गए। पर ज्यों ही उन्होंने मुझसे कहा कि पुलिस को फोन करेंगे, मैं दोनों हाथ फैलाकर रामसिंग के आगे खड़ी हो गई और बोली, "यह गया तो मैं भी जाऊंगी इसके साथ!" वे मेरे इस दुस्साहस पर अवाक रह गए, क्योंकि मैं तब तक बहुत ही भीरु थी और कभी उनका सामना मैंने नहीं किया था। एक बार तो वे लाल-पीले होने को हुए, फिर उन्हें स्वयं समझ में आया कि मेरा आशय क्या है। रामसिंग मेरे पीछे से गिड़गिड़ करता रहा, "अम्मा, कोई बात नहीं। ले जाने दो पुलिस को।"

"नहीं रामसिंग, तुम नहीं जाओगे," मैंने रोकर कहा, "मैं रामसिंग पर इससे ज़्यादा क़ीमती चीज़ें वार सकती हूँ। यदि वह चोर है, तो कोई ईमानदार हो नहीं सकता।"

मेरे इस अकस्मात् रौद्र रूप से सारा घर सामान्य हो गया। पर

एक उदासी थी मुझे बहुत दिन घेरे रहीं उस दिन मैं और रामसिंग जिस रिश्ते में बंधे वह आज भी मेरे लिए वैसा ही है, यद्यपि रामसिंग को गुज़रे आज 30 वर्ष से अधिक हो गए।

इस घटना के कुछ ही महीने बाद हम फिर से अमरीका चले आए और रामसिंग मेरी जेठानी की गृहस्थी में लौट गया। जाते-जाते मैंने पूछा, "हम आएंगे तो तुम मिलोगे न?" "तो और कहाँ जाएंगे हम", कहकर वह बच्चों को बार-बार लिपटाकर रोने लगा।

और सच ही जब अमरीका से सात बरस बाद हम लौटे तो वह वहीं था। इन सात बरस में मैंने एम.ए. और पी.एच.डी. कर ली थी। आते ही एक कॉलेज में मेरी नियुक्ति हो गई। हमारा मकान जो मेरी अनुपस्थिति में बना, मेरे कॉलेज से बहुत दूर था। प्रतिदिन 18 किलोमीटर जाने और आने में शाम हो जाती। बच्चे दस, आठ और सात वर्ष के थे। तीनों को हिन्दी नहीं आती थी, मुझे समय नहीं था। ऊपर से नई-नई बीमारियां दिल्ली की-कभी पेट ख़राब, कभी वायरस, इन सब भीषण परिस्थितियों ने मेरा एक ही कर्णधार था, रामसिंग। आज सोचती हूँ तो अन्याय-सा लगता है - एक व्यक्ति पर यों लद जाना। मैं तो कठिनाई से शाम को खाना बना पाती थी। शेष सब वह देखता।

उसका बोझ हल्का करने के निमित्त मैंने घर के पास बने एक नए कॉलेज में स्थानान्तरण करवा लिया। किन्तु उसका बोझा घटा, यह दावा तो नहीं कर सकती। मैं जितने समय घर पर रहती भी तो कुछ-न-कुछ लिख रही होती या परीक्षा की कॉपियां जांच रही होती। मेरे बच्चों की फिर असली माँ, हमारा रामसिंग ही था। यहाँ तक कि हमारा मकान जब बना उसमें भी वह चौकीदार की तरह रहा, तभी निर्माण संभव हुआ। यह बात बाद में मेरे परिवार वालों ने मुझे बताई कि मेरे घर की एक-एक ईंट रामसिंग की देख-रेख में लगी। एक-एक

सीमेंट की बोरी और लोहे की छड़ का उसने हिसाब रखा। क्योंकि हम लोग विदेश में थे और मेरी ससुराल में कोई भी इस योग्य नहीं था कि आकर मकान के निर्माण को संभालता। मेरे बड़े भाई ने मकान बनवा तो दिया, किन्तु चौबीस घंटे चौकसी पर जो रहा, वह रामसिंग ही था। दुर्भाग्य कि हमारे भारत लौटने के बाद उसी मकान में रामसिंग बहुत दिन नहीं जिया। अब तक वह शायद चालीस बरस का हो गया था। ठीक से तो वह भी नहीं बता पाता कि क्या उम्र थी उसकी? उसकी दोनों टाँगें धीरे-धीरे वक्र-सी होने लगी थीं। पहले भी बहुत सीधी तो नहीं थीं। यदि मैं अपनी व्यस्तताओं से इतनी घिरी न होती तो जल्दी ही भांप लेती कि उसकी तबीयत ठीक नहीं। किन्तु मेरे लिए तो वही लौह पुरुष था। उसके बीमार होने की बात की मैं कल्पना तक नहीं कर सकती थी।

जिस वर्ष वह गया, उस वर्ष उसका व्यवहार अटपटा होने लगा था। कभी-कभी आँखें लाल हो उठतीं और वह मुझ पर गुस्सा जाता कि काम ज़्यादा है। कभी खाना नहीं खाता। यदि वह सेवक न होता तो हम समझ लेते कि उसका रक्तचाप बढ़ा हुआ है। एक नासमझी थी मेरी, एक उस पर विश्वास। दूसरा वह कभी कुछ बताता भी तो नहीं था।

एक दिन वह उठकर नहीं आया। जाकर देखा तो सन्निपात जैसी स्थिति में था। पास के डॉक्टर को बुलवाया। उसने जो आकर कहा तो उससे मेरे हाथों के तोते उड़ गए। रामसिंग बचपन से अफीम जैसा कुछ खा रहा था। इधर उसकी मात्रा बढ़ा दी थी। उसका गुर्दा फेल हो गया है, डॉक्टर को ऐसी आशंका थी।

रामसिंग को सफदरजंग में भर्ती करवा दिया गया। मैं कॉलेज जाती, बच्चों को दिन का खाना बनाकर देती, भागकर शाम को उसे देखने अस्पताल जाती। आकर रोने लगती। फिर शाम का खाना, कपड़े

धोना, घर की सफ़ाई, खरीददारी। पति का दफ़्तर शहर के दूसरे सिरे पर था। जल्दी जाते, देर से आते। बच्चे छोटे थे, होमवर्क से घिरे थे और मैंने कभी रामसिंग के अतिरिक्त किसी को रखा नहीं था। इतनी जल्दी मिलता भी कौन? और वह नहीं रहेगा, यह कोई मुझे कह देता, तो मैं ही फिर बिस्तर से उठती नहीं।

उसे देखने जाती रही। वह दिन-दिन 'कोमा' में जाता रहा। कभी-कभी बात भी नहीं होती। जो कुछ उसके लिए ले जाती, पास में रखकर चली आती। एक दिन एक नर्स मुझ पर झल्लाई कि 'इस मरीज के पास कोई घर का क्यों नहीं रहता?' यह बात एक तमाचे-सी लगी। जो सबसे अधिक हमारा था, हम ही उसके घर के न हो सके। हम दोनों नौकरी पर थे, सो कौन उसके पास रहता? उसका बक्सा खोलकर उसके सामान की पड़ताल की। पर किसी भी परिजन का कोई नाम-पता न मिला।

मुझे याद है, दशहरे की सुबह चार बजे का समय रहा होगा। वह सफ़ेद उजले कपड़ों में स्वस्थ, स्फूर्त मेरे सम्मुख मेरे स्वप्न में खड़ा था। मैंने ललककर कहा, 'रामसिंग तुम ठीक हो गए?'

'हाँ अम्मा, हम ठीक हो गए।'

और तभी दरवाज़े की घंटी बजी। मेरी आँख खुली। अस्पताल से तार था कि 'आपका मरीज़ नहीं रहा आकर उसे ले जाइए।'

वह जाते-जाते भी मेरे पास आया था। सपने याद नहीं रहते। किन्तु उसका वह रूप, वह सपना आज भी ज्यों का त्यों साफ़ है। वहीं खड़ा है वह, साफ़ धुले सफ़ेद कुर्ते-पाजामे में। रामसिंग यदि स्वर्ग नहीं गया तो कौन जाता होगा वहाँ?

गुलमा बेगम

कहते हैं, मेरा जन्म लन्दन की किसी फैक्टरी में हुआ और वहाँ से भारत लाया गया। वह तो सब मुझे याद नहीं पर मुझे याद है वह बड़ा कमरा जिसमें तरह-तरह के सेन्ट की महक भरी रहती थी और जहाँ मेरी मालकिन मेरे सामने बैठ श्रृंगार किया करती थी। जूलियट समाँलट था उनका नाम और अपने पति कर्नल समाँलट से उम्र में वे बहुत छोटी थी। अक्सर कर्नल साहब उसे कमरे में कॉफी का प्याला लेकर चले आते और मैं उनकी बातें सुना करता, पर तब मैं बहुत छोटा था और आधे से अधिक बातचीत मेरी समझ में नहीं आती थीं। हाँ, इतना मैं जरुर समझ गया था कि मेमसाहब को यह देश बहुत अच्छा लगता है और साहब को इससे सख्त नफरत है। वह अक्सर यहाँ के लोगों को काला, जाहिल इत्यादि कहते रहते थे और जूलियट मेमसाहब प्रतिवाद में खिलखिलाकर हँस पड़ती थी और जल्दी-जल्दी बालों में ब्रश घुमाने लगती थी, कभी मुँह में पिन दबाये कहती, "हेनरी, मुझे तो बहुत आराम है यहाँ। देखते हो देवी की तरह पूजती हूँ...।" कर्नल साहब को यह उपमा सदा अखरती और वह गुर्राते, "कितनी बार कहा है यह मत कहा करो।" कर्नल के बाहर जाते ही जूलियट मुँह बनाकर फिर हँस देती।

बात सन् पैंतालिस की है। चारों ओर बहुत हंगामा हो रहा था उन दिनों, और समाँलट साहब कई-कई दिन दौरे पर रहते थे। मैं दस बरस का रहा हूँगा तब। एक दिन समाँलट साहब अचानक चल बसे।

हुआ यह कि वह तेजी से बँगले की सीढ़ियाँ उतर रहे थे, उनके हाथ की छड़ी एक गुलदावरी के गमले में फँस गई। धक्के से वह लुढ़के तो ढेर होकर ही रहे। भारी भरकम आदमी थे नहीं तो शायद हाथ-पैर टूटकर रह जाता। जूलियट मेमसाहब ने जाने किस-किस से मिल-जुलकर उसी समय हवाई जहाज से शव इंग्लैण्ड ले जाने का प्रबन्ध कर लिया और एक छोटा सा सूटकेस साथ ले उसी शाम वह चली गई। जाते समय उन्होंने मेरी ओर ठीक से देखा तक नहीं और यह गम मुझे हफ़्तों सालता रहा। उस बन्द कमरे में सेन्ट की महक में घुटता मैं जूलियट मेमसाहब के लौटने की प्रतीक्षा करता रहा पर वह नहीं आई। सोलह दिन बाद दरवाज़ा खोला गया और एक गोरे साहब (जो क्लर्क से दिखते थे) के साथ दो-तीन 'काले लोग' कमरे में आये। यह पहला मौका था कि काले अजनबी उस कमरे में आये, नहीं तो आया और घर के स्टॉफ को छोड़कर कोई काला उसमें नहीं आ सकता था। मेरे भी कान खड़े हुए। उन काले लोगों में मूँछों वाला रौबीला सा दिखने वाला एक शख्स बार-बार मेरे नज़दीक आकर मुझे घूर रहा था और हर बार एक मुस्कराहट उसके मुँह पर तैर जाती थी। मैं तब तक नहीं जानता था कि समॉलट साहब से देशवासियों के लिए इतनी नफरत मैंने भी विरासत में पा ली थी और उन्हें नीची दृष्टि से देखने लगा था। इस आदमी का बार-बार मुझे छूना हिमाकत सा लगा। पर तब मुझे यह अहसास नहीं था कि यह शख्स मेरा नया मालिक होगा। उसी दिन कुछ लोगों ने मिलकर मुझे उठाया और एक पुराने कम्बल में लपेटकर दो कुलियों के सिर पर रख कहीं के लिए चलता कर दिया। कम्बल मेरे चारों ओर इस तरह लपेटा गया था कि मुझे कुछ दिखाई नहीं देता था कि मैं कहाँ जा रहा हूँ। पर मेरे चारों ओर शोर-शराबा हर कदम के साथ बढ़ता जा रहा था। इससे मैंने अंदाजा लगाया कि मैं काले लोगों की बस्ती में पहुँचाया जा रहा हूँ। उस वक्त बहुत याद आई जूलियट मेमसाहब के महकदार कमरे की, जिसमें हमेशा ठण्डक रहती थी और शोर तो कभी सुनाई नहीं पड़ता था।

आधा घण्टा दो इन्सानों की सवारी कर मैं अपने नये मुकाम पर पहुँच गया और बरामदे में उतार दिया गया। वहीं मूँछों वाले शख्स ने मुझे बहुत नर्मी से मेरा कम्बल उतारा और तीन लोगों की मदद से एक दीवार के सहारे खड़ा करवा दिया। उस वक्त तक मैं बहुत गुस्से में आ गया था और मैंने कुछ परवाह नहीं की कि देखूँ मैं किस तरह के माहौल में हूँ या मेरा मालिक कौन है? हाँ, न चाहते हुए भी मेरे कानों में उनका नाम पड़ चुका था। आसपास के सब लोग उसे 'नवाब साहब' पुकार रहे थे। पर खुदा को जैसा मन्जूर, मेरा गुस्सा बरकरार नही रहा, क्योंकि जैसे ये लोग जरा हटे कि दो छोटे-छोटे पैर पायजेब खनका कर मेरे सामने आ रुके। उन पैरों की मालकिन का मासूम चेहरा पहले यूँ मुझे देख कर जरा झेंपा, थोड़ा लाल हुआ फिर अचानक ही मेरे सामने छमाछम नाच उठी। पैरों की थिरकन रुकी और दोनों हाथों ने मुझे लिपटाकर सीने से लगा लिया।

वह भी दस बरस की ही रही होगी तब या कुछ ज्यादा। मेरी नई मालकिन। पर उसे मालकिन कहना शायद ग़लत होगा। क्या कहूँ उसे? उस दिन उसने मुझे रिझा तो लिया था पर तब मैं इतना समझदार नहीं था कि मैं अपने मन का हाल पहचान सकूँ। कुछ ही दिनों में वह मेरी सब कुछ और मैं उसका सब कुछ हो गया था। अगले दिन से उसका जो मेरे पास आना-जाना शुरु हो गया उसका क्रम इन पिछले सात बरसों में बहुत नहीं बदला है। बहुत कुछ और सब बदल गया है, वक्त बदल गया है, माहौल बदल गया है, पर उसका सुबह उठते ही मेरे पास आकर बैठना, अपनी नींद-भरी आँखों से मुझे देखना और मुझमें अपनी परछाई को यों उलट-पुलट देना, कि ज्यों कुम्हार चाक पर चढ़ी कच्ची सुराही को देखे कि नुक्स कहाँ है और कहीं भी नुक्स न पा खुश हो हो गुनगुनाने लगे, और प्यार से चढ़ती सुराही के हर उठाव-गिराव को परखे, वह सब नहीं बदला है। उसके बाद दोपहर में नहा-धोकर काम से निपट उसका मेरे पास बैठ अपने बाल लहरा देना, ओढ़नी एक ओर रखकर अँगड़ाई लेना और फर्श पर लेट दिन भर का

किस्सा सुनाना और सुनाते-सुनाते पसर कर सो जाना भी नहीं बदला है। पर उन दिनों उसके जीवन में मैं एक जरुरी हिस्सा था। उसके बहुत से साथी, खिलौनों में से एक था। नवाब साहब उसके दादा थे और वह उनकी बहुत दुलारी थी। सूरजमुखी के फूल सी वह गदराई, गोरी, गोलमटोल थी पर टहनी सी लचक थी उसके बदन में। उन दिनों उसकी एक पक्की सहेली थी। निर्मला उसका नाम था। लाला ज्ञानचन्द की लड़की, जो बगल में ही रहते थे। वह उसे निम्मो कहती थी। निम्मो मुझे एक दिन भी अच्छी नहीं लगी। बेढंगी उसकी शक्ल थी और ऊँट सा उसका जिस्म। आते ही दो ऊँगलियों से मुँह फाड़कर मुझे चिढ़ाती थी, और मेरा वह अपमान गुलमा भी सह लेती थी। यही नाम था उसका, गुलमा बेगम।

बहुत दिन मैं बेखबर रहा कि क्यूँ सारंगी सा मेरा दिल हर सुबह बज उठता है, क्यूँ दोपहर में दुल्हे-सा उमड़ आता है, क्यूँ हर रात मैं कान देकर, घर में इधर-उधर बजते उसके पायजेब की खनक सुनता हूँ। बहुत दिनों तक मैं बेखबर रहा और मेरे देखते-देखते उसका निकाह भी हो गया। नवाब साहब बहुत रोये घर में मुँह छुपा-छुपाकर, पर बाहर वक्त तेजी से बदल रहा था। दिन-रात दिल दहलाने वाली खबरें आ रहीं थीं। उसका निकाह पास के ही चाँदनी चौक के दूसरे सिरे पर बसने वाले एक खाँ साहब के साहबजादे से हो गया था।

बहुत नगाड़े बजे, नाच-गाना हुआ, माल-असबाब खरीदा गया, मालपुए उड़े। निकाह की सुबह जब सब सोये हुए थे, वह चुपके से दबे पाँव मेरे पास आकर बैठ गई और मेरे सीने से सिर टिकाकर काँपती हुई बोली थी, "यह अब्बा हमें कहाँ भेज रहे हैं?" और उससे पहले कि मैं उसे तसल्ली दे सकूँ, सारा घर जाग गया और वह छिटक कर चली गई।

तब सोचता था कि वह चली जाएगी तो कभी उसका दीदार नहीं होगा। जैसे जूलियट मेमसाहब बिना पीछे मुड़े, बिना देखे चली गई वैसे

ही वह छोड़ जाएगी, पर मेरा सोचना गलत था। पहले तो वह गई ही नहीं, नवाब साहब ने फैसला किया कि वह कुछ दिन इसी घर में रहेगी। दूसरे उसने कहा, जब वह जाएगी तब मुझे भी लेकर जाएगी। जब मैंने सुना तो मैंने दुआ माँगी थी कि खुदा वह मौका दे जब मैं उसके लिए यह जान कुर्बान कर सकूँ।

पर क्योंकि वह दूब-सी निर्दोष और सुबह की रोशनी से उजली थी, उसकी किस्मत में सुख अल्लाह ने नहीं बोया। छोटी थी तब उसके वालदेन का साया सिर से उठ गया। नवाब साहब ने ही उसे पाला-पोसा। निकाह जश्न से हुआ तो एकदम सन् 47 की लूट, मार-काट, खून-खराबा शुरु हो गया। दिन-रात सड़कों पर लोग कटने लगे। घर जलाये जाने लगे, कोई किसी का नहीं रहा देखते ही देखते काफिले के काफिले चल खड़े हुए। सुना देश के दो टुकड़े हो गये हैं। दो जहान हो गए हैं। हिन्दू इधर रहेंगे, मुस्लमान उधर जाएंगे। महीनों हो गए घर से किसी ने बाहर नहीं झाँका। खाँ साहब वहीं ठहरे हुए थे और गुलमा कहीं दिखाई नहीं देती थी। लाला ज्ञानचन्द का आदमी बाजार का सब काम कर लाता था।

बाहर जरा अमन हुआ कि खाँ साहब वापस जाने को उतावले हुए। जाते-जाते गुलमा को लेते गए। वहाँ जान की आपा-धापी पड़ी थी। मेरी याद किसी को नहीं रही। वह सब पीछे देखा जाएगा। कह कर खाँ साहब एक दिन अपने डेरे की तरफ चल दिए। इधर सारा घर नवाब साहब के लिए फिक्रमंद था। अब गए तब गए, वह हो रहे थे। तभी खबर आई हिन्दुओं ने खाँ साहब का सारा महल फूँक दिया है और सब सामान भी लूट ले गये हैं और यह कि खाँ साहब बहुत गर्म हो रहे हैं, वह उसी दम लाहौर जाने की तैयारी करने लगे। गुलमा साथ जाएगी। बहुत चिल्लाये नवाब साहब कि यह क्या सूझी है नवाब साहब को। उन्हें यहाँ लौटकर आना चाहिए था। यह फूल सी बच्ची कैसे काफिलों में जिन्दा रहेगी? और इसी सदमे ने उनकी जान ले ली।

मैं तो मर भी नहीं सकता था, सूने-सूने घर में उसके इधर-उधर छोड़े सामान को देखता रहता, हफ्तों मेरा चेहरा किसी ने साफ नहीं किया। सब नौकर-चाकर जो हाथ लगा, लेकर चलते बने और देखते-देखते उस पूरी बिल्ड़िंग पर गवर्नमेंट ने कब्जा कर लिया। उस इमारत को दो-दो हिस्सों में बाँट दिया गया और तरह-तरह के अजनबी उसमें भर गए। सिर्फ दो कमरे रह गए जिसमें मैं था और कुछ नवाब साहब कर बचा-खुचा सामान, जो लूट की चपेट में नहीं आया। जिन्दगी से तब तक मुझे कोई लगाव नहीं रह गया था। यही हैरानी थी कि जब सब लुट गया तो मैं कैसे रह गया। तभी पता चला कि गुलमा लाहौर नहीं पहुँची, कहीं बीच में ही छूट गई है, कहीं शरणार्थी कैम्प में पड़ी है और लाला ज्ञानचन्द को उसने ख़त लिखा है वहाँ से। इसी वजह से लाला जी ने अपने सिर-झगड़ा मोल लेकर किसी तरह यह दो कमरे बचा लिए हैं। वह आएगी, वह आएगी, यह क़बनुमा, कैदखाने-सा कमरा जहाँ न धूप, न हवा, जन्नत के रँग सा हो गया है। वह आएगी, या खुदा तेरी रहमत है। पर जब वह आई तो लगा बचेगी नहीं। उसका धूप सा शरीर काला पड़ गया था, बारह की बजाय नौ बरस की लगती थी। हफ्तों मेरे पैरों के पास फर्श में पड़ी रही। निम्मो आती, उसे कुछ खिला-पिला कर जाती, पर वह बोलती नहीं। न ही अपनी परवाह करती थी। पीछे जरा सँभली तो उसी तरह मेरे सीने पर सिर रखकर बताती कि वह कैसे खदेड़े गए, दिनों बिना खाने के पानी पर रहे, कैसे सब लोग गाड़ी पर चढ़ गए और वह भीड़ में छूट गई। इधर-उधर मारी-मारी फिरी, किसी औरत ने बातें बनाकर, सब जो पास था, झटक लिया और दिनों बाद किसी स्वयंसेवक ने उसे कैम्प में पहुँचाया। वहाँ से महीनों पीछे यहाँ आने का बन्दोबस्त हुआ कैसे कैम्प में हर कोई नफरत से भरा, दुत्कार से भरा, अपने जख्मों के दर्द से बौखलाया हुआ था। वह रोती जाती और कहती जाती थी ...। उसने जिन्दगी का मुँह देख लिया था एकाएक, और जिन्दगी का चेहरा खूँखार होता है जिससे दहशत होती है। वह सदा उससे बचाकर रखी गई थी। उसके लिए

उस चेहरे पर रेशमी पर्दे खुशबू में बसाकर डाल दिये गये थे। उसने चिलमन से झलक देखी थी असलियत नहीं। उसे वक्त देकर धीरे-धीरे यह पर्दा पठाया नहीं गया ताकि वह दहले नहीं। एकदम बन्द उसकी जकड़ में छोड़ दी गई। रौंद दी गई थी। गनीमत यही थी कि वह पागल नहीं हो गई।

वे दिन, दोपहर, शाम और रात, वह और मैं। वह अपना जहर उगलती और मैं पीता जाता था। मौत के साथ ज़िंदगी और ज़िंदगी के साथ मौत दी है खुदा ने, दर्द के साथ आराम। अब निम्मो मुझे बुरी नहीं लगती थी। उसका आना बहुत अच्छा लगता था। कभी-कभी ही आ पाती थी वह। ज्यादा देर रुकती नहीं थी। कभी उसकी माँ भी आती। समझा-बुझा जाती, पर उस पगली के पास जो बच रहा था वह थोड़ा-थोड़ा कर उसकी फूफी जान बन कोई दूर की रिश्तेदार आकर पहले ही उठा ले गई। और निम्मो की सन् 49 में शादी हो गई। पहले भारी सामान बिकने लगा, फिर हल्का सामान चुक गया तो एक कमरा लाला जी की मदद से कुछ रुपयों पर उठा दिया। हवेली तब तक कबूतरों की बीट से, लोगों की गन्दगी से, टूटी खाटों, जंग लगी सन्दूकों से, कनस्तरों से, बदशक्ल हो चुकी थी। काश मैं उसके लिए कुछ कर सकता! निम्मो दो साल पहले एक दिन उससे मिलने आई। गोद में मक्खन सा बच्चा था। बढ़िया कपड़े पहने थी, देखकर गुलमा साँवली पड़ गई। एक वक्त था वह निम्मो गुलमा के सामने रूखी लगती थी। कुछ ही मिनट बैठी होगी निम्मो और वह भी बेमन से। उस दिन पहली बार गुलमा रोई, लोट-लोट कर रोई, खूब रोई थी और फिर एकदम पायताने से रस्सी खोलकर ऊपर खूँटे में बाँधने लगी थी। तब सारे जिस्म का जोर लगा मैं इसके पैरों के पास आ पड़ा था, एक सीधी तरेड़ मेरे आर-पार चीरती चली गई, पर उसे होश आ गया। मुझे उठाया, तरेड़ को ऊँगली से छूकर देखा और गोद में लेकर बैठी रही बहुत देर। "मैं क्या करूँ, तू बता मैं क्या करूँ? यह किरायदार भी किराया नहीं देता। लाला जी भी खुदा को प्यारे हो गये, तब क्या

होगा? इस फाके से तो खुदकुशी बेहतर है।"

लाला जी जब ज्यादा बीमार पड़े तो उन्होंने उसे बुलाया और उसे काम करने की सलाह दी। उनके आदमी ने घूम-घूम कर एक टोपी वाले के यहाँ उसे सलमा टाँगने का काम दिलवा दिया। उस बात को दो साल हो गए। कई दिन तक तो सुई से उसकी उँगलियाँ छिलती रहीं पर वह भी कमर कस कर लगी रही। टोपी वाले का आदमी आता, काम छोड़ जाता, बना माल ले जाता, कुछ पैसे उसकी मेहनत के दे जाता। अब एक चिराग उसने रोशन कर लिया था। और उसे लगता था वह जीत जाएगी। हाथ की मेहनत में एक नशा रहता है वह ज्यादा नहीं कमा पाती है, पर वह खुश है। उसका रंग लौटा नहीं है, पर म्लान भी नहीं है। घर में और घर हमारा यह एक कोठरी है जिसमें कभी बावर्ची भी रहना पसंद नहीं करता था। मैं हूँ वह है, उसकी चटाई है, जिस पर रात को वह सोती है, दिन-भर कसीदा करती है। उसका दो ईंट का चूल्हा है, एक हंड़िया है। कुछ छोटे बर्तन, एक रस्सी पर गिने-चुने कपड़े टँगे हैं। बरामदे के नल से वह मटकी भर लाती है। अल्लाह गवाह है, हम दोनों खुश रह रहे हैं इन पिछले अठारह महीनों से। मगर इधर कुछ महीने से टोपी वाले का आदमी बदल गया है। एक नया आदमी आने लगा है। रहमत नाम है उसका। काम लाता है तब भी कुछ देर खड़ा बातें बढ़ाने की कोशिश करता है। काम ले जाता है तब भी। पीछे वह मलेरिया में पड़ी थी। कई दिन काम नहीं किया। न पैसा आया, न दवा। न किसी ने पूछा। रहमत ही आया तीसरे दिन। डलिया में कुछ मीठा लाया, दवा लाया, दो सन्तरे और कुछ केले लाया। वह सिकुड़कर बैठी रही, मना करती रही, पर वह चाय बना कर दे गया। उस दिन से वह कुछ खो गई है। मेरी तरफ देखती भी है तो न देखती-सी। पर मुझे रहमत से ईर्ष्या नहीं। लम्बा-चौड़ा है वह, तीसेक का होगा, साफ-सुथरा रहता है, टोपी वाले से उसका साँझा हो गया है। जब दवाई लाया था तब कलफ लगा कुर्त्ता पहने था, कढ़ाईदार लखनुई टोपी लगाए था। आँखों में चुभता था। गुलमा के

खानदान को वह और उसका घर-बार जानता है। बड़े घर की लड़की है, मुसीबत की मारी है। कभी नीच बात उसने अब तक नहीं की है।

परसों शाम वह काम देने आया तो गुलमा ने डरते-डरते चाय को पूछ लिया। चटाई पर वह बैठा, चाय पी। गुलमा पर से उसकी नजर नहीं हटती। कल वह पैसे देने आया, एक मलाई का दोना चुपके से उसके लिए छोड़ने लगा। देख लिया गुलमा ने। उठा कर नहीं..नहीं. ..करने लगी। खींच-तान में हाथ उसका रहमत के हाथ में रह गया जिसे कलेजे पर छुआ वह चला गया।

बहुत दिन से किसी अगल-बगल वाली की नजर गुलमा पर है। उसने गुलमा का हाथ रहमत के हाथ में देख लिया, उसके गन्दे ख्यालातों को मसाला मिल गया। आज पानी भरती गुलमा को उसने खूब ताने सुना दिए हैं।

घर में आग नहीं सुलगी है, हँड़िया नहीं चढ़ी है। वह बिना खाए-पीए अँधेरे में पड़ी है। बहुत देर से रो भी रही है। रात आधी बीत गई है। कुत्तों को छोड़ सब सोए हैं। सड़क की तरफ खुलने वाली खिड़की के थोड़े खुले पल्ले से रोशनी कमरे में से गुजरती मेरे मुँह पर पड़ रही है। अचानक वह उठकर मेरे सामने घुटने टेक कर बैठ गई है, सालों पहले की तरह। हाथों से घेर लिया है, मेरे सीने पर उसका सिर हमेशा की तरह रखा है, "तू जानता है सब। तू तो जानता है। बता मैं क्या करूँ?

"लोग जब बुरी निगाह से देखते हैं तो खुदकुशी कर लेने को जी चाहता है। जानती हूँ वह मुझसे शायद निकाह नहीं करेगा। पर मुझे वह अच्छा लगता है। मैं, जैसे भी वह चाहेगा उससे निभा दूँगी, बता क्या यह बुरा है? ..."

राम बचाए हिन्दुस्तानी

चिरंजीव 'विद्यार्थी उद्योगमना' अमरीका चले तो बहुत-से लोगों ने बहुत-से उपदेश दिए। सिर पर हाथ फेरकर माँ बोली, "बेटा, ठंड से बचना।" मुँह दूसरी ओर फेरते हुए पिता ने कहा, "भैया शराब-उराब न चखना!" बड़े भैया ने सुझाया, "सड़कों पर लूट-खसोट रहती है, रात में अधिक अकेले न घूमना।" दीदी आई तो बोली, "देख, चावल आलू उबालकर खा लियो, पर मीट-वीट मत शुरु करना।" चाचा ने 'फुल-बूट' अवश्य खरीद लेने की याद दिलाई, और मौसी ने एक मफलर बुन कर दिया। चलने लगे तो रंगीले दोस्तों ने चुटकी ली, "यार बड़ी चालबाज होती हैं, गोरी छोकरियों से सँभल कर...।" विद्यार्थी जी सबकी सुनते और गाँठ बाँधते चलते। आख़िर विदा तिथि आई और कुछ झेंपते मुसकराते कुछ-कुछ उदास, गले में फूल मालाएँ, कन्धे पर झोला लटकाए, हाथ हिलाते चल दिए मुम्बई से। चौदह दिन की यातना भोगी जलयान में, तब पहुँचे अमरीका। रुखा चेहरा, बड़ी हुई दाढ़ी लिये।

सोचा था गोरों के देश चले, यहाँ बात ही और है। जिधर देखो काले ही काले। पोर्टर काले, चेकर काले, टैक्सी ड्राईवर काले। सड़कों पर लोग भी अधिकतर काले, यानी अमरीका और अफ्रीका में अन्तर 'म' व 'फ' का ही रह गया। खैर, जय हो जीजा की, कि लेने आ गए, नहीं तो विद्यार्थी जी खोए-खोए जा रहे थे भीड़ में। थकावट उतरी तो न्यूयॉर्क देखने निकले सौ-सौ मंजिली-इमारतों वाला न्यूयॉर्क। झकाझक कारें और सेंट की सुगन्ध वाला न्यूयॉर्क। विद्यार्थी जी बहुत प्रसन्न थे,

मानो पहले-पहल मेला देखने को मिला। तभी ठिठक गए। सहसा जीजा जी का हाथ हिलाकर बोले, "जीजा जी, देखो सामने, हिन्दुस्तानी।" और जीजा जी वैसे ही हँस दिए। बिना नज़र घुमाए बोले, "अरे हिन्दुस्तानी तो अमरीका के हर कोने पर मिल जाएँगे। चलो अब खाना खा लें।" विद्यार्थी जी का मन छोटा-सा हो गया कुछ। पर चलते रहे चुपचाप।

दो दिन तक न्यूयॉर्क घूम-घामकर अपने गंतव्य पर पहुँचे, और जीजा के सुझावानुसार विज्ञापन देखकर कमरा भी झटपट ठीक कर डाला। अब चले कैंपस की ओर। पेट में जैसे कबूतर फड़फड़ा रहे थे। अपनी घबराहट पर मन-ही-मन हँसे और कुछ स्वस्थ होकर बढ़े आगे तो एक हिन्दुस्तानी से टकरा गए। पूछा, 'कहाँ से आए?' 'कब आए' 'अच्छा...अच्छा' और महाशय की बस आ गई। कुछ आगे चले तो खाने की दुकान पर खाना खरीदकर निकलते एक भारतीय दम्पती से परिचय बढ़ाया। बड़ी सुशील लड़की मालूम पड़ती थी और साड़ी में सुसज्जित उसे देख तो वह गद्गद हुए जा रहे थे। बातचीत का क्रम बढ़ा तो पूछा, "आप और भी 'इण्डियन्स' को जानते हैं यहाँ?" उनके पतिदेव एकदम बोले, "अजी साहब, दस हंजार मील दूर क्या हिन्दुस्तानियों से जान-पहचान करने आए हैं? वह तो भारत में ही क्या कम हैं?" बात उन्होंने अपनी तरफ से हँसी में कही थी, पर विद्यार्थी जी को चुभ गई। कुछ कहते न बना। विश्वविद्यालय आ गया था, नमस्ते कर चले अपने-अपने रास्ते।

विद्यार्थी जीवन का श्रीगणेश तो हो गया और कुछ हँसमुख गोरे मित्र भी बन गए। किन्तु शाम को अकेले कमरे में दिल नहीं लगा। घर की बहुत याद आई तो सोचा घूम आएँ। पार्क के सामने एक लम्बे चिकने बालों वाले सिर को देख प्रसन्नता हुई, आश्चर्य भी। अरे यहाँ तो बहुत-से भारतीय मालूम पड़ते हैं! लपककर पकड़ा। भद्र पुरुष कुछ जल्दी में थे, अचकचाकर मुड़े, विद्यार्थी जी अपनी मधुर मुस्कान

बिखेरते हुए बोले, "आप भारत से ही हैं न ?" "जी हाँ !" उत्तर मिला। "अच्छा ! मैं भी वहीं से हूँ।" विद्यार्थी ने उत्साहित होकर कहा। सज्जन बोले, "तो मैं इसमें क्या कर सकता हूँ ?" और इससे पहले कि इस करारे थप्पड़ से विद्यार्थी सँभले, वह जा चुके थे। कनपट्टी पर कई गैलन गरम-गरम खून दौरा कर रहा था, हृदय-गति भी बिगड़ गई, बेचारे विद्यार्थी की। एक-आध कटु वचन मन-ही-मन कह डाले और रेस्तराँ में कॉफी पीने पहुँचे। किसी तरह कड़वाहट हटे मुँह की।

समाचार-पत्र खरीद लिया था और उसी में खोए बैठे थे विद्यार्थी जी। पीछे से बातचीत की आवाज़ें आईं, "क्यों कृष्ण, आज फिर लेट कैसे ?"

"क्या बताऊँ शिव, नया सेमिस्टर क्या शुरु हुआ मुसीबत आई। इन हिन्दुस्तानियों के मारे नाक में दम है। पकड़ लिया एक ने रास्ते में, बड़ी कठिनता से पीछा छुड़ाया।"

हो-हो करते हुए बोला दूसरा, "अच्छा ! क्या कह रहा था ?"

"बस वही एक समस्या है न सबकी, सस्ता कमरा कहाँ मिलेगा ?" हिन्दुस्तानी खाना कहाँ खा सकते हैं ? यह कहाँ है, वह कहाँ है... ?"

"अरे हाँ, मुझे भी मिला था एक कल, कोई गुजराती था बम्बई का, ले गया घसीटकर अपने कमरे में और बातें क्या शुरु कीं, 'बड़ा होम सिक हूँ मैं यहाँ पर। मेरे दो बच्चे हैं, बीवी है, मँहगाई की वजह से बुला नहीं सकता उन्हें।' फिर फोटो-वोटो दिखाकर 'बोर' करने लगा तो भागा मैं 'क्लास' का बहाना बनाकर।" "हाँ भई। पता नहीं कहाँ-कहाँ से चलकर आ जाते हैं यह लोग यहाँ पर !" सहानुभूति पूर्ण उत्तर दिया कृष्ण ने।

विद्यार्थी अपने स्थान से उन्हें देख सकता था, और वह लोग उसे

नहीं देख सकते थे। बीच में किताबों का घूमने वाला स्टैण्ड रखा था। कॉफी का स्वाद एकदम किरकिरा हो गया। बैठा नहीं गया विद्यार्थी से। उठ गया। पैसे देकर सड़क पर आ गया।

दो सप्ताह पीछे चिट्ठी आई चचेरे भाई उमेश की, "भाई साहब 'वजीफा' मिल गया है शिकागो से। दिसम्बर में आ रहा हूँ। आपको तो खूब अनुभव हो गया होगा अब तक। सुझाव भेजना..." और कलम खींचकर नीलाभ काग़ज़ पर लिखने बैठे विद्यार्थी जी "...भाई उमेश, और सब बातें बताने वाले तो तुम्हें वहाँ भी बहुत हैं। एक बात मैं भी कहूँगा। यहाँ आकर हिन्दुस्तानी से बचना : विशेषकर उनसे जिन्हें तुमसे कुछ समय पूर्व पहुँचने का गौरव प्राप्त है...।"

एक बार इच्छा हुई जो लिखा है काट दे, फिर 'उहूँ' कहकर झटके से लिफ़ाफ़ा 'लेटर बॉक्स' में छोड़ दिया।

बिरथा जन्म हमारो

साथ वाले वकील साहब की आज शादी है। मेरा अभी विवाह नहीं हुआ और शादी-ब्याह के मामले में बहुत सेन्सिटिव हूँ।

वकील साहब का बँगला हमारे बँगले से इस तरह सटा हुआ है कि अपने बगीचे में बैठी मैं दीवार के टूटे हिस्से में से बहुत कुछ देख सकती हूँ। बहुत साल हुए, बरसात में बीच की यह दीवार गिर गई थी, फिर उठाई नहीं गई। हम लोगों में स्नेह इतना है कि आने-जाने का मार्ग सहल हो जाने से हम सब प्रसन्न ही हैं।

देखती हूँ कि पूरा आयोजन हो चुका है। बारात का समय हो चला है। लाल बजरी के ग्रेवल पर दो मशकची पानी छिड़क रहे हैं और नाते-रिश्तेदारों की खासी भीड़ हो गई है। जी में आता है, वकील साहब से लड़ पड़ूँ। शादी में तो मैं जाने की नहीं। माँ बिगड़े, चाहे जो हो। भला कोई बात है कि वकीलनी आण्टी के मरते ही दो महीने में वकील साहब दूसरा ब्याह रचा लें।

जैसा अनुमान था, माँ मुझे बगीचे में बैठी देख प्रसन्न नहीं हुई। आकर बोली, "अरे, शादी में चलना है कि नहीं। बैंड वाले आ गए। घोड़ी तैयार है, और तू किताब ही लिये बैठी है। कैसी लड़की है?"

"मुझे नहीं जाना है माँ। तुम जाती हो तो जाओ...।"

"आखिर कोई बात भी तो होगी न जाने की? पड़ोस का मामला है, वे लोग क्या कहेंगे? हमेशा की नाराजगी हो जाएगी।"

"तुम कह देना तबीयत ठीक नहीं है।"

"पर तू चलती क्यों नहीं? सब तो जा रहे हैं। फिर मैंने खाना भी नहीं बनाया है! भूखी रहेगी क्या?"

"मुझे तो आज भूख ही नहीं है। तुम भी कैसी हो माँ? वकीलनी आण्टी से तो इतना प्यार था तुम्हें और उनके मरने पर वकील साहब के दूसरे ब्याह में जा रही हो।"

"बेटा, भाग्य पर क्या बस किसी का। कमला तो मुझे सगी बहन से भी ज़्यादा थी," कहते हुए माँ बराबर की कुर्सी पर बैठ गई।

"लेकिन वकील साहब से तो ऐसी उम्मीद नहीं थी मुझे कि इतनी जल्दी दूसरा ब्याह रचा लेंगे...।"

"उस बेचारे को क्यों दोष देती हो? उसको क्या सुख होता होगा। देखा नहीं, बीमारी में कितनी सेवा की थी कमला की। ब्याह तो बच्चों की खातिर कर रहा है, न कि अपने लिए।"

"यह तो सब बहाना है, माँ। कभी सौतेली माँ से सुख होता है बच्चों को। इतना पैसा है, आया क्यों नहीं रख लेते?"

"कैसी बातें करती है। माँ माँ ही रहेगी, नौकर नौकर। और सौतेली होने से ही क्या वह प्यार नहीं करेगी? सब एक से नहीं होते। तू तो गुस्से में है। अब बता वकील बेचारा घर को देखे कि काम पर जाए? ब्याह हो जाएगा तो घर की चिन्ता से मुक्त रहेगा। अगर बुरी भी आ जाती है तो बच्चों का भाग्य। इतने ही भाग्यवान होते, तो अपनी माँ क्यों मरती बेचारों की। जब मेरा ब्याह हुआ था तो ब्याहली की गोद में, तेरे बड़े भैया को बिठा दिया था, तेरी दादी ने। बेचारा डेढ़ वर्ष का था कुल। और पूछ ले जो एक दिन भी उसे दुःख दिया हो। उल्टे तुम सबसे ज़्यादा मुझे उसी की मुहब्बत है...।"

माँ से मैं जिरह में सदा हारी हूँ। माँ चली गई है और बारात भी चल पड़ी है। एक मैं ही अभी भी लॉन में बैठी हूँ। लाउडस्पीकर के गानों के मारे सिर फटा जा रहा है। सुना है, दिल्ली में तो अब शादी में लाउडस्पीकर लगने बन्द हो गए हैं। पर अपना मेरठ अभी इतना 'माडर्न' नहीं हुआ। सो 'भें भें' की आवाज़ करते घिसे-पीटे गाने बज ही रहे हैं। पता नहीं, दूसरों का चैन छीन लेने वालों पर म्युनिस्पैलिटी टैक्स क्यों नहीं लगाती।

नई वकीलनी आज दोपहर ही आ गई। नवजात शिशु और वधू, दो चीज़ें देखने का लोभ मैं कभी संवरण नहीं कर सकती। अपनी नाराजगी को ताक पर रखकर भी बहू देखने गई। अधिकतर नई बहू को घेर-घार कर सारा कुनबा बैठा रहता है। पर वकीलनी एक तरफ लाल धोती में सिकुड़ी-सी बैठी थी। माथे पर नाक तक का घूँघट था। मैंने उठाकर देखा तो देखती ही रह गई। कठिनता से सत्रह-अठारह बरस की होगी। रो-रोकर आँखें सूजी थीं पर चेहरा बड़ा स्वस्थ, भरा-भरा था। वह सिर झुकाए बैठी ही रही। देखा कि घर में बहू के प्रति विशेष कौतूहल नहीं है। थोड़ी चुहल है। एक तो बेचारी दूसरी थी, तिस पर गरीब गाँव-घर की। दहेज के नाम पर कुछ एक सूती धोतियाँ वगैरह ही लाई थी। वहाँ भी किसी को कुछ आशा नहीं थी। सो सब खाने-पीने में मग्न थीं। थोड़ा बहुत कौतूहल यदि किसी को था तो बच्चों को : वकील साहब के छः बच्चों को। बारी-बारी से आकर वे अपनी नई माँ को देखते और चले जाते। उसे देखने में आशा से अधिक भय था, जो 'सौतेली' शब्द से उपजा होगा।

मैं जितने गुस्से में गई थी, वकीलनी को देखकर उससे कहीं अधिक आक्रोश में भरी लौटी। आते ही माँ से उलझ पड़ी। "देख लिया न माँ, वकील साहब को। तुम तो कहती थी बड़े बेचारे हैं। क्या हक था उन्हें ऐसी बहू लाने का?"

"क्यों, क्या हुआ?"

"हुआ क्या, आप तो कब्र में पैर लटकाए बैठे हैं और बहू लाए हैं सोलह बरस की। मुझसे भी छोटी...।"

"शर्म कर। क्या अशुभ बोलती है? चालीस का ही तो है।"

"दुगुने से ज़्यादा का हुआ कि नहीं? तिस पर छः बच्चे भी उसे पालने होंगे। वह तो खुद बच्ची-सी है। राजेश की माँ नहीं, बहन जँचती है। मुझे तो ऐसा क्रोध आ रहा है कि क्या बताऊँ, सच कहो माँ, विधुर से ब्याह होने में बुरा नहीं लगता?"

माँ कुछ बोली नहीं। जब आँख का पानी आटे में गिरने से रोकने को उसने पल्ला उठाया, तो मैं चेती। छीः! भला माँ से ऐसी बात की जाती है। होंठ चबाती मैं वहाँ से उठ गई।

वकील साहब और हमारे घर के बीच एक ट्रांसमीटर लगा हुआ है, जिससे दोनों घरों की मिनट-मिनट की स्थिति रनिंग कामेण्ट्री की तरह हमें मिलती रहती है। नहीं समझे आप। वह हमारी महरी है न जुगनी, वही हमारा जीता-जागता ट्रांसमीटर है। सबसे पहली खबर आई, विस्फोट! नई बहू एकदम छोटे घराने की निर्लज्ज आचार-विचारों की। बेहया इतनी कि ब्याह के अगले दिन ही घूँघट को तिलांजलि दे, पल्ला पीठ में खोंसे, मर्दानी बनी घूम रही है और एक-एक कर, महीनों से ठहरी, चाची, बुआ, मौसियों को बिदा दे रही है। सुनकर आश्चर्य हुआ। आश्चर्य ने घी का काम किया। जुगनी भभकी, "अरे बिटिया, हैरत क्या? उसे क्या पता बड़े घर की बहू-बेटियों का सहूर-कायदा? गाँव में धंधा पेला, दो जून का खा लिया। सो यहाँ भी यही करने लगी। देख लेना, दो दिन में ही मिस्सर (रसोइये) को भी छुट्टी दे देगी। अब गए पहली वकीलनी के दिन। अब बच्चों का भगवान ही मालिक है।"

मुझे भी चिन्ता बच्चों की ही थी। ख़ासकर सबसे छोटी पिन्टू में तो मैंने अपनी जान बसा छोड़ी थी। अगर वकीलनी ने उसे मारा

तो? तो मैं क्या कर सकूँगी? वह तो माँ है उसकी। चले थे न दूसरा ब्याह करने, अब लें मजे।

दोपहर को फिर कामेण्ट्री हुई। वकील साहब तो सिटपिटाए से कोर्ट चले गए हैं। रिश्तेदार भी सब जा रहे हैं और 'मल्लो रानी' सारा घर साफ़ करवाने में लगी है।

शाम को बिन्नो उधर से निकला। मैंने पकड़ कर पूछा, "अरे बिन्नू, माँ कैसी है?"

"पता नहीं।" वह भाग गया। मैं असमंजस में ही रह गई।

जरा दिन चढ़े सोकर मैं उठती हूँ। अगले दिन उठ घर की दरार में झाँका तो धक्का-सा लगा। वकील साहब के यहाँ बड़ी शांति थी। बच्चों का कोलाहल सुनाई नहीं देता था। रोज तो लॉन में लड़ते-झगड़ते खेलते रहते थे सब।

दसेक बजे फिर उधर निगाह गई। देखा पाँचों लड़के नहाए-धोए बरामदे में कतार बाँधे बस्ता-पट्टी लिये बैठे हैं और गिरधर शास्त्री स्टूल पर बैठे उनका काम जाँच रहे हैं। बच्चे कोई विशेष प्रसन्न नज़र नहीं आते, गर्मियों की छुट्टियों में विद्यारम्भ देखकर कुछ सोचूँ, कि इसके पहले ही 'खबरें' आने लगीं।

जुगनी ने आकर बताया, "जो कहा था वही हुआ न आख़िर। मिस्सर की छुट्टी। चौका-चक्की खुद सँभाले बैठी है। और मिस्सर के बदले शास्त्री जी बुलाए गए हैं। बच्चे बेकार झंझट में फँसा दिए गए हैं अभी से। बेचारे!"

दोपहर कोई दो बजे राजेश माँ से सिलाई की मशीन माँगने आया। माँ ने आश्चर्य से पूछा, "क्यों रे, क्या करेगा मशीन का?"

"वह, वह जो माँ है न। उन्होंने मँगाई है, ताई। मुन्नी की और

गुड्डू की बनियान-जाँघिया सीएँगी।"

"इतनी धूप में? बला की तो गर्मी है। भला यह क्या टाइम है कपड़े सीने का? सुबह से क्या कर रही थी?"

"सुबह तो खाना बना रही थी। मिस्सर जी तो चले गए न!"

"अरे हाँ, मैं तो भूल गई थी। रज्जो बेटा, भला यह मिस्सर को क्यों निकाला उसने? कब से तो था, पड़ा रहता।"

"पता नहीं, ताई।"

राजेश मशीन ले गया। माँ बड़बड़ाई, "मुझे तो रंग-ढंग ठीक नज़र नहीं आते। ऐसा तो न कभी देखा न सुना। जब देखो काम में ही लगी रहती है यह लड़की।"

उसके कोई दो दिन बाद पिण्टू मेरी गोद में बैठी थी। मैं पत्रिका देख रही थी। माँ ने पूछा, "ए पिण्टी, तेरी माँ क्या कर रही है?"

"पूजा कर रही है भगवान की। ताई, माँ ने बड़ा अच्छा मन्दिर बनाया है। कृष्ण भगवान रखे हैं। रोज़ पूजा करती है। वह रात में भी वहीं सोती है। कल से तो मैं भी वहीं सोऊँगी। मन्दिर में सोने से रात को डर नहीं लगता।"

माँ कुछ देर चुप बैठी रही और फिर एकाएक चप्पल पहनकर वकील साहब की ओर चल दी। माँ तो अक्सर वहाँ जाती ही रहती थी।

मैं पत्रिका पढ़ती रही और बोर होकर पिण्टू मेरी गोद में ही सो गई। मैं उसे कन्धे से लगाकर उसके घर ले चली। पिण्टू को चारपाई पर लिटाकर मुझे कुछ देर उसे थपकना भी पड़ा, क्योंकि वह जाग गई थी और मेरा आँचल छोड़ती ही नहीं थी।

कुछ ही क्षण बीते होंगे कि दोपहर के सन्नाटे में बराबर के कमरे

की खुली खिड़की से माँ की आवाज़ आई, "बहू अपना कुछ ख़्याल रखा कर, गर्मी बहुत है, बीमार पड़ जाएगी।"

"नहीं अम्मा, मैं तो ठीक हूँ।" यह अम्मा-बेटी कब से हो गई दोनों? माँ पता नहीं, कैसे सबसे रिश्ता जोड़ लेती है।

"ठीक कहा? मुझे तो ठीक नहीं लगती। मिस्सर को क्यों निकाल दिया। गर्मी में खुद खटती रहती है।"

"अम्मा, स्त्री के रहते खाना और कोई बनाए, यह तो अच्छा नहीं न! खाली बैठी मैं ही क्या करूँगी? मास्टर जी भी तो आने लगे हैं...।"

"अभी तो स्कूल भी नहीं खुले, मास्टर क्यों लगा लिया?"

"क्या करूँ। घर की सफाई करायी तो एक का भी तख्ती-बस्ता साबुत नहीं मिला। लगता है, महीनों से इन सबने कुछ पढ़ा ही नहीं। अभी कचाई निकल जाएगी तो अच्छा है।"

"बहू, यह मन्दिर कब बना लिया तूने? और यह अपनी क्या हालत बना रखी है। न तन पर ढंग का कपड़ा, न हार, न झुमका।"

"यह तो जीवन के साथ है अम्मा, सिंगार करके क्या करना है?"

"और तू सोती भी यहीं है?" माँ ने हौले से पूछा। मानो कठिनता से इतनी देर रह सकी थी।

"...।"

"वकील साहब कहाँ सोते हैं?"

"अपने कमरे में।"

"बैठक में?"

"जी।"

"यह क्या बात हुई? तू बच्चों को लेकर अलग पड़ी रहती है और तेरे ब्याह को दिन ही कितने हुए हैं। लड़ाई हो गई क्या? अभी नहीं खाए-पहनेगी तो फिर कब? झगड़ा हो गया हो तो मुझे बता?"

"... !"

"देख, कोई बात हो तो मुझे बता। तेरी माँ के बराबर हूँ..तेरे से पहले जो थी, वह भी बहुत मानती थी। बचपने में आकर कुछ न कर बैठना... ।"

उधर से धीरे-धीरे सिसकने का स्वर आने लगा। पिण्टू को थपकता मेरा हाथ एक बारगी थम गया। माँ उसे सहला कर सांत्वना में कुछ कह रही थी। क्या बात हुइ, समझ नहीं आई। फिर सिसकियों में नई बहू की आवाज़ उभरी, "ब्याह की रात कहने लगे मेरे बच्चों का ख्याल रखियो। यही तेरे भी बच्चे हैं। ईश्वर के दिए पहले से ही छः हैं। इसलिए इन्तजाम कर आया हूँ। परसों ही ऑपरेशन करवा लिया है अपना... ।"

"क्या? वकील साहब ने ऑपरेशन करवा लिया? शादी से पहले ही?"

"हाँ, माँ जी। लेकिन एक बात का उनका एहसान है कि पहले ही बता दिया। नहीं तो गल-गल कर मैं मरती। अब तो पत बच गई। यह शरीर भगवान को सौंप दिया है। उन्हें चढ़ा दिया है। नहीं तो यह देह कलंकित हो जाती, झूठी हो जाती माँ... ।"

"कैसी बात कहती है बहू?"

"ठीक कहती हूँ माँ जी। ज़्यादा पढ़ी-लिखी मैं नहीं हूँ। शास्त्र कुछ पढ़े हैं। उनमें लिखा है, स्त्री और पुरुष में शरीर का कर्म सन्तान की इच्छा से ही होना चाहिए। अन्यथा यह दुष्कर्म होगा, व्यभिचार होगा। जब सन्तान होनी ही नहीं, फिर यह कर्म कैसा? नहीं माँ, वह

तो अधर्म है, घोर पाप। मैंने उन्हें कह दिया है कि ज़िन्दगी भर तुम्हारी सेवा करूँगी, तुम्हारे बच्चों को भी माँ की तरह पालूँगी, पर शरीर मेरा मत छूना कभी भी। वह तो मैं अर्पण कर चुकी हूँ कृष्ण महाराज को।"

इसके बाद एक हृदय-विदारक सिसकी सुनाई दी। फिर आवाज आई बड़ी कटी-सी, थकी-सी, जो आवाज़ से अधिक आह थी।

"उन मेरी जीजी को छः लाल इन्होंने दिए माँ : एक मुझे भी दे देते तो जीवन सफल न हो जाता। बिरथा तो न जाता।"

उस रुलाई को सुनने की शक्ति मुझमें नहीं थी। मैं वैसी-की-वैसी बनी बैठी रह गई, समझ न पाई, भाग जाऊँ या सुनती रहूँ।

पालना

पंडित जी मन्त्र पर मन्त्र पढ़ते जा रहे हैं और हवन कुण्ड से उठते धुएं से अंसुआई आंखों को बार-बार अंगोछे से पोंछते। एक स्वप्न में जकड़ी, मैं आहुति घृत डालती जा रही हूं। कभी-कभी मन्त्रों से ध्यान उचट जाता है। सारे शरीर में विद्युत-सी दौड़ने लगती है। नवरात्रों का समापन दिन आज है और आज ही सुबह मेरी गोद में, मेरी सारी मन्नतों का प्रसाद : साक्षात दुर्गा का आशीर्वाद पहुंचा है। कैसी होगी बच्ची? पूर्णाहुति देते सोच रही हूं। आंसू जो आंखों से बह रहे हैं, नहीं जानती धुएं के ही कारण हैं क्या?

प्रसाद ले कर और हवन भस्म का पवित्र टीका करवा, सब आने वाले चले गये हैं। मैं रह गई हूं और पंडित जी का परिवार। पंडित जी पास में बैठे हैं। कहती हूं, "आप भी कुछ लीजिए अब, व्रत खोलिये।" वे कहते हैं, "आप को दूर जाना है, दीदी, पहले आप लीजिये।"

उनकी सुमुखि पत्नी खाना लेकर आ गई हैं तब तक। खीर, मालपुआ, पकौड़े, सब्जी... "इतना क्यों करती हैं", कहती हूं। "आज का भोजन तो यजमान का होता है...किन्तु।" "दीदी, यह भी आपका ही है," कहते हैं पंडित जी। थाली पकड़ कर कहती हूं, "आज तो सुबह ही मां ने प्रसाद दे दिया, पंडित जी। अस्पताल से एजेंट ने फोन किया है कि एक बच्ची उनके पास आ गई है हमारे लिए।"

"देख आयीं क्या?" पूछते हैं पंडित जी।

"कल सुबह जाऊंगी।"

गलियों में दायें-बायें मुड़ती कार आखिर नर्सिंग होम के सामने खड़ी हो गई है। उतरने में डर-सा लग रहा है। शिव कहता है, "अम्मी, उतरो न, पीछे दूसरी कार खड़ी है।"

उतरती हूं।

शिव एजेंट को खोजता है।

वह बाहर ही खड़ी मिल गई, लम्बी चौड़ी पंजाबी महिला - खीं. ..खीं हंसती।

लगा कि मेरे सांस की डोर इसके हाथ है।

"आइये," वह कहती है।

उसके पीछे-पीछे चलते हैं : मैं और शिव।

एजेंट आया को कुछ कहती है। एक छोटे कमरे की बड़ी मेज पर आया साफ़ कपड़ा बिछाती है। एजेंट हमें कुछ-कुछ बता रही है यहां की व्यवस्था के विषय में। सुन नहीं रही हूं मैं। आंखें दरवाजे पर लगी हैं।

एक के पीछे एक, दो आया आती हैं। एक-एक बच्चा दोनों के हाथों में है।

कलेजा मुंह तक उछलता है।

एक खूब गुठ्ठल सांवली बच्ची मेरे सामने है। कस कर आंख बन्द है बच्ची की। जाने क्यों उसके चेहरे में मुझे हंसता हुआ कोई ट्रक ड्राइवर दिखता है, दारू पिये सीढ़ियां चढ़ता। मैं बच्ची को प्रणाम करती हूं। वह सोई है गहरी नींद में।

दूसरी आया जगह बनाकर दूसरी बच्ची को लिटा देती है। कुनमुन करती है बच्ची। मेज के स्पर्श से चौंकती है जैसे।

मैं सहलाने को पुचकार कर 'पुच पुच' कहती हूं। छोटे से मुंह की अति कृषकाय बच्ची किलो की भी शायद नहीं है। तभी वह अपनी बड़ी-बड़ी नीली आंख खोलती है, गाय-सी। उसकी आंख के उजाले से, भीतर तक कुछ कौंधता है। फिर वह आंख बन्द करती है। दायां हाथ धीरे-धीरे ऊपर उठाकर हथेली खोलती है। हाथ इतना कमजोर है कि अपनी ही हथेली का बोझ नहीं सह पा रहा। बच्ची का पूरा शरीर, एक गौर वर्ण की झुर्री मात्र है : किसी बड़ी बूढ़ी औरत-सा। मैं टटोल कर उसके दोनों पैर छूती हूं माथे लगाती हूं। रोती हूं।

"यह तो बहुत ही कमजोर है," कहती हूं, "रक्त ही नहीं शरीर में। बीमार है क्या?"

"यहां तो सब बच्चे इसी हालत में होते हैं, मैडम। ठीक तो आपके यहां जाकर होते हैं। आखिर तो यह अस्पताल है। आया लोग जितना करती हैं कर लेती है।" एजेंट तमकती-सी है।

"आप इस बच्चे की विशेष देख-रेख करवा सकते हैं क्या?"

"उसक लिए पर्सनल आया रखनी होगी।"

"रखिये। खर्चा मैं दूंगी जब तक मेरी बहू और बेटा यहां आ नहीं जाते...अमरीका से।"

"तो आप ऐसा क्यों नहीं करतीं, मैं इसे आपको दिये देती हूं। जितनी अच्छी तरह आपके घर में जाकर यह पलेगी उतना अस्पताल में थोड़े ही..."

धक् से रह जाती हूं। शिव भी सन्नाटे में आ जाता है। मुझे पीछे को खींचता है।

"किन्तु मैं अपने बेटे के लिए बच्चा तो नहीं चुन सकती। सिर्फ चाहती हूं इसकी रक्षा आप करें क्या मालूम ईश्वर सदय हो जायें और मेरे रजत को भी ऐसा ही कोई बच्चा दे दें..."

"मिसेज नाथ, बी प्रेक्टिकल..." वह कहती है। "हम बच्चा बहुत दिन रोके नहीं रख सकते। यह तो आप मुझे बहुत अच्छी लगीं, और इस बच्चे को भी ऐसा घर नसीब नहीं होगा। इसीलिए कह रही हूं इसे ले जाइए...।"

"यदि मेरी बहू और बेटे ने इसे न रखना चाहा तो... ?"

"आई प्रोमिस," वह बोली, "मैं यह बच्चा वापिस ले लूंगी और उन्हें जो पसन्द होगा दे दूंगी। आपका मन इसमें है, इसकी देखभाल हो जायेगी। फिर यह भी सोचिये न, जब वे लोग आयेंगे यदि तब हमारे पास कोई भी बच्चा न हुआ तो?"

दुबारा से धक रह जाती हूं।

अपने पूरे आत्म-सम्मान को छोड़ गिड़गिड़-सा करती हूं, "ऐसा न कहिये। नौ बरस प्रतीक्षा की है मेरे बेटे बहू ने। जाने क्यों उनके कागज बनने में इतनी देर लग रही है... ? वे यहां आकर खाली हाथ जायें, इसकी तो मैं कल्पना भी नहीं कर सकती।"

"तभी तो कह रही हूँ," वह बोली, "हमारी अमरीका वाली एजेंट ने विशेष रूप से आपके बेटे-बहू की तारीफ़ की है। उनकी सारी पूछताछ भी वहां पूरी हो चुकी है। मैंने उसे प्रोमिस भी कर दिया है कि आउट-ऑफ-द-वे जाकर मैं आपको बच्चा दे दूंगी। सो जैसा कह रही हूं कीजिये कहीं...।"

"नहीं...नहीं।"

मैं लपक कर देवी को मेज़ से उठा लेती हूं।

देवी!

यह नाम कब दिया मैंने इसे?

मन्दिर वाली दुर्गा जी हंसती-सी हैं कहीं मेरे मन में। मैं बच्ची को कलेजे में खोंस सा लेती हूं।

"क्या कर रही हो, अम्मी। हम इसे कैसे ले जा सकते हैं..." शिव बार-बार कहे जा रहा है। मेरी साड़ी का पल्ला खींच रहा है। "रुको तो सही, अम्मी। इतनी उतावली मत करो। हम इसे घर नहीं ले जा सकते।"

"ले जा सकते हैं। ले जा रहे हैं...।" मन में कहती हूं। पर उसे कुछ नहीं कहती।

एजेंट की आंखों में कुछ है। पर्स खोल कर एक मोटा लिफ़ाफ़ा उसे थमाती हूं, "रजत ने फोन पर कहा है कि यह अडाप्शन फीस जमा करवा दूं।" वह लिफाफे को झटपट मोड़ कर रखती है : शायद अपने ब्लाउज में। आया को आवाज़ देती है।

दोनों आया आती हैं। खूब बलायें लेती हैं बच्ची की। मानों बच्ची की सगी मां हो। सच, और था भी कौन इसका इस अस्पताल में, सोचती हूं।

"अरे बड़े भाग वाली है। देख तो क्या रानी जैसी बड़ी मां है तेरी। इसे नसीब कहते हैं..." वे चटकारे से लेती हैं।

मैं उनके हाथों में सौ के दो नोट रखती हूं। चाहती हूं वे और नजर न लगायें इस बच्ची के भाग्य को। कहती हूं, "आपने बड़ा पुण्य कमाया इस देवी की सेवा कर...प्रभु इसे दीर्घ आयु करें। आपका आशीर्वाद इसे लगे।" और गाड़ी की तरफ भागती हूं जैसे कोई छीन न ले उसे मुझसे।

गाड़ी में शिव सन्न-सा बैठा है। आया लौट कर आती है। एक छोटी बोतल में दूध दे जाती है और बच्चे की हेल्थबुक भी। बच्ची का कम्बल उसने 'और बच्चों के काम आयेगा,' कह कर ले लिया है। मैंने देवी को अपनी शॉल में डाल लिया है।

शिव कुछ कह रहा है अंग्रेजी में। क्या कह रहा है? सुनने का यत्न करती हूं। कार घरघराती गली से बाहर आती है। "मालूम है क्या कर रही हो?" वह तीसरी बार पूछता है। नहीं मालूम क्या कर रही हूं? सिवाय इसके कि इस बच्ची को बचाना है।

"भाभी, भैया क्या कहेंगे कि हमारा बच्चा हमारे बिना चुन लिया मम्मी ने? सुलक्षणा भाभी को तो कोई भी हस्तक्षेप बर्दाश्त नहीं, मां। भूल गई क्या?" शिव एक हारी हुई लड़ाई लड़ रहा है मुझसे। कहती हूं, "शिव, मैंने इसे उनके लिए नहीं चुना है। पर इसकी रक्षा करने से उनको भी कोई-न-कोई मिलेगा। ईश्वर देंगे। इसलिए ले जा रही हूं।"

"फिर इसका क्या होगा?"

"जहां जाना है वहां जायेगी यह।"

"ओफ ओ, अम्मी! आप सदा से ऐसे ही करती रहती हो, कुछ न कुछ डरा देने वाले काम।" वह रुआंसा कहता है, "आप इसे पालोगी कि नौकरी पे जाओगी?"

जानती हूं शिव को इतनी चिन्ता में डाल कर अन्याय कर रही हूं कि वह जो कह रहा है वह भी ठीक है।

मुझे केवल बच्ची का दिल अपने दिल के साथ ताल मिलाकर बजता सुन रहा है। मेरे शरीर की गरमाई में कुछ खुलता-सा लगा है और हिलती कार में वह ज्यों आश्वस्त हो सो जाती है। अपने घर जा रही है।

कार ने मुझे पोर्च में उतार दिया है। शिव अभी भी बड़बड़ कर रहा है। उसके माथे पर पसीना आ गया है। भय और असहायता दोनों से। गाड़ी में वह तुरन्त वापिस चल दिया है : बाजार से दूध के डिब्बे, बोतलें, निप्पल, बिब, पिन, पाउडर, बनियान, तसला, नेपकिन, तेल लाने। लिस्ट लम्बी है रास्ते भर जो याद आता गया उसे बताती गई। "मुझे क्या मालूम बच्चे के सामान के बारे में," वह झल्लाता रहा, "एकदम हद कर दी, मां आज तो आपने...।"

"तू घबरा नहीं, शिव। बस सामान ले आ किसी भी बड़े केमिस्ट से।" कार बाहर जाती है, मैं घर के भीतर। एक सौ का नोट शम्भू काका को देती हूं, "देखो काका, देवी आई है घर।"

भाग-भागकर शम्भू काका धुले तौलिये निकालते हैं। जल्दी-जल्दी उन पर गर्म-गर्म इस्त्री फेर रहे हैं। बच्चे के इस्तेमाल के हर कपड़े को उबालना होगा या गीले को इस्त्री कर 'स्टर्लाइज' करना होगा उन्हें। बिस्तर पर तौलियों का गद्दा बना उसे लिटाती हूं। बच्चे में कोई भी हरकत नहीं। कुछ देर सोचती हूं, फिर चौंक कर कहती हूं, "शम्भू काका, ऐसा लगता है इसे कभी गोदी मिली ही नहीं। आया कह रही थी, यह डेढ़ मास की है। डेढ़ मास के बच्चों जैसा अभी तक कोई भाव नहीं है न इसके चेहरे पर? और देखो रोती भी नहीं। शायद इसी से इतनी कमजोर है। आया समय पर दूध ही नहीं देती होगी। रोने वाले बच्चे पी जाते होंगे, यह पड़ी रहती होगी। घड़ी देख कर इसे 'फीड' देंगे हम और मालिश करनी है काका, पता है लड़ाई के दिनों में जब फौजी बहुत कमजोर हो जाते थे तो दूध इत्यादि उनके शरीर पर मला जाता था ताकि त्वचा से अन्दर जा सके...सच्ची। मैंने पढ़ा था कहीं। इसको भी ऐसे ही करूं क्या? दूध-घी की मालिश? जाने कब इसमें जान आयेगी..." मैं बोलती जा रही हूं। दनादन कपड़ों की आलमारी में से घिसे नरम कपड़े निकाल कर उसका बिछौना, ओढ़ना, छोटा तकिया बना रही हूं। तभी याद आया कि मेरी अमरीकी मित्र,

क्रिस्टीन की जुड़वां बच्चियां सात महीने की हो गई हैं। उसके पास होगा बहुत-सा सामान...अब मैं तो इसे छोड़ कर बाजार नहीं जा सकती न...

देवी को थपकती थपकती क्रिस्टिन को फोन करती हूं। सब बताती हूं। वह कहती है, कि दोपहर को आयेगी और टब, कपड़े, केन का पालना, रजाई कम्बल...इत्यादि ले आयेगी।

हाथ से एक झबला सीती हूं। "काका, इसके कपड़े बदल लें न?" बदलती हूं, हल्का स्पंज करने से पहले कपड़े उतारती हूं, "हे ईश्वर!" मुंह से निकलता है, "यह कैसे बचेगी। इसके शरीर में तो कहीं मांस नहीं जरा-सा भी। हड्डियों पर बस ढीली-सी खाल है।" कपड़े बदल कर उसका अस्पताल वाला फ्रॉक हाथ में उठाती हूं। जी को कुछ कचोटता है। कैसा चिथड़ा सा पहन कर मेरे घर में आई है देवी मां। उठा कर सावधानी से उसे एक लिफाफे में रख, अलमारी की सबसे ऊपर वाली दराज में रख देती हूं। "काका, शाम को इसे बच्चों वाली डॉक्टर को दिखाना है, ड्राइवर से कहना जाये नहीं।" हैरान हूं एक बित्ते भर की बच्ची के इतने काम करने हैं कि इतनी व्यस्तता हो गई जीवन में इसके आने से।

डॉ. वृंदा सेठी मशहूर डॉक्टर है। भाग्य से हमारी साथ वाली कॉलोनी में ही उसका घर है। पुरानी जान पहचान है।

"कहां से लिया इसे?" वह पूछती है।

"रजत ने ही किसी एजेंसी का पता लिखा था, वहीं से।"

"वह आ गया क्या?"

"नहीं तो।"

"फिर?"

सब बताती हूं उसे। बार-बार एक ही बात, "इसे बचाना है। तभी रजत को भी बच्चा मिलेगा।"

"इसके विषय में कुछ तो खबर नहीं। कैसे रखोगी इसे, मिसेज नाथ?" वह कहती है "बच्चा बहुत देखभाल कर किसी की देख-रेख में लेना चाहिये। जाने क्या बीमारी, क्या बवाल निकल आये..."

"वह रजत कर लेगा, जब आयेगा। अभी तो यह जीवित रहे, डॉक्टर बस इतना चाहती हूं। इसे इतना कमजोर देखकर मुझे जाने क्या होने लगता है?"

"आप घबरा क्यों रही हैं, मिसेज नाथ। इस वर्ग के बच्चे तो इससे भी गये गुजरे होते हैं। कमजोर तो यह भी कम नहीं। शायद प्रीमी है..."

"प्रीमी?" मैं डर जाती हूं।

"प्रीमीच्योर। शायद 3-4 सप्ताह जल्दी पैदा हुई है।"

"एजेंट कह रही थी 'फुल टर्म' बेबी है।"

"तो इसकी मां ने अन्तिम दिनों में बहुत कम खाया होगा न, ताकि गर्भ दिखाई न दे, या खाने को मिला न होगा..."

मैं रोने लगती हूं।

"इतना भावुक क्यों हो रही हैं? आखिर तो रजत के आने पर इसे लौटायेंगी न..."

"हां, डॉक्टर। रजत के आने से पहले मैं और बच्चों के साथ इसे चुपके से लेटा दूंगी। तब तक इसे इतना मोटा और स्वस्थ कर दो कि बहू और रजत को यही पसन्द आ जाये।"

डॉक्टर हंसती है।

"इतनी ममता एक ही दिन में।" और बच्ची को तोल कर कभी उलटा, कभी सीधा लटका कर 'एक्जामिन' कर वह मुझे लौटाती है।

"सब नार्मल ही लग रहा है।"

"पर यह रोती क्यों नहीं? और बच्चों की तरह?" मैं कहती हूं।

"उतनी शक्ति कहां है इसमें। इसे जहां तक हो अपने शरीर की गरमाई दीजिये। अधिक से अधिक गोदी में रखिये तभी इसके 'रिस्पान्स' बनेंगे।" वह पर्ची पर वजन, तारीख इत्यादि लिखती है। "यदि एक सप्ताह में आधा किलो वजन बढ़ गया, तो बहुत अच्छा रहेगा।"

हम रात भी सोते नहीं हैं, न मैं, न शिव। चाहें भी तो नहीं सो सकते। वह भी डॉक्टर सेठी के शब्दों में कहता है, "एक ही दिन में आप तो बावली हो गई हो इसके लिए। कैसे चलेगा, अम्मी? मेरी तो समझ के बाहर है यह सब।" "तो क्या करूं?" जरा तीखा होकर कहती हूं "रजत के होते नहीं। तू विवाह करता नहीं। तो यही सही। जानता है, अगर मुझे यह मालूम होता कि मेरी मां इतने वर्ष जियेगी तो मैं उन्हें सात-आठ साल की एक लड़की गोद दिलवा देती। जब तक मां अस्सी की होती वह लड़की सोलह-सत्रह साल की हो जाती। मां को प्यार करती, उनके मरने पर रोती। सब तो चले गये थे मेरी मां को अकेला छोड़। और नौकरों ने उन्हें सता-सता कर मार डाला...."

"अम्मी!" शिव कह रहा है, "आपको क्या हो गया है आज? नानी जी की बात का यह कौन-सा समय है। इसकी बात करो न..."

"इसका नाम देवी है," मैं कहती हूं।

"हां, देवी की बात करो न!"

"क्या बात करूं?"

"आप इससे इतनी भयंकर 'अटैच' हो रही हो। रजत ने इसे न लिया तो...?"

"तो मैं लूंगी।"

"अम्मी!"

"नहीं तो पंडित जी को दिलवा दूंगी। उनकी पत्नी पाल देगी, इसे मेरे लिए।"

"मुझे यही डर था।"

"क्या डर था?" शिव की ओर देखकर दोबारा पूछती हूं, "क्या डर था?"

"कि अब आप इसे छोड़ेगी नहीं। हम तीनों को भी क्या ऐसे ही प्यार करती थीं?"

चौंकती हूं। कभी सोचा ही नहीं। क्या इतना? और इसे क्यों?

"ठीक है, तू जल्दी से शादी कर और दो तीन बच्चे बनाकर मुझे दे तब नहीं करूंगी इसे इतना प्यार।"

"हर बात मेरी शादी पर ही आकर क्यों खत्म होती है?" वह झींकता है।

कई रात बीत गई हैं। शिव का अपना उन्माद मुझसे कुछ कम नहीं है। इसीलिए बार-बार कहता है शिव, मुझे सुबोधता है, रोकता है, "मैं भी इससे आप जितना ही जुड़ गया हूं। पर इसका क्या होगा, और इसके बिना हमारा...यदि इसे लौटाना पड़ा।"

प्रश्न जटिल है। जवाब नहीं है मेरे पास। बिस्तर से उठाकर देवी को चूमती हूं। मेरे स्पर्श से उसके शरीर में कुछ चेतता है। वह स्पर्श को पहचानने लगी है। पहले से ऊंचे स्वर में रोती है। मैं कहती हूं, 'कुछ और ऊंचा, देवी। भरे गले से निकाल आवाज़, बेटा...रो कुछ और ऊंचा जैसे रोते हैं मोटे ताजे बच्चे।'

दोपहर की क्लास पढ़ा घर में प्रवेश करती हूं। शम्भू काका जिस लड़की को देवी की देख-रेख के लिए ले आये थे वह परेशान-सी खड़ी है। बच्ची को कन्धे से लगाये मेरी बाट देख रही है। आज सात या आठ दिन हो गये हैं। देवी लगभग दो महीने की हो जायेगी। और एक आध दिन में वजन भी कुछ बढ़ा है। पर यह रो क्यों रही है : नहीं, खांस रही है। शुरू के दो दिन तो कॉलेज से छुट्टी ले ली थी। जब से यह आया मिली, जैसे-तैसे जल्दी लेक्चर देकर घर भाग आती हूं। क्यों खांस रही है देवी!

"इसे बुखार लग रहा है, मैडम" वह लड़की कहती है। "दोपहर से रोये जा रही है। दो उल्टी भी की है..."

झपट कर उसे लेती हूं। लड़की को जैसे घर से बाहर ही फेंक दूंगी। "तूने ही ठण्ड लगाई है इसको। कहा नहीं था कि कमरे के बाहर मत ले जाना? शम्भू काका, भगा दो इसे यहां से। मैं खुद देख-रेख करूंगी देवी की।" हाथ-पैर सनसना रहे हैं मेरे। देवी फिर दूध उलट कर एकदम निढाल हो गई है। छाती पर हल्का-सा विक्स लगाती हूं। बुखार से तप रहा है बदन। घण्टा और निकल जाता है। खांसी बढ़ रही है।

"काका! इसे कुछ हो गया तो! काका, मुझे तो पुलिस ही पकड़ लेगी। क्या बताऊंगी? यह कौन है? कहां से आई है? एजेंसी वाले तो एकदम मना कर देंगे। एजेंट कह भी रही थी कि बिना कागजी कार्रवाई पूरी किये ऐसे बच्चा दे देना गैर कानूनी है...शिव ने तो मुझे

बहुत समझाया था...अब क्या करें? जरा डॉ. को फोन करो, घर पर ही होगी अभी देख लेगी...नहीं तो मैं इसे इसके अस्पताल ही छोड़ आऊं वहां तो डॉक्टर होते ही होंगे..."

मैं रोये जा रही हूं।

वृंदा सेठी बच्ची को देखती है। छाती ध्यान से सुनती है।

"इसे न्यूमोनिया हो गया लगता है। खून टेस्ट करवाना होगा और एक्स-रे खिंचवाना होगा। तब तक ये दवाई दीजिए सर्दी लगा दी गई क्या इसे?"

"मुझे कॉलेज जाना ज़रूरी था। आया के भरोसे छोड़ गई थी। अब क्या करूं डॉक्टर, बताइए न? वापिस ले जाऊं वहीं, जहां से लाई थी...? मुझे नहीं लगता यह बचेगी।" मैं मारे भय के फिर रोने लगती हूं। मेरी हालत देख डॉ. पूछती है, "मिसेज नाथ, आप इसे अपने घर लाई क्यों थीं, याद है?"

तोते की तरह रटा-रटाया जवाब देती हूं "इसकी रक्षा करने को।"

"और लौटाने से इसकी रक्षा हो जायेगी? यदि आप इसे नहीं बचा सकतीं तो क्या वे गंवार आया लोग बचा लेंगी? इस कमजोर हालत में अस्पताल जन्य कोई और इन्फेक्शन नहीं पकड़ लेगी यह बच्ची?"

"किन्तु यह मेरे घर पर मर गई तो मुझे हथकड़ी लग जायेगी, डॉ.।" मेरे हिस्टीरिया को देख कर डॉ. सेठी शान्त आवाज़ में कहती है, "मुझे एक मौका दीजिए इसे बचाने का। शेष ईश्वर पर छोड़ दें।"

अपने में लौटती हूं। ईश्वर!

अपनी कायरता से बाहर आती हूं। हवन वाले दिन की दुर्गा मां का रूप आंख में कौंधता है।

मैं देवी को उठा कर धीरे से वक्ष से लगा लेती हूं। डॉक्टर को फीस देती हूं। दवाई का पर्चा उठा कर पर्स में रखती हूं और एक स्वप्न में चलती हुई बाहर आ जाती हूं।

"मैं और तू अलग नहीं होंगे। आती है तो आये पुलिस या कोई भी। पर सुन," मैं उसके कान के पास धीरे से कहती हूं, "तू भी तो मेरी सहायता कर, देवी...अपनी सहायता कर! अपने जीने के लिए लड़ बेटा, लड़! और जी, मेरे लिए...मेरे लिए।"

देवी लड़ रही है मृत्यु से, मेरे लिए।

नव वर्ष का पहला दिन है। रजत का फोन है। उठाती हूं "कैसी हो, मां" पूछता है, "जरा रुको..." उधर से टेलीफोन का रिसीवर किसी को देता है, आवाज आती है, "हैपी न्यू ईयर, दादी जी...।" "अरे, इतना बोलने लगी है तू।" रजत हंसता है। "बोलेगी नहीं!" दूसरे किसी एक्सटेंशन से बहू कहती है, "ढाई साल की हो जायेगी कुछ दिन में...।" बच्ची "मोर...मोर" कहकर फिर से टेलीफोन पर बात करना चाह रही है शायद। रजत और बहू उसे मना रहे हैं। "अच्छा ले, कर बात अपनी दादी जी से..." बच्ची का नाम अब देवी नहीं है। उसके माता-पिता का चुना नाम है सलोना-सा। मैं और शिव अब भी उसे देवी कहते हैं।

शिव ने शादी नहीं की है।

मुझे नहीं मालूम कि हम अब अकेले हैं या तब थे जब वह नहीं आई थी हमारे जीवन में। उसके पालने वाले खाली कमरे में सिर्फ़ शम्भू काका जाते हैं सफाई करने।

क्लियोपेट्रा वह

आज यह उसकी आख़िरी क्लास है। इसके बाद सिर्फ़ वार्षिक परीक्षा और परिणाम। उसका परिणाम लगभग तैयार है। क्लास की परीक्षा के स्थान पर उसने एक लम्बा पेपर लिखकर लाने को दिया था। थोड़े-से पेपर जाँचने और बाकी हैं। घर जाने से पहले वह यह भी कर लेगी। आज ही 'ग्रेड शीट' रजिस्ट्रार के आफिस में दे आएगी। अब यहाँ आने को मन नहीं करेगा। बहुत प्यार हो गया है उसे पिछले एक साल में इस इमारत से जो पहले किसी रईस का महल था और अब स्थानीय कॉलेज है। इमारत के पिछवाड़े सीढ़ियाँ चूमती छोटी-सी झील है और झील में कॉलेज के बोटिंग क्लब का बड़ा-सा याच।

अपने डेस्क पर अक्सर चाय के ठण्डे होते प्याले को रखे झील की हर लहर को गिनने को वह यत्न करती है और दूसरे किनारे पर के घने जंगल के रहस्य को सुलझाने की भी कोशिश अक्सर उसने की है। सबसे अधिक रिश्ता उसका झील के जल से रहा है, युगों पुराना रिश्ता। कभी ख़ुश हुई है तो झील ने उसे गुनगुनाते सुना है। उदास रही है, तब भी उसकी तकलीफ़ को सुकून पानी से ही मिला है। शाश्वत, चिर, स्थिर, बेलाग, निर्लेप, आकाश का आईना, झील का जल!

क्लास लेने को मन नहीं। उसके छात्र हैं, प्रतीक्षा करते होंगे। औरों से आख़िरी दिन भले ही छात्र क्लास छुड़वा लें, पर उसकी क्लास

में वे अवश्य आते हैं। आरम्भ में उसे इन्हीं छात्रों से भय लगा था। पहले दिन गला सूखा रहा, बेहद तकलीफ़ हुई हकला कर लेक्चर देने में। उस बात को साल हो गया : तब से अब तक एक अदृश्य सूत्र में वह अपने छात्रों से और वे उससे बँधे हैं। नहीं, आज के बाद वह कभी इस ओर नहीं आएगी।

और फिर तीन दिन में तो वे लोग पेनसिलवेनिया जा रहे हैं। विनोद को नई नौकरी वहीं मिली है। उसने अभी नया कुछ खोजने का यत्न भी नहीं किया है। जब वहाँ पहुँचेगी तब देखा जाएगा। नए की ख़ुशी से अधिक उसको पुराने का मोह सता रहा है। रोल कॉल ले ली है। जाँची कापियाँ लौटा दी हैं। कुछ देर से आए पेपर समेट लिए हैं। आज पढ़ाना नहीं होगा। शेक्सपियर का 'कलेक्टेड वर्क्स' मेज पर बिना खुले रखा है। केनैथ ने एक प्रश्न पूछने के लिए हाथ उठा लिया है, "आपके विचार में क्लियोपेट्रा वेश्या थी या रानी?"

"तुमने तो यह विषय पेपर के लिए चुना था, तुम ही बताओ न कि तुमने क्या निष्कर्ष निकाला है?"

"मैं समझता हूँ वह रानी से वेश्या अधिक थी। मैंने अलग से भी उसकी जीवनी पढ़ी है। उससे भी यही सिद्ध होता है...।"

"क्यों?"

"देखिए, उसके कितने प्रेमी थेः पोम्पे, जूलियस सीजर, एनथोनी।"

"पहले यह बताओ कि तुम क्लियोपेट्रा जो ऐतिहासिक पात्र है, उसकी बात कर रहे हो कि शेक्सपियर की क्लियोपेट्रा की?"

"दोनों ही की। मुझे तो उनमें अन्तर नहीं दिखाई देता।"

कैनेथ सबसे मुँहजोर, सबसे जिद्दी लड़का है क्लास में, उसे अपनी ही आवाज़ से लगाव है। खूब बोलता है। उसे बुरा नहीं लगता। अक्सर

जब किसी आकस्मिक प्रश्न का उत्तर कोई नहीं दे पाता तो कैनेथ ही, चाहे गलत ही सही, हाथ खड़ा कर उत्तर देने को उत्सुक रहता है। "उन दो क्लियोपेट्राओं की साथ-साथ बात तो तभी हो सकती है जब हम उनकी तुलना करें। तुम्हारा विषय होना चाहिए था शेक्सपियर की क्लियोपेट्रा रानी या वेश्या? साहित्य के कोर्स में सिर्फ साहित्यिक पात्रों की आलोचना ही होनी चाहिए। वैसे भी तो हर साहित्यिक पात्र अपने में पूरा है, एक इकाई है, चाहे वह किसी अन्य यथार्थ पात्र की छाया या नकल या पोरट्रेट क्यों न हो? हमें यहाँ देखना है कि शेक्सपियर ने अपनी क्लियोपेट्रा को रानी बनाया है या वेश्या?"

"मुझे तो शेक्सपियर की क्लियोपेट्रा भी वेश्या ही लगी। देखिए, शेक्सपियर ने भी तो दिखाया है कि वह अपनी सखी से कहती है कि 'एनथोनी खुश हो तो कहना मैं बीमार हूँ और उदास हो तो कहना मैं नाच रही हूँ...यह तो धूर्तता भरी बात हुई...।"

कैनेथ बोलता जा रहा है। एक-एक कर क्लियोपेट्रा के अवगुण-उसके फरेब, मक्कारी, चरित्रहीनता गिनवाता जा रहा है। उसने क्लास की ओर देखा। अट्ठारह, उन्नीस, बीस वर्ष के लड़के-लड़कियाँ हैं। सिर झुकाए सुन रहे हैं। कुछ लड़कियाँ जरा-जरा शरमा लेती हैं। कुछ लड़के किसी-किसी फबती पर मुस्करा लेते हैं। सबका बी. ए. का पहला साल है। सब अभी नया-नया ही है।

कैनेथ क्लियोपेट्रा की सात पुश्त की खबर ले रहा है। वह मन-ही-मन मुस्करा रही है। साहित्य में रहा तो अच्छा आलोचक बन जाएगा : दृष्टि चाहे पैनी हो न हो, पर सफलता के लिए, और प्रसिद्धि के लिए, अपने प्रति अहं ज़रूर हो, अपने मन में अडिग विश्वास और विश्वास में अभिमान हो।

हँसकर बोली, "अरे, यहाँ बेचारी क्लियोपेट्रा के पक्ष में कोई नहीं बोलेगा क्या? यह कैनेथ का मत बिना चैलेंज के नहीं जाना चाहिए. ...।"

क्लास चुप है। खुली खिड़कियों से अन्त मई की गुनगुनी हवा एक चक्कर लगा लौट गई है। सीरियस होकर बोली, "इतना समय अब नहीं है कि हम लम्बे विवेचन में जाएँ। हाँ, मैंने जो इस बार क्लियोपेट्रा फिर से पढ़ा कई वर्ष बाद, तो मुझे लगा कि नाटककार, 'वह अच्छी है या बुरी है' जैसी छोटी बात पर मत व्यक्त न कर एक अनूठे पात्र को जन्म दे रहा है, या शब्दों में एक अद्वितीय चरित्र को फलक पर रख रहा है। यह भी लगा कि ज्यों वह कह रहा हो कि उसने क्या-क्या किया इससे सरोकार नहीं, पर सरोकार इससे है कि वह यह सब इस सफलता से कर सकी; यानी इतने महान सम्राट, विजेता जो उसके प्रेमी रहे वे अवश्य ही केवल उस के प्रेम की कला में निपुण होने मात्र से उसके नहीं हुए। अवश्य प्रेम कला में निपुण अन्य महिलाएँ उस समय बहुत-सी थीं और इन महापुरुषों को उनकी कमी नहीं थी।

"नाटककार इंगित करता लगता है, हो सकता है कि वह हर प्रेमी से वास्तव में ही प्रेम करती थी, कि उसकी महानता इसी में थी कि वह एक को नहीं सभी प्रेमियों को आत्मदान शरीरदान के साथ-साथ कर सकी। अन्यथा शरीर मात्र से कोई क्या किसी को बाँध सकता है। वह अवश्य ही अपनी उदारता में पूरी रानी थी...विरल थी...।"

लेक्चर समाप्त हुआ। साथियों से भी विदा हो गई। कार उठा वह घर की तरफ चल दी है। एक-एक कर कितने मील के पत्थर गुजर गए। जहाँ फिर लौटना नहीं होगा, न यही देखने को कि कितनी काई उन पर जम गई है।

न्यूयार्क में आखिरी शाम है। सामान पिछले दिन ही जा चुका है। सिर्फ दो सूटकेस, कार और विनोद रह गए हैं। शाम को खाना सक्सेना साहब के यहाँ है। कई लोग और आए हैं खाने पर। एक कोलम्बस से भी युगल आया हुआ है, श्री और श्रीमती भारद्वाज। आते ही सक्सेना ने बताया यह अनिल भारद्वाज पेनसिलवेनिया मे ही रहता

था, स्टेट कॉलेज में, जहाँ विनोद और वह जा रहे हैं।

औपचारिकता की जगह नहीं रही। अनिल पुरखा है और विनोद कुछ जानता नहीं, इसी से पेनसिलवेनिया कैसा है, कॉलेज कैसा है, महँगाई कैसी है, मकानों की दिक्कत है या नहीं, आबोहवा इत्यादि सब की पूरी खबर मिल रही है। इधर श्रीमती भारद्वाज ऊपर तक खाने से प्लेट भर कर सीधी हुईं तो उसे आकर पकड़ लिया है उन्होंने।

"तो आप जा रहीं हैं स्टेट कॉलेज?"

"जी! आप हँस रही हैं? कोई विशेष बात है क्या?"

"नहीं, नहीं। मुझे हँसी यूँ आ रही है कि आपका भी जाते ही स्टेट कॉलेज की हसीना से साबिका पड़ेगा।"

"जी?"

"अरे, अनिल तुम बताओ न इन्हें, तुम तो उसे मुझसे ज़्यादा जानते हो," उन्होंने पति को बाँह से पकड़कर बुलाया।

"ओ छोड़ो मीनू, किसका जिकर छेड़ा है," बनावटी अनिच्छा से बोले वह।

"अरे बताओ भी, तुम्हारे साथ तो वह बंगलौर से है। तुम भी खूब फिदा थे कभी उस पर।"

"यह तुम्हारी ग़लतफहमी कभी नहीं जाती। औरत हो न आखिर। अरे, मैं तो उसे पहले दिन ही पहचान गया था। इसी से कभी लिफ्ट नहीं दी। नहीं तो उसका क्या, उसके तो सब पहले भाई साहब पीछे माई डियर...।"

सक्सेना साहब भी आ गए इस तरफ, ज्यों गुड़ की सुगन्ध पर मक्खी।

"क्या मलिक की बात करते हो?"

"और किसकी बात करें भई? स्टेट कॉलेज के साथ तो उसका नाम सीमेंट से जुड़ गया है। यह तुम्हारी मीना भाभी कह रही है कि जैन साहब को और मिसेज जैन को उसके बारे में बताओ।"

"कोई होगी भी जिसकी बात तुम लोग किए जा रहे हो?" विनोद ने पूछा।

"जान जाओगे भाई, जान जाओगे। वहीं तो जा रहे हो। जाते ही एक-आध दिन में उससे मुलाकात होगी। तुम नए-नए होंगे वहाँ, तो तुम्हें बुलाएगी खाने पर, रेस्तराँ में, कभी चाय पर ले जाएगी।"

"तो अच्छी ही तो बात है...," वह बोली।

"आप नहीं समझतीं, आप तो होंगी घर पर जब वह इन आपके साहब से मिलेंगी, बहलाएगी, दुलराएगी...।"

"छोड़िए भी, मैं नहीं मानती। कुछ और बात कीजिए।"

"नहीं मानतीं?" मीना देवी फुफकारीं। "आप उसे जानती जो नहीं। वह रेणु पूरी फाहशा है। जानती हो जहाँ यह काम करते थे बंगलौर की लैब में, वहाँ वह अकेली लड़की लड़कों के होस्टल में रहती थी। एक किसी को साथ रख रखा था। कहती थी मेरा भाई है। पीछे लड़कों ने खोद कर निकाला, उसका नाम गुप्ता था। गुप्ता मलिक भाई बहन...! वह गया तो उसके अमरीका से हर सप्ताह ट्रंक काल आते थे, गिफ्ट पार्सल आते थे। तब तक तो उसका एक और भाई निकल आया। कहती थी, यह आर्मी में था अब तक। फिर यहाँ आई तो गुप्ता की छुट्टी कर दी। अफवाह हुई, उसका मंगेतर आ रहा है कोई। वह आया। कोई भाटिया था। उसके लिए गहना-कपड़ा लाया, जूतियाँ तक लाया। महीना भर एक ही अपार्टमेन्ट में रहे, फिर उसका भी पता नहीं, भला ऐसी भी कोई हिन्दुस्तानी लड़की देखी है जिसकी जात न धर्म? और गजब यह कि चेहरे से ऐसी भोली है, हँसती ऐसा मीठा, गले में बाँहें 'भाभी जी' 'भाभी जी' करके डालती है कि क्या

कोई यकीन करेगा। नहीं मानती तो देख लेना जाकर। अभी चिट्ठी आई है परसों मेरी एक सहेली की। लिखा है, वह गर्मियों में दो हिन्दुस्तानी लड़कों के साथ अपार्टमेंट शेयर कर रही है, क्योंकि उसकी लैण्ड लेडी ने मकान बेच दिया और उसे कहीं कमरा नहीं मिल रहा। अजी, उसका कुछ ठीक नहीं। वह शादीशुदा को छोड़ती है न क्वारों को, सबको उल्लू बनाती है...।"

"वे उल्लू बनते क्यो हैं, कोई दुधमुँहे तो नहीं हैं?" चिढ़कर पूछा उसने।

लम्बी साँस छोड़ बोली मीनू भारद्वाज, "यही तो समझ में नहीं आता। सब जानते हैं और फिर भी आँखों देखते जहर पीते हैं। मजा यह कि सबको उससे इश्क हो जाता है।" तीखी नजर से उसने पति को देख लिया है, जो खाने में व्यस्त है।

एक शब्द 'इश्क' कमरे में भी सिगरेट के धुएँ की परतों में उलझकर टँग गया है। एक भद्दी गाली की तरह जो देर तक हवा में गूंजती रहती है और अक्सर याद आ जाती है मौके-बेमौके।

परदेस

आज फिर जैक बच्चों के सामने लड़-झगड़कर गया है। मिम का जी है कि एक भारी पत्थर उसकी जाती कार पर दे मारे। बच्चे सब सीधे बने अपने-अपने कमरों में दुबके हैं। मिम बैठी है। न्यूयार्क स्टेट में तलाक इतनी कठिनाई से मिलता है अन्यथा जल्दी ही उसका पीछा छूट गया होता। तलाक जब तक मिलता नहीं वह यूँ ही आकर हर शनिवार बच्चों को मिलने के बहाने उसे सालता रहेगा। पुरुष का आहत दर्प है। वह कैसे सह लेगा पत्नी को बच्चों का अधिकार मिलना और कानूनन प्रतिमाह तीन सौ डालर बच्चों के खर्च के निमित्त मिम को देना। शाम को खाना नहीं बनाया। बच्चों को दूध देकर मिम ने गिलास में थोड़ी जिन अपने लिए डाली। टेलीविजन खोलते उसने दाँत पीसे।

"डर्टी रैट!" मिम को आश्चर्य है, कभी इस व्यक्ति से उसने शादी कैसे की थी। दस बजे पेरीमेसन देखकर वह उठी कि फोन बजने लगा। सोचा, उठाए, शायद जैक हो। फिर अनमनी-सी उधर बढ़ गई।

"हैलो!"

"मिम!"

"रूपा!"

"हाँ, अकेली हो? कुछ देर बात कर सकती हूँ क्या?" उधर आवाज़ टूट गई।

"रूपा? क्या हुआ है तुझे?"

"कुछ नहीं... ।"

"तू रो रही है रूपा?" लगा कि रूपा ऐसे रो रही है जैसे कोई मर गया हो।

"रूपा! रूपा...मुँह से बोल...क्यों रो रही है? किसी ने कुछ कह दिया तुझे?"

मिम जानती है रूपा ओवर-सेंसिटिव है। बात बिना बात अपमानित महसूस करने लगती है। और सदा ही मिम के आगे अपने मन का गुबार निकालती है, पर ऐसे रोती कभी नहीं।

"ओ मिम..लोग इतने गन्दे हैं...मिम इतने काले, नीच कपटी!"

"तुझे किसी ने कुछ कह दिया क्या?"

"नहीं"

"तो फिर?"

वह फिर सुबक-सुबक कर रो दी।

"ऐसे काले कपटी। मिम, मैं मर जाना चाहती हूँ। मुझे जीना नहीं है। बस अब यहाँ रहना नहीं... ।"

"घर जाना है?"

"हाँ, मिम मुझे घर जाना है। मुझे मरना है। तेरे पास नींद की गोलियाँ नहीं हैं क्या?"

"बेवकूफ लड़की। क्या तू इस समय यहाँ आ सकती है?"

"आकर क्या होगा? कार लिन ले गई है... ।"

"देख, मैं उधर नहीं आ सकती। बच्चे सोए हैं और मैं खुद

क्लान्त हूँ, पर तू पहले रोना बन्द कर, फिर बता, क्या हुआ है?"

"हुआ कुछ नहीं।"

"नहीं बताना चाहती तो अच्छा है। अब तू टब में गरम पानी भर कर आधा घण्टा नहा ले। फिर चाय पीकर सो जा। सुबह इतना क्लेश नहीं रहेगा...।"

उधर रोना दुगना हो गया, मिम खिन्न हो गई।

"अब न तू बताएगी, न चुप होगी?"

"मिम, मैं जीना नहीं चाहती। मिम, लोग कितने...।"

"नीच हैं, कपटी हैं। अरे तो नई बात है क्या? और तेरे मरने से क्या सब सुधर जाएँगे? मैं बताऊँ, तू गधी है। तू सोचती है, सबने तेरा उधार खाया है कि तू भली है तो सब भले क्यों नहीं हैं? मेरी सुन न सब भले हैं, न होंगे। और तुझे मरना नहीं है। कोई एक लात मारे तू दो लात मार, मरती क्यों है? लिन से तेरा झगड़ा हुआ है?"

"नहीं तो।"

"तो फिर?"

"किसी से नहीं..."

"तू रोना क्यों बन्द नहीं करती है? देख तू इधर बहुत पढ़ रही थी। शायद तू ज़रूरत से ज़्यादा काम करती रही है और अगर तेरा मन ठीक नहीं तो तू किसी की सहायता ले। मैं तो तेरी सहायता कर नहीं सकती।"

"मिम, पर मैं जिऊँ कैसे। तू कहती है, चुप हो जा। मेरे बस का तो नहीं न। मेरे अन्दर इस समय गाँठें ही गाँठें पड़ गई हैं और दम घुट रहा है।"

“कहा तो गर्म पानी से नहा ले, लम्बी साँस ले। खुली हवा में कोई किताब पढ़ना शुरू कर दे। जानती हूँ, कहना आसान है करना कठिन, पर निदान क्या है? सुबह तू किसी डॉक्टर से मिल।”

“डॉक्टर से?”

“हाँ तेरा मन अस्वस्थ है। तुझे सहायता चाहिए उसकी जो दे सके। मैं वह दे नहीं सकती। उसके लिए तुझे किसी योग्य डॉक्टर के पास जाना होगा।”

“पर डॉक्टर क्या करेगा?”

“करेगा क्या? शरीर बीमार हो, दवा देगा। मन बीमार हो तो वैसा उपाय करेगा। देख मैं एक बड़े अच्छे मनोचिकित्सक को जानती हूँ...।”

“नहीं, नहीं मैं ठीक हूँ...मिम। मुझे कुछ नहीं हुआ है। सब इतने घिनौने हैं कि जीने का साहस नहीं रहा। इतनी गन्दगी कैसे झेली जाएगी मिम?”

“अच्छा अब तू जाकर नहा और सो जा। सुबह मैं आऊँगी।”

ग्यारह बजे मिम ने फोन किया।

“क्या कर रही थी?”

“बैठी थी यहीं।”

“नहाई नहीं? सोई नहीं?”

“कैसे सोना होगा? मुझसे हिला नहीं जाता, तुमने इतनी रात क्यों तकलीफ की?”

“कहती है, क्यों तकलीफ की? अरे मुझ को फोन करते हिचक नहीं हुई और अब मुझ पर इतनी बात लाद दी। चिन्तित किया, लेकिन

कहा जरा नहीं माना? देख जिसे कष्ट देते हैं उसकी बात मानते हैं। अन्यथा तुझे कोई अधिकार नहीं था कि मुझे दुविधा में डाले।" मिम बेहद गुस्सा हो आई थी।

"अब सुन, सुबह मैं नहीं आ सकती। मुझे बहुत काम है और मैं तेरी सहायता भी नहीं कर सकती। मैंने अपने डॉक्टर को फोन किया था। यह उसका नम्बर है एच. आर. 4-4422। डॉ. ग्रान्ट। सुबह तू उससे समय ले ले...।"

"पर मिम मैं डॉक्टर को कहूँगी क्या?"

"यह मैं नहीं जानती? मैं इतना जानती हूँ कि तू दुखी है और तुझे डॉक्टर की सहायता चाहिए। अब तू वायदा कर कि एक बार उसके पास जाएगी..."

"महँगा नहीं होगा?"

"होगा तो तेरा शरीर कोई मूल्य नहीं रखता? वैसे यह डॉक्टर ज्यादा महँगा नहीं है। विशेषकर विद्यार्थियों के लिए है यूनिवर्सिटी की ओर से। बेहद भला आदमी है।"

"मैं वादा नहीं करती। अभी इतना रो लेने पर मन कुछ ठीक है। शायद सुबह सब ठीक हो जाए।"

"नहीं तो समय ले लेगी?"

"हाँ, नहीं तो डॉ. ग्रान्ट से समय ले लूँगी।"

"अच्छा अब सो जा।"

"मिम शुक्रिया...।"

"सो तू बचा के रख कहीं और काम आएगा।"

रूपा नहाई। रूपा ने चाय पी। रूपा ने 'सुनहरे शैवाल' के दस-बीस

पन्ने पलटे और अकेले कमरे में भरी रात में रूपा छटपटा कर रोई। गिरीश का फोटो खोज कर निकाल, बेतहाशा वह हँसता चेहरा चूमा और फिर जोर से दीवार में माथा फोड़ लिया।

हाल ही में नई बनी दुमंजिली इमारत की सीढ़ियाँ चढ़ती रूपा का मन हुआ कि अब भी लौट जाए। 'साइकोलॉजिकल सर्विस' की तख्ती के पास आ वह क्षण भर खड़ी रही। घड़ी साढ़े नौ बजा रही थी। साढ़े नौ बजे डॉक्टर से उसका अप्वाइंटमेंट था, ऑफिस दो कदम भर और था।

"कहिए?" सुनहरी बालों वाली सेक्रेटरी ने हरे शेड से रंगी पलकें उठाईं।

"मेरा अप्वाइंटमेन्ट है डॉक्टर ग्रांट से।"

"श्रीमती सिंग?"

"जी।"

"बैठिए, डॉ. ग्रान्ट अभी आते हैं।"

अधिक बैठना नहीं पड़ा। दो-एक मिनट में बाईं ओर का दरवाजा खोलकर डॉक्टर ने उसे भीतर आने का संकेत दिया। सोचा, इतनी कम आयु का डॉक्टर। नहीं उसका असिस्टैन्ट होगा। पर डॉक्टर ही था। कमरे में सुबह की धूप थी। खिड़की के नीचे पार्किंग लान में कारों की कतार भरी थी।

"मैं रूपा हूँ, डॉ. ग्रान्ट। मिम मेरियम ओब्रायन ने मुझसे वायदा करवाया था कि मैं आप से सहायता लूँ।"

"हाँ, मेरियम का कल रात फोन आया था कि आप व्यथित हैं, पर आप क्या स्वेच्छा से नहीं आईं?"

"जी, वह बात नहीं। मैं पहले कभी किसी मनोचिकित्सक के पास गई नहीं और मुझे भय था कि मैं कुछ कह नहीं पाऊँगी।"

"देखिए मानसिक चिकित्सा एक विशेष प्रकार की चिकित्सा है। इसके लिए आप किसी प्रकार बाध्य नहीं हैं। वैसे संकोच स्वाभाविक है, पर जो आप नहीं कहना चाहें वह न कहने को आप स्वतन्त्र हैं।"

लगा कि टूट कर जिस आशा में वह यहाँ तक चली आई थी वह भी सम्भव नहीं होगा। रुँधे गले से बोली, "मिम का कहना है कि मुझे सहायता की आवश्यकता है।"

"आपका अपना भी यही मत है कि आपको आवश्यकता है?"

दो बड़ी-बड़ी डबडबाई काली आँखें डॉक्टर के चेहरे पर जम गईं। धूप की तार में चमचमाता आँसू पहले एकाएक उभरा, फिर धार बनकर।

"अच्छा, आपकी आयु कितनी है?"

"छब्बीस वर्ष।"

"विवाहित हैं?"

"जी।"

"कितने वर्ष से?"

"पाँच वर्ष।"

"पति यहीं हैं?"

"नहीं, वह रिवर साइड में हैं। मुझे बर्कले फेलोशिप मिल गया। मैं एक साल से यहाँ हूँ। वह रिवर साइड में पढ़ाते हैं।"

"बच्चे?"

"जी, एक बेबी है तीन साल की। वह दादी के पास है देश में। साल भर की थी तभी हम यहाँ आ गए थे।"

"पति से आपके सम्बन्ध कैसे हैं?"

"जी?"

"सुखद?"

"सुखद? कह नहीं सकती, मैं शायद उनके योग्य नहीं हूँ।"

"यह तो कोई बात नहीं हुई।"

"वह मुझसे घृणा करते हैं।"

"कल आप इसी कारण दुखी थीं?"

"जी नहीं, उनका इससे कुछ सम्बन्ध नहीं है। उनकी घृणा की तो मैं आदी हूँ।"

"तब?"

"डॉ...क्ट...र?"

"अच्छा, आप पढ़ती हैं?"

"जी सोशल वर्क में एम. ए. कर रही हूँ।"

"आपका विद्यार्थी जीवन सन्तोषप्रद है?"

"था। डॉक्टर पिछले कई महीनों से हमें फील्ड वर्क के लिए जाना पड़ा है। उस क्षेत्र में मेरी एक व्यक्ति से भेंट हुई। जब मेरा उस व्यक्ति से परिचय नहीं था तब मैंने सुना था कि वह बेहद लम्पट है। पर मैंने जब उन्हें जाना तब बेहद सहृदय व भद्र पाया। मैं दिन रात उन्हीं के विषय में सोचने लगी।"

"ऐसा क्यों?"

"वह सदा इतने नम्र रहे और मेरा इतना ख्याल रखते रहे कि. ..साथ ही वह बहुत मेधावी भी हैं।"

"अच्छा वह व्यक्ति कितनी वय के होंगे?"

"लगभग पचास। शायद अधिक या कम भी हों, ठीक से नहीं कह सकती।"

"विवाहित हैं?"

"जी, उनके तीन बच्चे हैं।"

"आपका उनसे मिलना कहाँ होता रहा?"

"काम के सिलसिले में उनके ऑफिस में ही।"

"और मित्रता बढ़ी?"

"जी।"

"कितनी?"

"जितनी मित्रता बढ़ सकती है।"

"यानी आपका उनसे सम्बन्ध हुआ?"

"पिछले सप्ताह मैं उनसे मिली।"

"उसके बाद?"

"नहीं।"

"सुझाव उनकी ओर से था?"

"मेरी ओर से नहीं था यह कहना तो ग़लत होगा। जो मेरे चेहरे पर लिखा था शायद उसी को उन्होंने शब्द दे दिए। ऐसा मान लीजिए।"

"और यह सम्बन्ध पूरक रहा?"

"अब तक पूरक से अनभिज्ञ थी।"

"फिर ?"

"डॉक्टर, बीच में ईस्टर की चार छुट्टियाँ पड़ीं। इस बीच उनसे बात नहीं हुई, न टेलीफोन ही। पर मैं उसी सब के विषय में सोचती रही। छुट्टियों के बाद काम से ऑफिस गई। लगा कि बदले से हैं। यकीन नहीं हुआ। उम्मीद थी, फोन करेंगे, वहाँ चुप्पी बनी रही। मैंने फोन किया। बड़े ठण्डे से बोले। कल ऑफिस गई...डॉक्टर उनकी आँखों में पहचान तक नहीं थी। मैंने सोचा मुझे धोखा हुआ। शाम को लाइब्रेरी से लौट रही थी तो मेरे देखते उनकी कार में एक अन्य महिला बैठी। सुबह उसे ऑफिस के बाहर भी देखा था३डॉक्टर, मुझे लगा कि मेरे जिस्म में कीचड़ सनी है और दुर्गन्ध उठ रही है। मैं नहीं जानती, कैसे घर पहुँची। पर मुझे दुख हुआ कि मैं जीवित पहुँच गई हूँ। मैंने कई तरह मरने की सोची फिर मिम से बात हुई।"

"अच्छा यह बताइये कि क्या आप उनसे विवाह की आशा रखती थीं ?"

"विवाह ? नहीं तो। वह विवाहित हैं और मैं भी।"

"तो ? केवल सम्बन्ध जारी रखना चाहती थीं ?"

"कम से कम पहचान तो चाहती थी। यह नहीं चाहती थी कि एक दिन में ही अजनबी हो जाऊँ।"

"पर यह आप जानती थीं कि यह सम्बन्ध स्थायी नहीं होगा ?"

"जी।"

"फिर इतना संताप क्यों ?"

"डॉक्टर, एक विशेष समाज में पली, उसके संस्कारों से जकड़ी मान्यताओं को निभाती एक स्त्री जब उन सब मान्यताओं के विरुद्ध

इतना बड़ा या इतना हेय कदम उठाती है और फिर जान जाती है कि यह जो किया वह सब किसी इतनी छोटी, इतनी गन्दी, इतनी कुरूप वस्तु के लिए किया, तो मन में घिन्न ही घिन्न भर जाती है। यह गन्दगी सनी-सी जो लगती है : इसके साथ कैसे जीना होगा...। माफ कीजिए मैं रोना नहीं चाहती, पर मेरा बस नहीं है। कल सोचा था कि सब रोना चुक गया है पर अभी...।"

"आप जितना चाहिए, रो लीजिए। उसमें क्षमा नहीं माँगिए। यह एक घण्टा आपका है। अच्छा आपने कहा कि पति आपसे घृणा करते हैं?"

"जी उन्हें जब से मालूम हुआ कि विवाह से पहले मैं किसी अन्य से विवाह करना चाहती थी, उन्होंने मुझे क्षमा नहीं किया।"

"वह घृणा कैसे प्रकट होती है?"

"सुबह से शाम तक की दिनचर्या में, हर छोटे-मोटे कार्यकलाप में। जिसमें मेरी रूचि हो, वही नहीं करने देना। यह जानते हुए भी कि बेबी से मुझे अलग करना मुझे जीवित ही मार देगा, उन्होंने उसे अपनी माँ के पास छोड़ दिया। साल भर मैं बहुत रोई अपनी बच्ची के लिए। फिर यह फैलोशिप मिल गया तो यहाँ आ गई। नहीं तो जाने जीती भी कि नहीं। डॉक्टर मुझे अपने से नफरत हो गई है। बच्ची मेरी मुझे भूल गई, ऐसा खत में लिखा रहता है। पति के पास छुट्टियों में जाती हूँ, तो ताने देते हैं। वह नाराज हैं मेरे यहाँ आने से। और अब यह पतन और वह भी अकारण...।"

"देखिए आप अपने को व्यर्थ सालिए नहीं। पाँच साल के वैवाहिक जीवन में यह पहला अवसर था कि आपने बाहर सम्बन्ध स्थापित किए?"

"जी, सिर्फ विवाह से पहले गिरीश से प्रेम था, पर सम्बन्ध नहीं।

वह शादी नहीं हो सकी। जब यहाँ इस व्यक्ति से मिलना हुआ तो दूसरा जन्म हुआ...पर वह तो छलना थी...।"

"श्रीमती सिंग, व्यक्ति साधारणतः वही खोजता है जिसका अभाव हो। आपका सीधा-सा केस है। आप इतनी दुःखी हैं तो जैसा आपने कहा अपने संस्कारों की वजह से। अन्यथा मुझे तो आश्चर्य है कि इतने साल आपने ऐसा जीवन बिताया और सन्तुष्टि की खोज नहीं की।"

"मैंने आशा की थी कि आप मुझे डाँटेंगे। आप तो मेरी गलती को गलती तक नहीं कह रहे।"

"नहीं, डाँटने का प्रश्न ही नहीं। प्रश्न यहाँ यह नहीं कि व्यक्ति को क्या करना चाहिए, क्या नहीं? प्रश्न यहाँ यह है कि व्यक्ति जो करता है, वह क्यों करता है? आपने जो बताया, उसके अनुसार आपकी किसी में रुचि थी। वह स्वप्न बीच में भंग हो गया। विवाहित जीवन में असन्तुष्टि रही। मानसिक क्लेश भी। आप एक व्यक्ति से मिलीं, जो लगा, इस अभाव को दूर कर देगा। आप आकृष्ट हुईं, उस व्यक्ति में आपको तृप्ति मिलती थी। उसे आपने पुनर्जन्म कहा। वह आपका आपके विवाह से पहले की स्थिति में लौट जाना हुआ।"

"डॉक्टर अपने को मैं शायद समझती हूँ, पर यह जो हो रहा है इसे नहीं समझती।"

"इसे भी देखिए। आप उससे प्रेम करने लगीं? पर वह विवाहित है और शायद उस व्यक्ति को छोटे-मोटे अस्थायी सम्बन्ध स्थापित करने की आदत है। स्थायी सम्बन्ध के लिए न उसकी वय है, न स्थिति, न शायद भावनाओं के लायक मनःस्थिति। वह उन लोगों से सम्बन्ध स्थापित करने का आदी है जो ऐसे सम्बन्धों के आदी हैं अब आप भिन्न थीं, आपने अस्थायी से अधिक चाहा। शायद वह व्यक्ति समझ गया कि आपको उससे वास्तव में प्रेम है और वह डर गया।"

"डर? वह ऐसे नहीं कि किसी से डरें।"

"श्रीमती सिंग, एक पुरुष जो भयभीत है वह सदा सुदृढ़ होने का भान देता है। यह जरूरी नहीं कि वह आपको पहले से कम पसन्द करने लगा हो, पर वह अवश्य आपसे दूरी चाहता है, अपनी सुरक्षा के हेतु, क्योंकि शायद उसकी इसमें कोई भावना मिश्रित नहीं है। यदि है तो वह उसे स्वीकारने की स्थिति में नहीं। अब रहा आपकी मृत्यु कामना का प्रश्न सो मेरी राय में आप इस व्यक्ति के सम्पर्क में बिल्कुल न आएँ। क्या ऐसा सम्भव है?"

"सम्पर्क यथासम्भव कम हो सकता है, टूटना अभी सम्भव नहीं। दो एक महीने अभी काम बाकी है।"

"ठीक है। दूसरी बात, आप इस समय बहुत टेन्स हैं, वक्ष में या पेट में दर्द महसूस होता है?"

"जी, भीतर सब ऐंठता है।"

"आप खुलकर साँस लीजिए और अपने को व्यस्त रखिए। जब तक आप ठीक समझें कार भी न चलाइये।"

"वह कैसे होगा डॉक्टर, कार नहीं चलाना अपने से भागना होगा। मैं अभी अपने से भागी तो जीवन क्या जीने लायक रहेगा?"

बाहर धूप पर बादल आ गए थे।

"अगले सप्ताह आप इसी समय आइये। तब भविष्य के लिए कुछ सुझाव खोजेंगे ताकि आपकी जो असली बीमारी है एकाकीपन, उसे दूर किया जा सके और अगर इससे पहले आप जरूरत समझें तो फोन कर लीजिएगा।"

एक सप्ताह में पतझड़ आ गई है। पत्ते जो लाल सुनहरे हो पके से वृक्षों पर अटके थे एकाएक झड़ गए हैं। शाखें नंगी हैं, दिन मातमी।

कमरे में आज धूप नहीं। डॉक्टर की गहरी बादामी आँखों में चमक है, पहचान है, सौहार्द है, चिन्ता है।

"आज रोने की तैयारी में पहले ही से रूमाल हाथ में है?"

"नहीं डॉक्टर, आज रोऊँगी नहीं। अभी उस दिन की लज्जा बनी है।"

"आपका भेजा हुआ गुलाब मिला। देखिए अभी भी खिला है। शुक्रिया।"

"मैंने तो बेहद रुक-रुक कर भेजा था और भेजने के बाद भी पछताती रही थी।"

"क्यों?"

"कहीं आप भी डर न जायें" हँसी में कही बात।

"आपका उस व्यक्ति से फिर सामना हुआ?" एक साँवली छाया कमरे में उतर आई।

"जी बात नहीं हुई। मैं आपकी बातों पर सोचती रही। डॉक्टर अभी भी कभी-कभी दम घुटने लगता है और शरीर घिन्न से भर जाता है और मरने की तबीयत होती है। डॉक्टर ऐसा छोटा काम मैंने कैसे किया?"

"देखिए श्रीमती सिंग, आपकी बातों से यह अनुमान लगाया है कि आपका अपने विषय में कुछ निर्धारित मत है कि आप ऐसी हैं और आपको यह दुख इसलिए नहीं कि आप उस व्यक्ति से प्रेम करती हैं बल्कि इसलिए है कि आप अपमानित महसूस करती हैं और जो घटना आपके लिए इतना महत्त्व रखती है वह उस व्यक्ति के लिए तो आए दिन की बात है। अच्छा यह बताइये, आपने अपने भावी जीवन के लिए क्या सोचा? आप क्या पति से तलाक़ चाहती हैं?"

"नहीं, नहीं तो।"

"तो इस स्थिति में जिसमें पति आपसे प्रेम नहीं करते, आप रहना चाहती हैं?"

"डॉक्टर, विवाह हमारे लिए एक ही ओर को जाने वाला रास्ता है। और फिर तलाक जो सुख की उम्मीद में लिया तो कौन जाने वह सुख हाथ आएगा भी कि नहीं? डॉक्टर जीवन तो ऐसे ही चलाना होगा।"

"खैर, यह आपका निश्चय है, पर ऐसे जीवन में जो स्नेह का अभाव है वह आप फिर कहीं खोजेंगी। वह स्वाभाविक बात है। और फिर स्थिति ऐसी ही हो सकती है या तो आपको यह स्वीकारना होगा या फिर कष्ट के जीवन को छोड़ सही रूप से सुख खोजना होगा। अभी आप बन्धन में हैं। या तो बन्धन के जीवन को सुधार-सँभालिए या छोड़ दीजिए। देखता हूँ कि छोड़ना आप नहीं चाहतीं और सुधारना आपके पति के ही हाथ में है। ऐसे में बाहर से अभाव पूरा होना।"

"नहीं। डॉक्टर नहीं। यह जो एक बार हुआ, क्या कम हुआ। अब फिर ऐसा नहीं होगा। दोबारा कभी नहीं३।"

"चलिए, ठीक है। इस बीच कुछ और?"

"विशेष कुछ नहीं। सिर्फ कार चलाते समय मैं संगीत लगा लेती हूँ। उससे ध्यान बँट जाता है और तेज नहीं चलाती और इधर आपके विषय में बहुत बार सोचा मैंने। सोचती हूँ, आपकी सहायता की आदी न हो जाऊँ या लगता है, पतली रस्सी पर चल रही हूँ कदम-कदम पर सन्तुलन रखती।"

"प्रायः रोगी अपने मानसिक चिकित्सक के प्रति स्नेहशील हो जाते हैं। यह भी स्वाभाविक है। मैं समझता हूँ आप स्वस्थ हैं और संस्कार कहिए या आपकी सुबुद्धि, यह चिकित्सा आपको लाभ नहीं

देगी। इस स्थिति में अगले सप्ताह के लिए अप्वाइंटमेंट नहीं लीजिएगा। भविष्य में कभी भी आपको लगे कि मैं सहायक हो सकता हूँ तो आप फोन कर लीजिए...डॉक्टर के नाते या मित्र के...।"

"जी, धन्यवाद!"

कार तक पहुँचते रूपा के सीने में फिर गाँठें भर गई हैं। चमड़े के पर्स पर स्टीयरिंग से टकराकर आँसू टपकते जा रहे हैं। अन्धकार ने बाजू पसार दिए हैं।

अपराध

न्यूयार्क में उस दिन बहुत बर्फ पड़ी थी। सारे रास्ते बर्फ की मोटी तह से ढक गए थे। सर्दी इतनी थी कि हाथ-पैर सब सुन्न हुए जा रहे थे। दोपहर को सूर्य निकल आया। धूप में बर्फ की सफेदी से आँखें चौंधिया रही थीं।

सड़क के किनारे-किनारे कदम रखती, सात साल की जेनी पीटरसन अपने लाल ऊनी कोट की जेबों में बाँहें भरे और सिर को फर के सफेद 'हुड' से अच्छी तरह ढके बर्फ पर चल रही थी। उसके जूते से बर्फ में कई-कई इंच गहरे निशान उभर आते, पर जेनी के पैरों को ठण्ड नहीं लग रही थी। उसने 'स्नो बूट' पहने थे, जिनके भीतर फ्लैनल का अस्तर लगा था।

जेनी बड़ी प्रसन्न थी। उसकी मम्मी ने ऑफिस जाते समय उसे चाकलेट के लिए पैसे दिए थे। चौराहे के ड्रग स्टोर से कैण्डी लेकर जेनी चूसती हुई उसका आनन्द ले रही थी और धीरे-धीरे इधर-उधर देखती जा रही थी।

सूर्य जैसे अकस्मात उदय हुआ था वैसे ही क्षण भर में लुप्त भी हो गया। बर्फीली हवा बर्फ के हल्के कण मुँह पर फेंकती चलने लगी। जेनी ने अपने कोट का ऊपरी बटन बन्द कर लिया और तनिक तेज़ी से चलने लगी। हवा भी तेज़ हो चली। देखते-ही-देखते धुंध इतनी हो गई कि आगे देख पाना भी सम्भव न रहा।

जेनी की घबराहट बढ़ने लगी। न्यूयार्क वह नई-नई आई थी। रास्ते ठीक से पहचान नहीं सकती थी। धुंध के कारण सब घर एक से दिखने लगे थे। जेनी ने पैर आगे रखा और दूर तक रपटती चली गई। उस जगह जम जाने के कारण, बर्फ बहुत फिसलनी हो गई थी। जेनी से स्वयं उठा भी नहीं गया। घबराहट में वह वहीं मुँह छुपा कर रोने को हुई कि सामने से भागकर आते एक लड़के ने, बाँह पकड़ कर उसे उठा लिया। वह नीग्रो लड़का पीटर था। आयु यही कोई आठ वर्ष, लेकिन डील-डौल में वह जेनी से काफ़ी बड़ा लगता था। जेनी देखकर सहम गई। पीटर का आबनूस-सा काला चेहरा और उसमें चमकते सफेद दाँत जैसे काले जूते पर बर्फ के कण। पीटर बहुत प्यार से जेनी को चुप करा रहा था और उसके कपड़े भी झाड़ता जाता था। जेनी चुप हो गई तो बोला, "तूफान आ रहा है। तुम्हें कहाँ जाना है, चलो पहुँचा दूँ।"

"नहीं, मुझे मेरे घर का रास्ता बता दो।" जेनी ने अपने घर का नम्बर बता दिया। पीटर ने इशारे से उसे जगह समझा दी और हाथ पकड़कर जेनी को कुछ दूर छोड़ भी आया। तब तक जेनी पूर्णतः आश्वस्त हो गई थी। चलने से पहले बोली, "तुम तो बहुत अच्छे हो। मैंने तो सुना था नीग्रो अच्छे नहीं होते।"

"तुम भी बहुत अच्छी हो।" दोनों एक साथ हँस पड़े। दो दिन बाद दोनों ड्रग स्टोर में फिर मिल गए।

"हलो।"

"हलो। तुम्हारा नाम क्या है?"

"जेनी। तुम्हारा?"

"पीटर।"

"अरे, तुम्हारे पास साइकिल है। मुझे बैठाओगे?"

"नहीं! तुम्हें चोट लग गई तो तुम्हारी मम्मी नाराज होंगी।"

दोनों साथ-साथ पैदल ही सड़क पर चलते रहे।

"पीटर! मेरे घर आओगे?"

"नहीं!"

"क्यों?"

"कहा न, नहीं!" पीटर चिड़चिड़ा कर बोला। जेनी ने भी आग्रह नहीं किया।

"अच्छा, कल यहीं मिलना। तुम्हारे लिए केक लाऊँगी। मेरा बर्थ डे है। मिलोगे न?"

"अच्छा!"

पीटर साइकिल पर और जेनी पैदल ही अपनी राह पर चल दिए।

रात का खाना मेज पर लगाती पीटर की माँ बोली, "पीटर, मार्था कह रही थी कि तुम किसी गोरी लड़की से बात कर रहे थे?"

"हाँ माँ, वह जेनी है। वह अच्छी लड़की है।"

"अच्छी है? शर्म करो! इन बदमिजाज गोरों से मित्रता नहीं करनी चाहिए जो यह समझते हैं कि यीशु ने सिर्फ उन्हें ही बनाया है। जानते नहीं, हमें वे हेय समझते हैं और जीने का अधिकार भी नहीं देना चाहते।"

मेरी बड़बड़ाती रही। पीटर बड़ी अनिच्छा से सूप में चम्मच घुमाता रही।

सोने से पहले गुड नाइट कहने जेनी की माँ कमरे में आई तो जेनी बोली, "मम्मी, आज मैंने एक नया मित्र बनाया है।"

"अच्छा! कहाँ रहता है? कौन है?"

"उसका नाम पीटर है। वह ड्रग स्टोर के पीछे वाले मकानों में रहता है..।"

"ड्रग स्टोर के पीछे तो नीग्रो बस्ती है। वह क्या काला है?"

"हाँ, है तो मम्मी, पर है बहुत अच्छा...।"

"चुप रहो। इन जाहिल गँवारों से दोस्ती करने की मैंने तुम्हें मनाही की थी कि नहीं? टैक्सास में तुम्हारे बाबा सुनेंगे तो बहुत बिगड़ेंगे।"

"लेकिन मम्मी पीटर बहुत दयालु है। वह बिल्कुल बुरा नहीं।"

"चुपचाप सो जाओ। कह दिया उससे दोस्ती नहीं रखनी।"

बारबरा चली गई, पर जेनी से उस रात सान्ध्य प्रार्थना ठीक से नहीं हो पाई। कल उसका जन्मदिन है और वह पीटर से कह आई है कि वह उसे मिलने आए।

पीटर दो घण्टे से, लाल कागज में लिपटा और सफेद रिबन में बँधा चाकलेट का पैकेट लिये खड़ा है। थक जाता है तो बर्फ पर बैठ जाता है। थोड़ी देर में उठ कर फिर टहलने लगता है। शाम का हल्का धुँधलका हो चला, पर जेनी नहीं आई। पीटर काफी उदास हो गया है।

तभी जेनी तेजी से भागती हुई आई। लेस की बहुत सुन्दर फ्रॉक पहने थी। हाथ में कागज के लिफाफे में दो केक के टुकड़े लिये थी।

"ओह पीटर! बड़ी देर हो गई। मम्मी आने ही नहीं देती थी।"

"फिर ?"

"वह पिक्चर गई है। लो तुम्हारे लिए केक।"

"अरे हाँ, जन्मदिन मुबारक। लो, तुम्हारे लिए।"

"धन्यवाद।"

जेनी चॉकलेट का डिब्बा खोलने लगी। पीटर बैठकर केक खाने लगा। जेनी खुशी से उछल पड़ी।

"ओह पीटर तुम बहुत अच्छे हो। इतने सारे चॉकलेट।" और जेनी ने बराबर में खड़े हुए पीटर के गाल पर स्नेह-भरा चुम्बन अंकित कर दिया।

"मारो! पकड़ो!! बदमाश!!! भागने नहीं पाए।"

पीटर और जेनी हतप्रभ से देखते ही रह गए। पीटर पर ढेले, पत्थरों, थप्पड़ों, मुक्कों की वर्षा होने लगी।

"इतनी हिम्मत! गोरी लड़की को हाथ लगाता है!! सँपोला कहीं का। बचे नहीं...मारो।"

उन्मत्त गोरों की भीड़...आठ-वर्षीय नीग्रो बालक। काले चेहरे से टपकता लाल खून सफेद बर्फ में चित्र से बना रहा था। बिजली का खंभा पकड़े पीटर वहीं गिर पड़ा।

"पीटर! पीटर!! उसे मत मारो... !"

जेनी को घसीट कर कुछ लोग ले गए। वह चीखती रह गई।

"वह मेरा मित्र है। बहुत अच्छा है। मत मारो उसे...।"

सड़क के उस पार एक अमीर गोरी बुढ़िया ने चमचमाती शेवरलेट रोककर भीड़ की ओर इशारा कर एक राहगीर से पूछा, "क्यों भई

वहाँ क्या हुआ? एक्सीडेण्ट?”

बिना यह देखे कि पूछने वाली, स्त्री है, और स्त्रियों के आगे गाली नहीं देते, वह मोटा-सा, बदसूरत दाँतों वाला अमरीकी उत्तेजना से भरा बोला, “एक कुतिया का पिल्ला नीग्रो, एक गोरी लड़की से बलात्कार की चेष्टा में था।”

“गुड गॉड!”

कार तेजी से स्टार्ट होकर सिसकारती सी हवा हो गई।

तलछट

पूरे एक रुपये का टिप बैरे के लिए छोड़ वह बाहर निकली। लगूना आज देख लिया उसने भी। मालदारों का नया खर्चा-घर, बेहद उदास, घुटा-घुटा और नकली। जब से वह दिल्ली आई है कितनों ने उससे पूछा कि वह लगूना में कभी चाय पीने गई कि नहीं? और उसके नकारात्मक उत्तर पर उसे दया की दृष्टि से देखा। इसीलिए आज यहाँ आई क्योंकि तीस रुपये जहाँ खाने के लगें, जरूर वहाँ खासियत होगी ही। आज अकेले उसने वहाँ काफी पी ली है। वेतन मिला था। पर्स में दो सौ के नोट चुभ रहे थे। शाम भर मन भर्राता रहा था कि कुछ आज किया जाए, तोड़ दिया जाए।

इण्डियन एयर लाइन्स के ऑफिस के बाहर बस भर विदेशी उतरे। कुछ देर वह ठिठककर देखती रही। एक थुलथुल अमरीकी महिला की रंगीन शीशों की माला बिजली में झलमल करती, नीले टूरिस्ट बैग, चेकदार हल्के सूटकेस, कैमरे, दूरबीन, थके चेहरे। लन्दन, पेरिस, जिनेवा, न्यूयार्क, कैलीफोर्निया। वहाँ शायद साँस खुल कर आती हो, घुटती नहीं हो, वहाँ शायद लोग जीते हों, वहाँ शायद जिन्दगी बीमार न हो।

धीरे-धीरे चली। अन्नपूर्णा पीछे रह गया। जनपथ के खोखे भी। इन्हीं लकड़ी के खोखों में दिन-रात लाखों का व्यापार। दिल्ली की हर फैशनेबल लड़की के गिरजे, मन्दिर, गुरुद्वारे यही खोखे। यहाँ सब मिलता है। नकली जेवर। नकली बाल। चेहरे के लिए रंग-रोगन। शरीर के लिए झाड़-फानूस, पर्दे।

"आजकल तो सभी लड़कियाँ नौकरी करती हैं," भाभी ने कहा था। भैया ने सिर हिला दिया था चुपके से।

माँ बहुत रोती थी। मरते समय कहना चाहती थी, "देख सन्तोष, तेरे दहेज का यह सामान मैंने बना रखा है।" किन्तु उसने ही ध्यान नहीं दिया था। भैया ने गुस्सा दिखाया था, "हम किसलिए हैं? हम पर छोड़ दो।" अब कभी-कभी वह रो लेती है। तेरहवीं के महीना भर बाद भाभी बोली थी, "बीबी, लड़के आसानी से तो मिलते नहीं। तुम्हारे भाई देख तो रहे हैं।"

कट गई थी वह यह सुनकर।

"टाइप-वाइप कुछ सीख लो। बी. ए. कर खाली बैठोगी तो कैसे होगा? आजकल सभी को हाथ-पैर चलाने पड़ते हैं।"

घर छोड़ते दिल टूटा था। डर लगा था। पर वह घर घर क्या, जहाँ वह सबको खटके दिन-रात। भाभी के भाई की सिफारिश चली। भैया भीगी बिल्ली से टैक्सी में बिठा होस्टल में छोड़ आए। रुके नहीं थे तनिक भी। उसकी ओर देखा भी नहीं। हाँ, चलते समय भाभी ने कहा था, "अरे ये साड़ियाँ क्यों ले चली सन्तोष। ऑफिस में अपटू-डेट कपड़े पहनना"...और साड़ियाँ सब भाभी ने अलमारी में सहेज दी थीं।

अनाथ!

पैर के अँगूठे में बड़ा पत्थर लगा। अँधेरे में सामने से आता एक शोहदा वक्ष पे चिकोटी काट गया।

कमबख्त...सूअर...।

इम्पीरियल होटल से वापस मुड़कर वह कनाट प्लेस की तरफ चली। कुल सात बजे हैं। समय भी तो कटता नहीं। हल्की नाइलोन

की साड़ी। लुधियाने की किसी हौजरी का बना काला कार्डीगन। नवम्बर की शाम। अकेली वह। लोग घूरते हैं। अपने आपको पागल-सी लगती है बेमतलब घूमती। पर रोज पिक्चर नहीं देख सकती। रोज टिकट भी तो नहीं मिलते।

"वेणी मेम साहब...वेणी..पच्चीस पैसे...।"

"नहीं चाहिए भाई, नहीं चाहिए। कहा न...।"

दुबला बीमार लड़का। पतली सूती कमीज। सर्दी की शाम। थाली में उसने चवन्नी छोड़ वेणी उठा ली। सूँघा। फूल बेला के नहीं, डेला के सफेद फूल थे। उन पर इतर छिड़का हुआ। इस शहर में फूलों की भी शार्टेज। वेणी उसने कलाई पर लपेट ली। पैर दुखने लगे उसके चलते-चलते।

कमरा एक है। सोने, बैठने, पढ़ने के काम आता है। शृंगार घर भी वही है। एक छोटा गुसलखाना है। छोटी-सी गैस के स्टोव की रसोई है। कभी-कभार ही उसमें शाम का खाना बनता है। सुबह चाय उबाल कर पी ली, दोपहर में सैण्डविच, शाम को कहीं आलू की टिकिया, समोसे खा लिए। इला और अप्पी उसकी रूम-मेट हैं। इला शाम को घर कभी रहती नहीं। अप्पी बेहद आलसी है।

रही वह, सो अपने लिए कौन झंझट करे। साथ ही इतना समय नहीं होता कि आटा-दाल लाया जाए। इससे तो मद्रासी रेस्तराँ की थाली अच्छी सस्ती, तैयार। शाम को ऑफिस से लौटने पर ताला पड़ा कमरा और आग बुझी रसोई देख सदा तबीयत घबराने लगती है।

जी करता है कि भागकर फिर भीड़ ही में खो जाए। भीड़ धड़कती है.. भीड़ की धमनी में रक्त रहता है...शोर, गन्ध, स्पर्श रहता है। भीड़ एक नशा है, जो धीरे-धीरे गहराता है। पर्स अप्पी के पलंग पर फेंक वह नीले बेडकवर से ढके दीवान पर लेट गई।

कमरा महक भरा था। मुफ्त मिलते हैं न इला को सभी सेण्ट। न लगाए से खत्म होते हैं न बाँटे से। उसे भी तो इला ने कई शीशी फ्रेंच सेण्ट की दी हैं, पर उससे लगाए नहीं जाते। झिझक होती है। जब नई-नई आई थी तब उसे इला अजीबोगरीब लगती थी। ऑफिस से आकर इला नहाती है, नहाकर बिना कपड़े पहने बाथरूम से चली आती है।

शृंगार मेज पर घण्टा बैठी रहती है। अला-बला लगाती है। मोटे होंठ तीखे लाल रंगती है। भौं और पलकों को गीले काजल से तराशती है। बगल में, सीने पर, सैण्ट रगड़ती है। फिर सिल्क की साड़ी पहनती है गहरे रंग की और पेटीकोट मलमल का कि साड़ी शरीर एक हो रहते हैं। इला उस पर हरदम बिगड़ा करती थी, "ओ लड़की, यह सूरत ही सूरत है तेरी कि इसका कुछ करे-बनाएगी भी? यह धुला चेहरा। इस शहर में इसका क्या होगा? आ तुझे कुछ अक्ल सिखाऊँ।"

"न बाबा। मैं ऐसे ही भली।"

पर इला तब तक भूल भी गई होती थी कि क्षण भर पहले वह क्या कह रही थी।

"यह राबिन्स का बच्चा पूरा गधा है। हब्शी कहीं का। सभी को एक ही मर्ज। कभी-कभी जी में आता है, किटमैन की तरह बन्दूक लेकर आठ-दस लड़कों को ठिकाने लगा दूँ...।"

दो बार कार का हल्का-सा हार्न सड़क पर बजता है, इला पर्स झुलाती अप्पी के गाल पर चिकोटी काटती सन्तोष के बाल झटकती चली जाती है।

"अप्पी, यह इला ऐसी क्यों है?"

"कैसी है?"

"नहीं, कुछ नहीं, मैंने यूँ ही पूछ लिया था।"

"तू उसे नहीं जानती, तोषी। इला बड़ी ही प्यारी है। सिर्फ़ उसकी जुबान करारी है। मैं और यह एक ही कॉलेज में पढ़ती थीं। मैं तो इसे बरसों से जानती हूँ। बुरा यह हुआ कि एक सरदार जी से इसका लव हो गया। पर वह था लुच्चा। इससे शादी का वायदा कर कैलीफोर्निया भाग गया। इसने बहुत खत लिखे पर एक का भी जवाब नहीं। पीछे उसने एक सरदारनी से शादी कर ली वहीं पर। और इसे तीसरा महीना था। कहती थी मर जाऊँगी। हमने बहुत समझाया। रफा-दफा किया एक डॉक्टरनी को डेढ़ सौ रुपये देकर। पर तभी से इस को कुछ हो गया है...।"

"यह जिसके साथ जाती है, उससे ब्याह क्यों नहीं कर लेती?"

"ब्याह? तोषी यह दिल्ली है, यहाँ कोई किसी से शादी-वादी नहीं करता। जानती है इला ऐंग्लो-इण्डियन है? और ऐंग्लो-इण्डियन लड़की से कोई एंग्लो इण्डियन शादी करे तो करे बाकी हिन्दू, सिख तो सब कायर हैं, एकदम नीच। समझते हैं कि लड़की के बाल कटे हैं, स्कर्ट पहनती है तो जरूर ही उसका 'मारल स्टैण्डर्ड' भी स्कर्ट के जितना ही छोटा है। इला को सब तंग करते हैं। ऑफिस का हर छोकरा, बॉस : मिस टामस शाम को मेरे साथ चाय पीजिएगा, डिनर लीजिएगा? दस रुपये चाय पर उड़ा दिए, किसी की कार माँग लाए वायदे पर कि उसकी भी इला से मुलाकात करवा देंगे, और घर लौटते समय बेचारी को उल्टा सीधा पटाते हैं...पीछे अपनी हिन्दू बीवियों के पास लौट जाते हैं सीधे-सादे बनकर।"

"वह जाती क्यों है उनके साथ?"

"तू बच्ची है। दो साल रह इस कमरे में, तो तू जानेगी दीवारें क्या होती हैं...।"

अप्पी और ही लड़की है। सबसे हँसती बोलती है। पास नहीं फटकने देती। किसी मेजर से सगाई हुई है। हर पन्द्रह दिन में वह

देहारादून से आता है। तब अप्पी रात को लौटती नहीं। हैण्डबैग में एक साड़ी रखकर ले जाती है।

आज सुबह ठुड्डी के पास पड़े नील पर ढेर-सी क्रीम की मालिश करते इला उसके पास आई थी।

"क्यों तोषी? मैं तो सोचती थी तू बड़ी सीधी है।"

"क्या हुआ मेरे सीधेपन को, इला?"

"यही तो पूछती हूँ। यह निक्की के साथ क्या है तेरा?"

"निक्की?"

"अरे वही नानकचन्द खन्ना, मिस्टर निक्की। तेरा बॉस। सुना है, तू पिक्चर देखने गई थी उसके साथ?"

"तुझे किसने कहा?"

"उससे तुझे क्या? गई थी तो गई थी। पर यह बता कि निक्की को छोड़ तुझे कोई और नहीं रहा? देख तोषी, तू बड़ी अच्छी लड़की है, और तू बहुत उदास रहती है। अकेली रहती है। तेरी ओर, लोग ज्यादा ध्यान नहीं देते। कोई तेरे से बात नहीं करता। निक्की बहुत भला है। पोजीशन वाला आदमी है, रोबदाब है। लंच टाइम में तुझसे मीठी बात करने लगा है...।"

"इला?"

"बुरा लगता है मेरा कहना? मुझे परवाह नहीं। मुझे परवाह तेरी है। जानती है कि वह शादीशुदा है। उसकी एक 'स्वीट हार्ट' भी है। वह भी शादीशुदा है। जब वह नहीं आ पाती तब वह ऑफिस की छोकरियों से इश्क बघारता है। समझी। असल में शादीशुदा आदमी शादीशुदा औरतें ही पसन्द करते हैं। तेरे जैसी सीधी-साधी लड़की उन्हें

बोर कर देती हैं। जब कि तू दिल तोड़ कर बैठ जाएगी उसके लिए। रोएगी, मेरी मान झटपट ब्याह कर ले उस कवि महाराज से जो अभी-अभी तेरे डिपार्टमेन्ट में आया है। मैंने तेरे पीछे जाते और दूर-दूर से ताकते देखा है। होते तो कवि शायद सब पगले हैं। तू क्या कम है? नहीं तो आज निक्की, कल कोई और पटाएगा। यहाँ सब चोर हैं तोषी...डाकू ठग...खास कर जो शादीशुदा हैं। वे एक ही बात जानते हैं, सुना।"

ऑफिस से जब वह बाहर निकली थी तब उसने एक बड़ी-सी काली कार स्टार्ट होती देखी थी, मिस्टर खन्ना की कार। बगल में ऊँचा जूड़ा बनाए कोई बैठी थी। निक्की ने तोषी की ओर देखा तक नहीं।

पर उस दिन सिनेमा हाल के अँधेरे में उसने तोषी की उँगलियाँ होंठों पर रखे रखी थीं। एक हाथ से वह उसे धीरे-धीरे सहलाता रहा था। "एकदम नूतन का चेहरा है, सन्तोष तुम्हारा," तोषी के कान में उसने कहा था।

भीगे तकिए में भीगा चेहरा रगड़ते हुए वह सिसकी। घर की याद उभर आई।

विभा, कीटू जब स्कूल से लौटकर पूछते हैं, "मम्मी, बुआ कहाँ गई हैं?"

भाभी चीख कर कहती है, "हर समय बुआ-बुआ। बुआ मर गई है।"

न कोयला न राख

जैसे ही वह बाहर आई उस पर निगाह पड़ गई। विलास के रंग-सी चटक लाल उसकी पंखुड़ियाँ, नाखून-सी तराशी दो परत खुल चुकी थीं और बीच का हिस्सा, मन्दिर के कलश-सा भरपूर और बुर्जियों-सा नुकीला, अभी बन्द था, सौरभ समेटे। गीली घास में उसने घुटने टेक, काँटों से बाँह बचाते उसकी ओर हाथ बढ़ाकर उसे अपने होंठों से सटा लिया। कहाँ था यह अभी तक? पहले दिखाई क्यों नहीं दिया? इतने दिन इसकी कली, रहस्य की तरह, पत्तों में ही पनपती रही क्या?

भीतर लाकर चाकू से उसने उसकी लम्बी डण्डी के सिरे को कलम की तरह तिरछा काटा और पानी के गिलास में रख दिया। इसे वह टेड को देगी। टेड का कमरा गरम है। कमरे की खिड़की दक्षिण की ओर खुलती है जिसके बाहर धूप दिन भर छनती है। गरम कमरे में गुलाब कुछ ही घण्टों में पूरा खिल जाएगा भीतर की खुशबू बिखेरते हुए, और एकदम उस कमल-सा दिखाई देगा जिसे उसने सालों पहले गाँव के तालाब में देखा था।

ड्रेसिंग टेबल के बड़े आईने के सामने वह ज्यों-ज्यों अपने लम्बे, घने बालों में कँघा घुमाती जा रही है, त्यों-त्यों बालों की लटें सिमटकर रेशम के लच्छे-सी मुलायम और चमकदार होती हैं। टेड को देखे उसे बहुत दिन हो गए हैं। पिछली दफा जब मिली थी, तो टेड ने कहा था, "सरू, अक्सर सुनता रहा हूँ कि पूर्व बहुत रहस्यमय है और वहाँ के लोग बहुत गहरे। आज पहली बार उसका मतलब समझ आया

है। क्या सच ही दूसरों का मन या मान रखने को लोग अपना यों सब छिन्न-भिन्न कर देते हैं, तोड़ देते हैं?"

"वह तो कहानी थी, टेड" हँसने का सा उपक्रम करते हुए उसने कहा था।

"मान लिया कि कहानी ही थी, पर तुम्हारी कल्पना में ही सही किसी ने तो उसे जिया..।"

"रिश्ते अपने यहाँ टूट जाते हैं, ऐसी आसानी से जैसे दो यायावरों का साथ। तोड़ ही देने पड़ते हैं। या यों कहो कि अधिकांश लोगों के जीवन में इन आधे बने और बहुत चाहे रिश्तों का टूट जाना ही सबसे बड़ी घटना होती है। ऐसी घटना कि उसके बाद की ज़िन्दगी सिर्फ गुजरा करती है, जी नहीं जाती। खैर छोड़ो। सालों पुरानी बात हुई। हम तब छोटे थे, और बहुत साहस था।"

"यही तो मैं पूछना चाह रहा था, क्या वह सचमुच ही साहस था?"

बालों में पिन लगाता उसका हाथ छिटक गया। पिन खोलकर फिर से सीधी किया। उसकी आँखों में दो चुभते-से आँसू भर गए। उस दिन भी यही हुआ था और शायद इससे पहले कि उसकी पलकें आँख की नमी सोख पातीं, टेड ने भी आँसू देख लिए थे। कुछ-कुछ सुर्ख हो गई आँखों पर से पलक उठा उसने शिकायत की नजर से अपने चेहरे को आईने में ऐसे देखा कि किसी और का होता तो शायद चपत लगा देती। क्यों है वह ऐसी, छुईमुई-सी, बात-बात पर कुम्हला जाने वाली? उसकी सहेलियाँ तो ऐसी नहीं थीं। बाधाओं से लड़-झगड़ वे आगे बढ़ जाया करती थीं। एक वही क्यों सदा रास्ता छोड़ किनारे हो जाती है, धूल फाँकने को। तभी सब उसे छेड़ते हैं कि वह अवश्य ही 'मेसोकिस्ट' है, दर्द बटोरा करती है चलते-चलते।

अपनी बाँह की गोदी में टेड से उधार ली तीन मोटी किताबें उठाए और हाथ में फूल लिये जब वह बाहर आई तो शुरू अप्रैल का सोना सड़क पर मोटी परत-सा लिपटा हुआ था, जिस पर वृक्षों की छाया ने मनमाने गोदने बना दिए थे। आकाश में कुछ हल्के बादल छिटपुट याद से घिरे हुए थे। वह कदम बहुत संकोच से उठा रही थी कि कोई घास में खिली जंगली डेजी कुचल न जाए। कैमिस्ट्री बिल्डिंग के पास पहुँची ही थी कि उसे रुक जाना पड़ा। बिल उसके सामने आकर खड़ा हो गया था।

"क्यों सरू, फिर कतरा रही हो न?" बिल की आवाज़ में बहुत शिकायत थी।

"नहीं तो, मैंने तुम्हें जाते देखा ही नहीं...।"

"सो तो तुम्हारी पुरानी आदत है। खुद यहाँ और मन समुद्र पार। घर की याद आ रही है फिर?"

"तुम्हें पता है न फिर पूछते क्यों हो?"

"इसलिए कि यदि जरा भी सुन लो तो यहीं घर हो जाए, और न यह उदासी ही रहे। सच सरू, तुम सुनती क्यों नहीं?"

"बिल।"

"अच्छा भई जाने दो। नहीं तो लगोगी अभी 'संस्कृति, सभ्यता इत्यादि का अन्तर है' वाली खोखली दलील देने। पर एक बात कहे देता हूँ सरू, तुम अपने को कब तक धोखा दोगी। तुम्हारी दलीलें दूसरों को विश्वास भले दिला दें, तुम्हें तो छल नहीं पातीं? खैर, अब और कुछ नहीं कहूँगा। यह फूल मुरझाने लगा है।"

"हाँ, इसे पानी के बाहर बहुत देर हो गई है।"

बिल का लम्बे-लम्बे डग भर कैमिस्ट्री बिल्डिंग में जाना वह देखती

रही और फिर क्यारियों के पास बनी बेंच पर बैठ गई। बिल नाराज होकर गया है। उसका मन उसे कचोट रहा था। बिल सदा उसके लिए कुछ-न-कुछ करता रहता है, जो अन्य लोग यहाँ कभी किसी के लिए नहीं करते। बिल बहुत मेधावी है, आकर्षक ही नहीं वह अत्यधिक लोकप्रिय भी है। फिर क्यों वह बिल के आग्रह से तनिक भी पिघलती नहीं? क्यों बिल को बहाने बनाकर टालती रही है? अपना नहीं बनाना चाहती। क्या है आख़िर? स्वयं को क्या कीड़ों के भोज के लिए सुरक्षित रख छोड़ा है उसने? और...बिल को लेकर तो उसकी रूम-मेट, सैली, उससे झगड़कर अलग यूनिट में चली गई थी। उसने सैली को, कमरा छोड़ने से पहले ब्रिजेट से कहते सुना था, "गुस्सा मुझे इसलिए आता है कि मैंने ही उन दोनों की मुलाकात करवाई थी। पर मैंने सोचा था इसके मुँह में मक्खन भी घुलेगा नहीं। बड़ी सीधी है। मुझे क्या मालूम था३।"

"पर सैली, तू जानती है यह सरू का कसूर नहीं...।"

"जानती हूँ इसका नहीं इसके कपड़ों का है। जरा यह स्कर्ट पहन ले तो बिल इसकी ओर देखे तक नहीं।"

"तू क्यों मन छोटा करती है, सब ठीक हो जाएगा। फिर लड़कों की तुझे कौन सी कमी है।"

"जो भी हो, इतना मुझे मालूम है कि बिल कोई शाक-भाजी पर जीने वाला नहीं। उसके साथ छः महीने मैंने गुजारे हैं और यह सरू जरा भी मांस-मछली नहीं...।"

एक तेज सिहरन उसके शरीर से होकर गुजर गई। बेंच का पत्थर ठण्डा था और साड़ी की परत में से काफी देर से महसूस हो रहा था। टखनों के आस-पास उसकी साड़ी भी ठण्डी महसूस हो रही थी। गीली घास से साड़ी का किनारा भीग गया था। यहाँ पता नहीं सब चीजें ठण्डी क्यों हुआ करती हैं? खासकर बारिश। दिल्ली में बारिश सदा

सुहावनी हुआ करती थी।

उस शाम जब बारिश से वह और बिनी सिर से पैर तक भीग गए थे और हवा के थपेड़ों से बचने के लिए टपकते नीम के नीचे खड़े थे तब भी बारिश तनिक ठण्डी नहीं लगी थी। कितने साल हुए होंगे उस शाम को? वह शाम जब अचानक झटके से बिनी ने उसे अपनी तरफ खींच उसके होंठों पर कुछ खोजते से अपने होंठ रख दिए थे।

"अरे हटो, क्या करते हो, कोई देख लेता तो?"

"देखा करे।"

स्वयं उसने ही अपने रक्त में खौलते उस उबाल को अनसुना कर वैसी फिर कोई शाम नहीं आने दी थी। स्वयं उसने ही खोजते होंठों को जवाब देने को आतुर अपने होंठों में दाँत गड़ाकर अपने को सजा दे दी थी।

"बिनी, मैं अगले सप्ताह जा रही हूँ।"

"पर सरू तू नहीं जा सकती।"

"देखो, तुम मान लो तो अच्छा ही है। मेरा प्लेन 21 तारीख को पक्का है।"

"सरू, तुझे हुआ क्या है? बताती क्यों नहीं? ऐसे चली जाएगी क्या जैसे कभी जाना-पहचाना ही नहीं था मुझे, एक दूसरे को?"

"मुझे अमरीका से डिग्री लेनी है, डॉक्टरेट की।"

"वह यहाँ नहीं मिलेगी क्या?"

"पर वहीं से लेनी है न मुझे।"

"सरू, वहाँ बहुत सर्दी होती है। तुझे सर्दी अच्छी नहीं लगती।

सर्दियों में तेरे पैरों की उँगलियाँ सूज जाया करती हैं। और वहाँ तो बर्फ बहुत गिरती है। लोग भी सुना है रूखे होते हैं...” जाने कितनी विनय बिनी की आवाज़ में थी, कितनी दीनता।

“होगा बिनी। जानती हूँ यह सब, पर जाना तो है मुझे तुम क्यों विचलित होते हो?”

“सरू, मेरा क्या होगा, सोचा है तूने?”

“तुम अभी जरा मेरे मोह जाल में उलझे हो। देखना, भूलते समय भी नहीं लगेगा।”

“सरू!”

“पुरुष समय-समय पर मरे हैं, और कीड़ों ने उन्हें खाया है। पर कभी प्यार के लिए नहीं।”

“झूठी।”

पौने ग्यारह की क्लास खत्म होने का घण्टा कर्कश स्वर में बजने लगा है। आस-पास की सभी बिल्डिंग ने ढेरों लड़के-लड़कियाँ उगल दिए हैं। किताबें सँभालती वह उठी और जल्दी-जल्दी अपने विभाग की ओर चली। विभाग की पहली मंजिल में मेल-रूम है। आज शायद फिर पिता जी की चिट्ठी आई होगी कि डिग्री मिलते ही फौरन लौट आए और कहीं नौकरी तलाश न करे। विभाग के अध्यक्ष का कहना है कि नौकरी अभी नहीं देखेगी तो फिर सब नियुक्तियां हो चुकेंगी। उसे जल्दी ही पाँच-सात जगह अप्लाई कर देना चाहिए।

वह किसकी सुने? क्या वह पिता जी की बात का उल्लंघन कर दे और यहीं कहीं काम ले ले, दो दो-चार साल के लिए। फिर किसी दो कमरे के अपार्टमेंट में अधकच्चा बेस्वाद खाना खा और टेप पर

रिकार्ड की पुरानी ग़ज़लें सुनते-सुनते समय निकाल दे। समय तो निकल जाएगा पर हर शाम का वह भयानक आधा घण्टा, जब हर ज़रूरी बेज़रूरी काम को निपटा वह हारकर पलंग पर लेटती है और नींद की दुआ करती है, या सुबह का वह पहला पहर जब किसी बीते दिन का जाला उसके स्वप्न बुन देते हैं और वह रोती-रोती जाग उठती है, कैसे कटेगा? और चली जाए अगर तो वह किस चीज के लिए? उन रातों के लिए जो दिन भर की धूल को सितारों के सेहरों से यूँ ढाँप देती हैं ज्यों बर्तन को कलई; या कि रजनीगंधा की क्षण-क्षण झरती उस सुगंध के लिए जो पैरों में ऐसी थिरकन भर देती है कि जी होता है नाच ले घुँघरू पहन, और जो रक्त को ऐसे बौखला देती है कि गले से अपने आप गाने का स्वर फूट पड़ता है।

और किसके लिए? वृद्ध पिता के आतुर चेहरे के लिए जो न अपने फर्ज से निवृत्त हो पाए हैं, न उसके हठीले मन को जान पाए हैं। उस आतुर चेहरे पर एक क्षणिक आशा की झलक लाने के लिए उसे उन सब गिद्धों और भेड़ियों को सहन करना पड़ेगा जो या तो इसलिए चले आएँगे कि वह अमीर बाप की इकलौती बेटी है, या इसलिए कि वह अमरीका जाने में उनकी सहायक हो सकती है, या इसलिए कि वे अपने दोस्तों से कह सकें, "एक अमरीका से पी-एच. डी. वाली लड़की का भी रिश्ता था, पर यार शादी करे तो किसी लड़की से न कि चलते फिरते एनसाइक्लोपीडिया से।"

उसका मेल बाक्स खाली था। शायद डाक ही अभी नहीं आई या सेक्रेटरी ने बाँटी नहीं। वह जाने को मुड़ी और अन्दर आते एक छोटे से समूह से घिर गई। जिस लड़के की लम्बी दाढ़ी थी, उसका नाम उसे याद नहीं आ रहा था। वही बोला, "अच्छा यह बताओ तुम्हारा पिता महाराजा है क्या?"

"ऐसा सौभाग्य मेरा नहीं। तुम क्यों पूछ रहे हो?"

"इसलिए कि यह रोज-रोज नई साड़ी ये सब जेवरात, हमने कभी तुम्हें वही साड़ी दुबारा पहने नहीं देखा।"

"आज जानती हो, बिल्कुल बसन्त की प्रतिमा लग रही हो," दूसरा बोला।

"काश, मैं बसन्त की सी मुदित मन भी होती," वह मुस्कराई।

"चलो 'यूनियन' में चलते हैं, कॉफी पियेंगे," पहला बोला।

"ख्याल अच्छा है," वह संकोच से बोली, "पर मेरी डॉक्टर बेकर से ग्यारह बजे की अप्वाइंमेंट है...।"

"डॉ. थिओडर बेकर! वह 'फेयरी' !" पहले वाले ने कौतूहल से पूछा।

"हाँ, पर यह 'फेयरी' क्या होता है?"

वे तीनों हँस पड़े। दूसरे वाले ने पहले से कहा, जरा छेड़ते हुए, "बताओ भई, तुम ही बताओ इन्हें। मुझसे नहीं होगा। क्या नादानी है...।"

"यह 'फेयरी' क्या होता है?"

"तुम्हें सच ही नहीं मालूम?" दाढ़ी वाले की तांबे के रंग-सी आँखों में अविश्वास भरा विस्मय था।

"क्या होता है 'फेयरी' ?"

वे फिर हँसे। पहले वाले ने हल्के से आँख दबाई और हाथ हिलाते वे सब एक ओर को बढ़ गए। वह सन्न-सी खड़ी उन्हें जाता देखती रही। फिर किताबें उसने मेज पर रख दीं, और थक गए अपने हाथ से आँखों में उनकी घिनौना आवाज़ों से पड़ी किरकिरी को उसने धीरे

से मला। एक अजब भय और तीखे दर्द ने अपना दंश धर दिया था। उसका कलेजा मुट्‌ठी-सा सिमटकर ऐंठ गया।

माथे पर छलक आए पसीने को पोंछने के लिए उसने पर्स में हाथ डाला। रूमाल खोजती उसकी उँगलियाँ पर्स में एक पुराने तह किए पत्र से छू गईं। पत्र उसकी एक सहेली का है। लम्बी चौड़ी गप्प के बीच उसने लिखा था, "बाई दी वे, तुम्हारी जो नन्दा मौसी थी उसके यहाँ फिर इस साल नया मेहमान आने वाला है। पहली तो लड़की थी न, मौसी खूब पोते की आस लगाए बैठी है...।"

पर्स से हाथ निकाल वह जरा मेज से टिकी ज्यों सहारा ढूँढ़ रही हो, थोड़ा मुस्कराई और फिर हँस दी एकाएक। नन्दा मौसी ने कभी कहा था, "तेरे पास क्या नहीं है सरू? तू सुन्दर है, पढ़ी-लिखी धनी है। मेरा तो एक वही है और वह तेरे मोहजाल में ऐसा पड़ा है कि बावला हो गया है। तू यह मुझसे कैसा बदला ले रही है३तेरी माँ नहीं है, यह जानकर मैंने तुझे अपनी बेटी-सा माना था, सरू तू ऐसा न कर कि मैं इस बुढ़ापे में अपने बेटे के घर का पानी तक न पी सकूँ।"

वह टेड के पास जरूर जाएगी। टेड का कमरा गरम है। उसकी खिड़की के बाहर धूप दिनभर छनती है। कुछ ही घंटों में गुलाब पूरा खिल जाएगा और मन्दिर के कलश से इसके हृदय में जकड़ा सौरभ बिखर जाएगा। तब यह ठीक ऐसा दिखेगा जैसे वर्षों पहले का वह कमल जिसे उसने उथले, मैले पानी के तालाब में देखा था।

आधे मुरझाए, उस अधखिले फूल को कुछ क्षण वह खड़ी-खड़ी बिना देखे देखती रही। फिर किताबें समेटने लगी। पुरुष समय-समय पर मरे हैं और महिलाएँ भी, कीड़ों ने उन्हें खाया है, पर प्यार के लिए कभी नहीं।

झूठी...झूठी...।

सरसी धरती

"गुड ईवनिंग लेडीज एण्ड जेण्टलमैन। वि आर अबाउट टू लैण्ड।"

सीट बेल्ट कसते उसने नीचे झाँका। वायुयान जिधर झुक जाता है उधर ही रोम की जगमगाहट बाँह पसार कर उठ आती है और फिर ज्यों उदास-सा हो ठहर जाती है, वायुयान दूसरी ओर को डोल जाता है।

एक लम्बी साँस ली उसने। दोनों पैर दुख रहे थे, कमर में भी दर्द सनसना रहा था। चेहरा सूखा और बाल बेजान हो गए थे। सात-आठ घंटे का सफर उन्होंने डेढ़ दिन में तय किया है। दो बार वे कराँची से चले थे, दो बार लौटना पड़ा और उससे भी पहले बम्बई में ही छः घंटे देर से फ्लाइट चली थी।

कराँची में वे सब थक गए थे। बच्चे चीख रहे थे, महिलाएँ सब इधर-उधर पसर गई थीं। आखिर एयरवेज की बस सबको होटल ले गई थी। होटल में चाय, खाना मिला। बिस्तर, कमरा भी स्वच्छ था, पर उसे नींद नहीं आती, अनजानी जगह। वह खिड़की के पास कुर्सी डाले अंधकार में झींगुरों का हो-हल्ला सुनती रही थी और हँस पड़ी थी। झींगुर भी तो बँटवारे के साथ परदेस के हो गए होंगे।

उसने कहीं पढ़ा था कि दोपहर के सन्नाटे में जब सूरज सीधा सिर पर होता है रोम के भग्नावशेष तब लगता है अभी जी उठेंगे। अभी उनमें युद्ध और नर्तन गूँजने लगेगा। घोड़े और बग्घी, सम्राट और सेवक जाग जायेंगे। समय तब ठहर जाता है, हर ईंट पल और हर

दीवार घंटा हो जाती है...। मोटे शीशे के दरवाजे से उसने चेहरा सटा लिया। आज रोम कोहरे में लीप दिया गया था। लखनवी खरबूजे के रंग की बिजली के लट्टुओं की कुछ कतारों को छोड़ कर एक भी इमारत नजर नहीं पड़ती थी : कासल...पाम्पे...गिरजे...कुछ भी नहीं, सिर्फ अंधकार।

लाउंज की एक कुर्सी पर पीली साड़ी वाली एक लड़की बड़ी देर से आँखें बन्द किए पड़ी थी। पास में उसका हैण्डबैग, मैगजीन, कोट, सैण्डल पड़े थे। शायद साड़ी की झलक थी, लड़की का रंग बेहद पीला, बीमार-सा लगता था। झुककर उसका कंधा छूकर बोली, "आपकी तबीयत तो ठीक है?"

लड़की ने नहीं सुना। सुना तो आँख नहीं खोली। उँगली से उसका माथा देखा, ठण्डा था।

"आपकी तबीयत खराब है क्या?"

दो शैडो से रंगी पलकें बड़ी-बड़ी कजलाई आँखों पर से धीरे-धीरे उठीं। हल्की झुंझलाहट मुँह पर फैली। जगाया जाना अच्छा नहीं लगा।

"फ्लाइट का समय हो गया क्या?"

"नहीं, मुझे लगा आपकी तबीयत ठीक नहीं, अन्यथा जगाने की नीयत मेरी नहीं थी...।"

एक उबासी रोकती वह बोली, "अरे तबीयत तो बेहद खराब रही। मुझे तो लगा इस प्लेन से जीवित नहीं उतरूँगी। भीतर से सब उलट गया इतनी देर में। अगर अमरीका तक यही हाल रहा तो ईश्वर ही जाने...।"

"उम्मीद तो है कि मौसम सुधर जाएगा और इतना ऊपर-नीचे

जाना नहीं होगा। तुम कहाँ जा रही हो?"

"क्लीवलैण्ड।"

"अरे सच? क्या पढ़ने?"

"हाँ, वेस्टर्न में फेलोशिप मिली है, एम.ए. सोशल वर्क के लिए।"

"यह अच्छा हुआ। मैं भी तो वहीं जा रही हूँ। मेरा मतलब क्लीवलैण्ड। बाकी जितने लोगों से बात हुई, सब कहीं-कहीं जा रहे हैं। कोई पिट्सबर्ग, कोई फिलेडलफिया, मुझे लगा क्लीवलैंड में कोई अपने देश का मिलेगा ही नहीं३।"

"अरे यह बात नहीं, मैंने तो सुना है कि वहाँ अच्छी खासी भीड़ है हम लोगों की। आप बैठिए न! आप भी वेस्टर्न रिजर्व जा रही हैं क्या?"

"नहीं, मैं दो साल इन्टर्नशिप के लिए जा रही हूँ क्लीवलैंड क्लीनिक में। नक्शे के अनुसार वह तुम्हारे विश्वविद्यालय से ज़्यादा दूर नहीं है।"

"ओह, आप डॉक्टर हैं।" उन बड़ी-बड़ी आँखों में विस्मयमिश्रित आदर भर गया। "मैं डॉक्टर लोगों का बड़ा मान करती हूँ।" वह हँसी मानो अपने अविश्वास पर कि यह पतली-दुबली, साँवली, बीमार, दिखाई देने वाली लड़की डॉक्टरी करने जा रही है, सो भी अमरीका में।

जब तक जहाज चला दोनों एक ही जगह बैठी रहीं। दोनों दिल्ली की थीं।

"मेरा नाम आभा है, आभा मिश्रा। हम लोग ग्रीन पार्क में रहते हैं। मेरे बड़े भैया का ठेके का काम है, आप?"

"हम लोग करोल बाग में रहते हैं।"

"अच्छा? वहाँ तो मेरी बहुत-सी सहेलियाँ रहती हैं। आप किस जगह रहती हैं। करोलबाग में?"

"देशबन्धु गुप्ता रोड पर कुछ गिरजे हैं उनके चारों तरफ जो बस्ती है वहीं पर हमारा घर भी है...।"

"आपने अपना नाम नहीं बताया?"

"नाज़नीन टीबरसन"

"ओह! आप ईसाई हैं?"

"अं...हाँ...।"

क्लीवलैंड के हवाई अड्डों पर दोनों जुदा हुईं। आभा को मिलने एक 'होस्ट फैमिली' आई थी। वह उसे कार में ले गई। नाज़नीन को हस्पताल की तरफ से पूरे निर्देश लिफाफे में मिल गए। वह बस से 'टर्मिनस' तक गई। वहाँ से टैक्सी लेकर होटल३।

नाज़नीन उनमें से है, जिन्हें देखकर अन्य लोग विशेषकर न उत्सुक होते हैं न झेंपते हैं, पर जिन्हें देख लोग सहजता से मित्र स्वीकार कर लेते हैं, क्योंकि वे जानते हैं कि यह बोलेगी कम, सुनेगी अधिक, समय पर काम आएगी। वे यह भी जानते हैं कि इस साँवली त्वचा के नीचे बेहद तीक्ष्ण मेधा है। असमय यह सलाह-मशविरा भी दे सकेगी। नाज़नीन भी यह जानती है। वह चुपचाप आते का स्वागत करती है। जाते को मुस्करा कर विदा देती है। कभी बाँध कर किसी को रखने का उसका जी नहीं होता और अपना एकाकीपन वह रोगियों के दुख से, सुख से भर लेती है। अपना फालतू समय अन्य डॉक्टरों को 'डेट' पर जाना हो तो उनकी शिफ्ट निभा कर गुजार लेती है।

दिवाली पर सुना क्लीवलैंड के भारतीय छात्र संघ की ओर से

बड़ा आयोजन है। नाज़नीन को फोन आया कि शाम को वेराइटी एंटरटेनमेंट हैं, वह भी कुछ 'आइटम' दे। नहीं, 'आइटम' कुछ देने लायक योग्यता उसमें नही, पर वह गुलाबजामुन बना लाएगी।

चार पौंड सूखे दूध में नाज़नीन ने थोड़ा मैदा मिलाया, थोड़ा बेकिंग पाउडर डाला और मक्खन पिघला कर डाला। थोड़े-थोड़े ताजे दूध के छीटें दे-देकर चार लोई तैयार कीं और लोइयों की नन्ही-नन्ही गोलियाँ बाँधी, गोलियों को गर्म घी में तला, गुलाबी हो जाने पर उबलती चाशनी में छोड़ दिया। चार सौ के करीब गुलाबजामुन बनाए दो दिन में, दिन भी क्यों रात में। सुबह, दोपहर, शाम ड्यूटी पर गुजर जाते। रह जाती रात। अल्युमीनियम के आठ लिटर साइज वाले भगोने में भर कर वह टैक्सी में रख गुलाबजामुन दिवाली पर कालेज लाई। सबने बहुत पसन्द किए। कम-से-कम बीस महिलाओं को लिख कर उसने रेसपी दी। पर आभा से मिलना नहीं हुआ।

आभा ड्रेसिंग रूम में ही रही इतनी देर। वह नागिन के गाने, "मन डोले मेरा तन डोले" पर नृत्य दे रही है। और आभा ने अपने वैजयन्ती मालानुमा चेहरे को वास्तव में ही नागिन-सा बना लिया है हू-ब-हू और उसके नृत्य ने 'ओडियन' या 'पैलेस' कर दिया है स्टेज को! लड़के सब तालियाँ पीटते थकते नहीं हैं। वंस मोर... वंस मोर. ..की आवाजें हवा में तैर उठती हैं।

आभा से मिलना हुआ कुछ दिन बाद। नाज़नीन कुछ डॉक्टर मित्रों के साथ कॉफी पीने गई थी 'ड्रग स्टोर' में जो कि वेस्टर्न रिजर्व के पास ही था। पीछे क्लीवलैंड में बड़ा हंगामा रहा। नीग्रो और गोरे लोगों में जगह-जगह लूट, हत्या छिड़ गई। कितने ही लोग मरे, मिटे। घर जला दिए गए, दुकानें लूट ली गई। हस्पताल में बेहद काम बढ़ गया। दो दिन कर्फ्यू रहा शहर में। कर्फ्यू हटा तो वह खरीददारी को जाने

को हुई।

"नाज़, अकेले अभी कहीं नहीं जाना," उसके सहकर्मी जार्ज ने सावधान किया।

"पर क्यों जार्ज? मैं तो न गोरी हूँ, न नीग्रो। मुझे कोई क्या कहेगा? फिर थक गई हूँ यहाँ दीवारें देखते, कुछ ताजी हवा चाहिए।"

"तो हम सब चलेंगे साथ कार में। वहीं चल कर कॉफी पीएँगे।"

बॉब, जार्ज, लिण्डा और वह कॉफी और आइसक्रीम का आर्डर देकर बैठे। घूम-फिर कर बात फिर आ गई।

"इन नीग्रो लोगों पर इतना गुस्सा आता है मुझे कि क्या बताऊँ। काम कर नहीं सकते, सारी कमाई शराब, जुए में फूँक आते हैं। साल में एक के नहीं, दो बच्चों के बाप जरूर ही बन जाते हैं। फिर अपनी गरीबी, मुसीबतों के लिए गोरों के घर जला आते हैं। दो चार को छुरों से चीर देते हैं३जंगली कहीं के।"

"शी...शी..." जार्ज ने लिण्डा को चुप किया। एक काला चेहरा मैगज़ीन रेक पर झुका कोई पत्रिका ढूँढ़ रहा था। नाज़नीन कॉफी में धीरे-धीरे चम्मच चलाती रही, अनमनी-सी।

"तुम्हारा क्या मत है, नाज?" बॉब ने पूछा।

"मेरा! मत से क्या होता है बॉब। समस्या समय के साथ उपजती है। समय के साथ ही नष्ट होती है, मत से कुछ नहीं होता।"

बॉब ने नासमझा-सा सिर हिला दिया।

"बात सीधी-सी है। जब से आई हूँ, कई लेख पढ़ चुकी हूँ तुम्हारे समाचार पत्रों में, भारत में गरीबी है, लोग मर रहे हैं, क्योंकि वहाँ अज्ञान है, आलस्य है, घूसखोरी है, अन्धविश्वास है और सबसे ज़्यादा है उदासीनता। कोई कुछ करता-धरता नहीं है, अब यह हुआ अमरीकी

व्यक्ति का मत भारत की गरीबी के बारे में। बताओ उससे क्या हल निकला। समस्या तो बनी रही वैसी की वैसी। किसी ने समाधान नहीं ढूँढ़ा और समाधान इसलिए नहीं ढूँढा, क्योंकि समाधान से नीग्रो लोगों को यों इस्तेमाल कर और बुरा किया रंग-भेद कर या कि नीग्रो लोग बुरा कर रहे हैं घृणा को भड़का कर...। पर इन सब आरोपों से कुछ बनता नहीं...मैं तो उदास होकर रह जाती हूँ और प्रार्थना कर लेती हूँ कि हमारा अकाल, गरीबी और तुम्हारा यह रंग-भेद का क्लेश समाप्त हो जाए...।" तुरन्त कुछ तिर आया है। नाज़नीन ने भर घूँट कॉफी गले में उलीच ली।

चलने लगे तो दरवाजे में आभा से मुठभेड़ हो गई।

"ओह आप! मैं कब से आपसे मिलना चाह रही थी। सतीश यह हैं हमारी डॉक्टर दीदी और यह सतीश गिल हैं इंजीनियरिंग एम. एस. कर रहा है। आप कहाँ जा रही हैं?"

"इन लोगों के साथ आई थी...पर तुम कैसी हो आभा?"

"अच्छी हूँ मैं तो। सुनिए आपको फुर्सत हो तो रुक जाइए न सतीश अपनी कार में पहुँचा देगा?"

ये लोग दरवाज़ा रोके खड़े हैं और बाहर से कुछ लोग भीतर आना चाह रहे हैं, नाज़नीन असमंजस में है।

"क्यों नहीं नाज, तुम रुको। बस अकेले अभी कुछ दिन कहीं मत जाना।"

"धन्यवाद जार्ज, कल मिलेंगे। बॉब, लिण्डा! कॉफी के लिए शुक्रिया।"

आभा सुन्दर दिख रही है आज। मिल्क की बादामी साड़ी पर बड़े-बड़े फूल छपे हैं, गहरे ब्राउन। गले में उसी रंग के पत्थरों की माला

है। एक चोटी किए है। बाल कुछ बिखरे हुए हैं। सतीश के साथ चलती अच्छी लगती है। लम्बा है वह, इकहरा लेटेस्ट कट का सूट पहले हैं। नाज़नीन कुछ और छोटी हो गई है, कलसा गई है।

"पढ़ाई कैसी चल रही है?"

"ठीक है, जमते-जमते समय लगेगा। आपका कैसा चल रहा है?"

"अच्छा है, बड़ा अच्छा क्लीनिक है। डॉक्टर लोग भी अच्छे हैं। फिर चिकित्सा के संसार में तो हर समय कुछ-न-कुछ नया बना रहता है।"

"तुम्हारे घर पर तो सब ठीक हैं आभा? पत्र आया होगा?"

"हाँ, आया था। एक महीना हुआ। भैया को तो फुर्सत नहीं होती। भाभी हैं सो उन्हें हमारी याद क्या आएगी? छोटा भतीजा है माडर्न स्कूल में पढ़ता है आठवीं में। उसने लिखा है। माउथ आर्गन मँगाया है। एक एलविस प्रेसले का रेकार्ड...।"

"मम्मी, डैडी?"

"उन्हें तो छः साल हो गए, कार एक्सीडेंट हो गया था आगरा जाते समय ट्रक से।"

"ओह!"

"आप कहाँ रहती हैं?" सतीश ने पूछा इस बार।

"ज़्यादा दूर नहीं, क्लीनिक और यहाँ के लगभग बीच में एक अपार्टमेंट मिल गया अच्छा-सा३। चलो न, हम लोग वहीं बैठ कर बात करेंगे।"

आभा को अपार्टमेंट बहुत भा गया और भारतीय परांठे और भी ज्यादा। मचल कर बोली, "डॉक्टर दीदी, इतनी बड़ी जगह अकेला

लगता हो तो हमें रख लीजिए न?"

"अरे जरूर। मैं तो कहने ही वाली थी, अकेले अच्छा नहीं लगता। महँगा भी बहुत पड़ता है। सोचती थी कि शायद तुम्हें किसी ऐसी लड़की का मालूम हो जो शेयर करना पसन्द करे।"

"किसी को क्यों, मैं तो हूँ। मैं तंग आ गई होस्टल में। यहाँ अच्छा रहेगा। क्यों सतीश!"

"तुम जैसा चाहो। हमारी जगह भी तो यहाँ से पास ही है। अच्छा है।"

आभा अपने दो सूटकेस लेकर आ गई। पन्द्रह तारीख को सतीश छोड़ गया। रात में सोफे को खोलकर पलंग बना नाज़नीन सो जाती है। पलंग पर आभा का साम्राज्य हो गया है। बाथरूम में भी उसका ब्रश, कँघा, पेस्ट, क्रीम, रसोई में उसके पिन पाउडर, सैंट, नाइट, गाउन, स्लीपर, शावर कैप, मैले कपड़े, रसोई में उसके बिन धुले कप, प्लेटें, बिन पढ़ी पुस्तकें, बैठक में उसके कुछ ग्रामोफोन रेकार्ड, बेड रूम में उसकी पच्चीस-तीस साड़ियाँ, चार कोट, सात स्वेटर, तीन सैण्डल, दो हाउस कोट, चार काले-सफेद लाल पर्स और रेजगारी, पुराने पत्र, कुछ चित्र भतीजे और भतीजी के, अच्छी तरह फैल गए हैं।

नाज़नीन ने चाहा, आभा उसे नाज़नीन ही कहे, डॉक्टर दीदी नहीं, पर आभा की आदत छूटती नहीं। नाज़नीन भी जोर नहीं देती। अब दीदी से बन्धन लगता है और 'डॉक्टर' में जो आदर रहता है वही इन बेतरतीब फैली पुस्तकों, ढेर लगे मैले कपड़ों, अनधुले बर्तनों का बुरा नहीं मानने देता। सतीश के इधर-उधर छोड़े सिगरेट के टुकड़ों को भी साफ करवा लेता है। और अस्पताल से लौटने पर कभी सतीश की गाड़ी नीचे खड़ी हो तो झिझक जो पैरों को किसी अन्य दिशा में ले जाती है और बाहर खाने पर जो दो-तीन डालर लग जाते हैं, उन

सबको भी सह लेने देता है, और आभा मस्त है। वह जीवन से बदला ले रही है।

"जानती हो दीदी भाभी हमें फिल्म देखने नहीं देती थी। कहती थी, बिगड़ जाएगी। बिना बाँहों का ब्लाउज नहीं पहनने देती थी। अब माँ से तो कोई जिद कर ले, भाई-भाभी से कैसे करे। और तो और हमें इन्द्रप्रस्थ में, जानती हो, उस चिड़ियाघर में पढ़ने भेजा। कॉलेज की बस से जाओ और उसी से आओ। बड़ा मन जलता था और जानती हो हम उन्हें क्या कहते थे, अपनी भाभी को? ललैन।"

"वह क्या होता है?"

"लाला लोगों के घर की यानी कुछ गँवार, कुछ अनपढ़।"

"तुम तो पूरी बच्ची हो आभा।"

"नहीं दीदी, तुम नहीं समझोगी। ईसाई लोगों में तो ये सब रेस्ट्रिक्शंस नहीं होती...।"

नाज़नीन ने मुँह फेर लिया। कल पापा का पत्र आया है। "मेरी प्यारी नीनी तू जहाँ रहे यीशु की छाया तुझ पर बनी रहे। उसकी रोशनी तुझे रास्ता दे...।"

नाज़नीन आज चिन्तित है। सतीश बहुत दिन से नजर नहीं आया है और आभा के रंग-ढंग ठीक नजर नहीं आते। कल बहुत रात गए लौटी थी और लगता था पीए है। सीढ़ियों पर उसके मित्र लोग कुछ देर हंगामा मचाते रहे थे। फिर बाय-बाय...टाटा...आज सुबह से वह सिर दर्द लिए बिस्तर में पड़ी रही। नाश्ता नहीं किया। बोली भी नहीं। नाज़नीन हस्पताल से लौटी तो लगा आभा कॉलेज भी नहीं गई पढ़ने। बेमन-सी नाज़नीन ने आभा के ग्रामोफोन पर एक रेकार्ड रख दिया।

"कब तक यह रोना सुनती रहोगी, दीदी?" आभा दो थैलों में खाने-पीने का सामान लेकर आई है, खड़ी-खड़ी कह रही है। रेकार्ड उतार नाज़नीन ने ग्रामोफोन बन्द किया, बोली नहीं कुछ भी।

"कल मैंने कुछ मित्रों को बुलाया है बियर, क्रैकर वगैरह ले आई हूँ।"

"हूँ! कौन-कौन आ रहा है?"

"विजय सुराना है और किशन सहगल व उसकी गर्ल फ्रैंड सूजी। तुम भी कुछ डॉक्टर लोगों को बुला लो न। वह जो उस दिन आया था, भाटिया, वह अच्छा दीखता था...।"

अनसुना कर पूछा नाज़नीन ने, "सतीश नहीं आएगा?"

आभा ने खाने के लिफाफे रसोई की मेज पर टिका दिए। कुछ देर गुस्से में खड़ी रही। "नहीं, उसे नहीं बुलाया है। ब्रूट।"

नाज़नीन उठी, आज सच ही बहुत ज्यादा थक गई है। इतना तो पोर-पोर कभी नहीं दुखे। बीयर के कैन निकाल कर फ्रिज में चुनने लगी। आभा हथेली में मुँह दिए खूब गुस्सा हुए बैठी है। पर नाज़नीन में इतनी शक्ति भी नहीं कि कुछ पूछे। क्रैकर के डिब्बे फ्रिज की छत पर चुन उसने कुछ चावल पानी में भीगने के लिए छोड़ दिए, उबले चनों का डिब्बा खोल रही है। यही छौंक देगी आज। भूख उसे नहीं है पर शायद आभा भूखी हो।

"जानती हो डॉक्टर दीदी, यह सतीश का बच्चा पूरा पाजी है। इतना हमने उसके लिए किया और वह...कल उस जूली चुड़ैल के साथ 'डेट' पर गया। उसके दोस्त हँस रहे थे कि वह 'लवरज लेन' का पता पूछ रहा था...।" गुस्से भरे गालों पर टपाटप आँसू बिखर रहे थे। मैं सोचती थी, वह मुझे प्यार करता है। दम तो बड़ा भरता था। मैं सोचती थी...।"

"क्या आभा?"

"नहीं मालूम दीदी। ये लोग ऐसे ही होते हैं क्या...?"

"जानती हो, मैं क्या सोचती हूँ आभा? तुम सोचती हो कि सब लोग तुम्हारा उधार खाए हैं कि तुमने उन पर दया दृष्टि कर दी है तो वे केवल तुम्हारे हो जाने चाहिए। मैं सोचती हूँ आभा, तुम पाने की इतनी अभिलाषी हो। देना तुम बिल्कुल नहीं जानती हो। देश की बात दूसरी है। वहाँ सामाजिक बन्धन इतना है कि जो भी लड़की उन्हें थोड़ी अनुकम्पा करने लगे उसी पर लड़के जान देने को तैयार हो जाते हैं। यह दूसरा समाज है। यहाँ जिस लड़की को चाहे अटा-पटा लो। फिर एक से बँधकर कोई क्यों बैठेगा? वैसे तुमने सतीश का प्यार तो चाहा अपना भी दिया? प्यार कितनी तरह का होता है : एक देने वाला ज्यों सूरज की गरमाई, जिसे छू ले जीवन दे दे और देती रहे, एक पाने वाला ज्यों पतझड़ की अपनी झोंक में सब समेटता चला जाता है, फूल, पत्ता, रंग, रौनक और देता कुछ भी नहीं।"

आभा के आँसू रुक गए। काजल फैली आँखें आश्चर्य से फैल गईं। गोरा रंग राख हो गया। एक अजीब व्यंग्य भरा रहस्य उसके होंठ छू गया। तिरस्कार से भर गया उसका जी।

"तुम? तुम्हें? तुमने कभी किया है? जाना है? तुम्हें क्या मालूम प्यार क्या होता है?"

"नाज़नीन का माथा बहुत तेज घूम रहा है। लगता है छत का लट्टू गिर पड़ेगा। कभी उबलते चावलों की भाप उसके नासापुट में भर गई है। लगता अभी उल्टी हो जाएगी। छोलों का डिब्बा उसने अध-खुला काउन्टर पर छोड़ दिया।

"आभा, यह तुम बना लेना, तुम ठीक कहती हो शायद।"

"नहीं...दीदी गुस्सा नहीं होओ, मेरा मन ठिकाने नहीं।"

"गुस्सा क्या होता है आभा? मेरी जरा तबीयत खराब है। एक

एसप्रिन से ठीक हो जाएगी।"

सर्दियों में रात का अँधेरा कितनी जल्दी गहरा जाता है। हवा तेज चल रही है। बगल के अपार्टमेंट में कोई नहीं है, एक खुली खिड़की बज रही है। आभा बेडरूम में पढ़ रही है, नाज़नीन सोफा का बेड बना रजाई ओढ़े पड़ी है। धीरे-धीरे कमरा मिट चला कमरे की दीवारें डूब गई हैं। सड़क का शोर रीत गया है। नाज़नीन उड़ चली है हवा के साथ-साथ।

रविवार था उस दिन जब मोहन टेलर्ज के यहाँ से उसकी सफेद लेस की वेडिंग ड्रेस और 'वेल' तैयार होकर आ गई थी। गिरजे से आकर उसने शीशे के आगे खड़े होकर उसे शरीर से लगाया था। घर पर सिर्फ मुंडू था। पापा पादरियों की एक कांफ्रेस में केरल गए थे। फिर उससे रहा नहीं गया था। जल्दी-जल्दी साड़ी उतार फेंक उसने ड्रेस पहन ली थी। वेल माथे पर झुका ली।

उसका नाचने को मन किया था। बिल्कुल मन नहीं था कि ड्रेस उतारे। वह परी-परी लगती थी उसमें। उसके मुँह पर गुलाबी रंगत भर गई। उसकी आँखें खुशी में बड़ी-बड़ी लगती थीं। उसकी कलाई में नई घड़ी थी। किसी स्मगलर से खरीदी थी उसके मँगेतर ने 400 रुपये की 'लेडिज ओमेगा'। वह अपनी फ्रॉक कलेजे से लगाए रखना चाहती थी। वेल को चूम-चूम लेना चाह रही थी३उसने एक बटन खोला, थोड़ा थमकर दूसरा बड़े हौले से कि चटख न जाए।

"नीनी...", रेजी किवाड़ थामे खड़ा था। बदहवास सा "नीनी।"

"ओह...नहीं...रेजी...जाओ।" जल्दी से उसने बेडकवर घसीट चारों ओर लपेट लिया। "जाओ रेजी बदसगुनी होती है ऐसे इन कपड़ों में समय से पहले देखना...।"

पर वह नहीं माना था। बढ़ता ही चला आया।

"क्या बच्चों जैसी बात करती है...। ओह नीनी...जरा शीशे में देख तो...देख...।"

बेडकवर उतार फेंक वह उसे फिर शीशे के सामने ले आया था। रविवार के अपने गहरे स्लेटी सूट, सफेद माया लगी कमीज में था रेजी और उसके कन्धे से लगी वह देखती रही अपने परी रूप को, अपने उस राजकुमार को।

"कल कनॉट प्लेस गया था। एक बड़ा अच्छा सेंट मिल गया है, साहब सिंह के यहाँ से। एक ही शीशी थी। तेरे लिए लाया हूँ और कल एक डुप्लीकेटर का भी आर्डर मिल गया है। खूब कमीशन आने वाला है। कहाँ चलेगी? दार्जिलिंग?

सेंट की शीशी निकाल उसने खूब स्प्रे कर दिया। चुटकी से जरा कालर उठा भीतर तक वक्ष तर कर दिया था।

"हटो..."

"नीनी...'

"अरे कोई आ जाएगा...।"

"कौन आ जाएगा...अभी तो मुंडू कह गया है मैटिनी देखने जा रहा है लिबर्टी पर। तूने ही तो दी थी उसे छुट्टी।"

"नहीं...नहीं...हटो रेजी...यह क्या करते हो?"

मंगलवार को पापा लौट आए। उसी शाम कोका कोला के क्रेट पोर्च में चुन दिए गए थे। बुध को मुम्बई से मेहमान आ गए। वीरवार को शामियाना आ गया था और कुर्सियों के रेड़े और तभी पापा आए थे भागते बदहवास से।

"नीनी...जल्दी..इरविन...।"

"पापा?"

"जल्दी..मेरी बच्ची..रेजी..।"

इमरजेंसी वालों ने उसे अन्दर तक जाने नहीं दिया। अभी नहीं. ..अभी डॉक्टर लोग अन्दर हैं। ओ रेजी...ओ रेजी। तुम मरोगे नहीं. ..रेजी तुम्हें मरने नहीं देंगे३रेजी देखो तो रेजी।

मृत्यु तो इंसटेंट हो गई होगी। ट्रक वाला रौंदता ही चला गया। बेचारा! कुछ भी उम्र नहीं थी। शुक्र है, शादीशुदा नहीं था। स्कूटर देखा है बाहर ही रखा है...पिचक कर टीन हो गया है बिल्कुल।

"दीदी, तुम रो रही हो? आभा गले में बाँह डाल कर लिपट गई, "तुम नाराज हो गई दीदी...हमसे गलती हुई।"

"नहीं आभा, जरा सिर में दर्द है...तू सो जा।"

"तुम्हारे लिए चाय बना लाऊँ?"

"नहीं, जा सो जा, सुबह काम पर जाना है...।"

रात कई पहर बीत गई है। आभा औंधी सोई है। नाज़नीन की रजाई भी अब उठ गिर नहीं रही। सब शांत है। चाँद देर से निकला है। नाज़नीन के साँवले मुँह पर नींद में मुस्कुराहट है। रेजी उसके सामने खड़ा है।

कमरे के तालाब में एक मुकुद खिलने लगा है।

द्विधा

देखता हूँ कि जब तक अपनी फाइल मेज पर रख मैं अपनी जगह निर्धारित नहीं कर लेता, तब तक वह खड़ी रहती है और ठीक सामने, गोलाकार मेजों पर वह बैठती है, जूड़ी-जूड़ी ब्राउन ! बड़ा अजब-सा, अटपटा-सा नाम है उसका। उच्चारण में अमधुर, कर्कश ? क्लास दो घण्टे की है। जब तक लेक्चर देता हूँ, वह निगाह के घेरे में बनी रहती है, सामने बैठती है न। जिधर भी गर्दन घुमाऊँ इससे छुटकारा नहीं। आँखें उसकी नीली हैं, पर वे रंग बदलती रहती हैं। कभी अपने यहाँ के जुलाई के आकाश-सी गहरा जाती हैं, तो कभी कच्ची दब-सी हरी हो जाती हैं। उन हरी-नीली पुतलियों के नीचे एक चमक है, जो दो घण्टे में कुछ देर को भी मिटती नहीं, बढ़ती रहती है, बेंधती-सी। अक्सर वह आँखें टाई की नाट पर जमाए रहती है, पता नहीं क्यों ऐसा करती है वह। तब गले में कालर चुभने लगता है, साँस लेने में कठिनाई होती है। पर वह है कि टाई से झुकाकर निगाहें जूतों तक ले जाती है, फिर टाई पर टिका देती है कठिनाई यह भी कि उससे कोई प्रश्न नहीं पूछ पाता हूँ। स्वयं वह कभी बताती ही नहीं और मेरे इस असमंजस को समझती है। उसके होंठों के कोने में दबी हल्की-सी हँसी, फूट पड़ती मुस्कराहट कहती है कि वह जानती है। कितना चिड़चिड़ा देती है वह लड़की मुझे, कभी-कभी। देखती भी यों है कि मानो कोई ग्रीक देवता हूँ। क्षण भर को भी मैं अपने को उससे मुक्त नहीं पाता, पर यह आभास भी नहीं होने देता कि उसके अस्तित्व से परिचित भर भी हूँ। यहाँ विद्यार्थी भी खूब हैं। लड़के पैर मेज पर रख जूते मेरी ओर कर बैठते हैं, लड़कियाँ बिना रुके धूम्रपान करती हैं, चाकलेट-च्यूइंगम

खाती रहती हैं। बैठने का ढंग बड़ा असभ्य लगता है, पर अब आदी हो चला हूँ। क्लास में प्रवेश करने पर ये लोग खड़े नहीं होते और क्लास से जाने पर भी नहीं। इसका भी अभ्यस्त हो गया हूँ। नहीं हुआ तो उन दो आँखों का।

सुधा की चिट्ठी आज सुबह ही आ गई थी, पर शाम तक पढ़ने का समय नहीं मिला। बुध को दो क्लासें पढ़ाता हूँ, दो सेमीनार स्वयं 'अटैण्ड' करता हूँ। ग्रेजुएट असिस्टैण्ट का यह जीवन भी सहल नहीं। वैसे भी सुधा बेहद लम्बे पत्र लिखती है, खूब गप्पें भर कर भेजती है। दुनिया भर की बातें उसके पत्रों में रहती हैं। इसी से उन्हें मैं अपने रात के खाने के समय तक के लिए बचाये रखता हूँ। अमरीका में जब साँझ घिरने लगती है, तब शायद ही कोई व्यक्ति थकावट अनुभव किए बिना रह पाता हो। यहाँ की शाम अपने यहाँ की रंगीन शाम नहीं होती, जिसमें कितने ही संवाद भरे रहते हैं, चहल-पहल रहती है। यहाँ शाम हुई कि प्राणों को अकेलापन डुबोने लगता है, तबीयत घबराने लगती है। ऐसी शाम में सुधा के पत्र खूब काम आते हैं। अपने फ्लैट के एक कमरे में बैठा मेज पर आधा कच्चा उबला बेस्वाद खाना, दूध के साथ गले से उतारते मैं घर से आये पत्र पढ़ता हूँ और उन्हीं के सहारे अपने पैतृक कमरे में पहुँच जाता हूँ। कानों में छत का पंखा घर्र-घर्र करने लगता है। छोटे बहन-भाइयों की लड़ाई-झगड़ा, सड़क पर ट्रैफिक का शोर, रसोई घर में माँ को छर्र-छर्र लगाया छौंक, सिंकते परांठों की सुगन्ध : सब पत्रों में सिमट मेरे कमरे में आती है। कितनी देर तो पत्र समाप्त कर निगाह उठाने का साहस नहीं होता। खिड़की के बाहर का ठण्डा कोहरा भयानक लगने लगता है, पर बर्तन तो धोने होते ही हैं, पेपर भी चेक करने, रिसर्च का काम तो खैर रहता ही है। बाथरोब को कसकर लपेटता हूँ, सिंक में जूठे बर्तन समेट गर्म पानी में साबुन घोल देता हूँ। कमीज की बाँहें ऊपर को मोड़ते समय सड़क के नियोन बल्ब, भुतहे-से दिखने वाले आकार, बेंचों पर आलिंगन में जकड़े युवा शरीर देख लेता हूँ। सोचता हूँ कि अगला

पत्र कब आयेगा? ऐसी प्यारी-सी छोटी बहन क्या सभी के होती है। सुधा का नया आया पत्र खोलता हूँ।

महँगाई कितनी बढ़ गई है, राशन पर कितने जुलूस निकले, कहाँ-कहाँ दंगे हुए, क्लास में किस-किस लड़की ने मैटिनी शो देखा, ब्वॉय फ्रेण्ड बना लिए, मिसेज वर्मा का कैसा स्कैण्डल हुआ, एक हिन्दी का युवक लेखक स्कूटर के एक्सीडेण्ट में घायल हो कैसा इरविन हस्पताल में पड़ा रहा और अन्त में काल का ग्रास हो गया, डॉक्टर छुट्टी ही मनाते रह गये, 'माई फेयर लेडी' पर कितना ब्लैक चला : के नीचे सुधा ने लिखा, "भैया तुमने जो पिछले महीने, स्वेटर और कास्मेटिक का पार्सल भेजा था, वह अभी नहीं मिला है। मिल जाता, तो अच्छा रहता, रानी को देती वे इम्पोर्टेड चीजें। उसका ब्याह है, इसी दस तारीख को। रानी! भैया तुम जानते तो हो उसे? वही मेरी सहेली रानी, उसकी माँ बहुत बीमार है। जल्दी में सब कर दिया है। कॉलेज भी नहीं आती। घर आने पर भी मिलती नहीं...।

नहीं? न मेरे हाथ से काँटा ही छूट कर गिरा है, न हृदय की धड़कन रुक गई है, न ही अँधेरा आँखों के आगे आया है, ऐसा सब वास्तव में नहीं होता, लेखकों की लेखनी ही ऐसा लिखा करती है। केवल बैठा हूँ। भैया तुम जानते तो हो उसे? जानता हूँ, रानी को जानता हूँ मैं। पाँच फीट की गठा-सा शरीर, गेहूँ के दानों-सा सुनहरा रंग, अँधेरे के रंग से बाल, जिन्हें हर रविवार को धोकर, वह सुधा से मिलने आती और ताजे शैम्पू की गीली सुगन्ध से सबको भिगो जाती। सूखने पर उसके बाल और लम्बे हो जाते, हल्के और आवारा से। और उसकी कलात्मक उँगलियाँ उनके तराशे हुए गुलाबी नाखून। क्या मैं जानता हूँ उसे?

"रानी, तुम्हारा राजा कौन है?"

"सुधा देख तेरे भाई साहब छेड़ रहे हैं। मैं फिर नहीं आऊँगी।"

"भैया, तुम बड़े खराब हो। आओ, चलो रानी, हम छत पर चलते

हैं"

वह चली जाती, पर लपट पीछे रह जाती, जो 'राजा' कहते ही उसके गालों पर तैर जाती थी। वह मदिरा भी, जो उसकी काली पुतलियों के आसपास डोरों में भर जाती थी और सारे कमरे में छलक जाती थी।

गर्मियों की छुट्टियों की न बीतने वाली अलसाई दोपहरें उसके आने और जाने के बीच ही तो कटा करती थीं। कैरम की पट-पट के बीच वह सुधा से कहती, "एक रेकार्ड लगा हूँ प्लीज!"

और मैं अवसर देखते ही कहता, "रानी, राजा मिला?"

"आप फिर छेड़ने लगे, सुधा आती है उससे कहूँगी।"

"राजा का नाम बता दो, फिर नहीं छेड़ूँगा।"

"प्रॉमिज़?"

"प्रॉमिज़।"

वह शीशा अभी दराज़ में कहीं रखा है, जिसे उसने हाथ में थमा दिया और भाग गई। उसके पीछे भागता, पर नहीं मैं खड़ा उस 'राजा' को देखता रह गया, पानी पर झुका नर्गिस का फूल हो गया था। मैं कहाँ रहा था।

आज उसने गुलाबी रंग पहना होगा। गुलाब की पंखुड़ी-सा गुलाबी। आज दस तारीख है। बालों में फूल सजाये होंगे, हाथों में फूलों के कंगन, गले में फूलों की माला, आज वह महक गई होगी रात रानी की भांति। मैं क्या वह रूप जानता नहीं? कितनी बार उसकी नाक की नोक तक झीना घूँघट झुकाया है, माथे पर झूमर लटकाया है, हाथों की हथेली में मेहँदी रचायी है, उसे अपनी कल्पना में दुल्हन बनाया है, पर क्या वह आज मुस्करायी भी उसी तरह जैसी मैं देखता था। क्या शर्मायी भी? ठीक वैसे जैसे मैं सोचा करता था? क्या उसने

लजाकर किसी को राजा कहा?

सुधा, तू बड़ी पगली है। कैसे तूने चाहा वे चीजें विवाह में उपहार देने को? नहीं, वह पार्सल तुझे न मिले, उसे किसी कस्टम वाले की कृपा लील जाए। रानी को वह मत देना। उसके नये जीवन में उसे भूल जाने दे, सुधा। वह सुखी रहे, यही एक कामना उसे दे। उसे दुखाया ही तो हमने, दिया क्या?

अपने यहाँ एम.ए. फर्स्ट क्लास के लिए नौकरी नहीं। ढेरों एम. ए. फिरते हैं, जिनके चाचा-मामा बड़े लोग नहीं हैं। फिर तीन-तीन लड़कियों के ब्याह से बौराया, बेटे के गर्व से गर्वित मेरा पिता, जात-पाँत की कट्टरता में जकड़ी रानी की माँ, ब्राह्मण और बनिये, जोशी और अग्रवाल परिवार कैसे एक सूत्र में बँध सकते थे? वह जानती थी, मैं भी। मैं, जो उपन्यासों पर पला था, वह जो, फिल्मी गीतों में रची थी, भावुक थी।

"देखो मेरा अप्वाइण्टमेंट आ गया है, अमरीका से...।"

हाँ, भैया अब मेम लेकर आयेंगे, बड़ा मजा रहेगा।"

सुनकर जो बादल उसके मुँह पर झुक आये थे, वे क्या हटे? नहीं, वे नहीं हटे। किसी सस्ते उपन्यास के नायक की तरह मैंने भी उसका आँसू भीगा रूमाल उठाकर रखे रहा हूँ। आँसू सूख गये हैं और काले से हो गये हैं। उस रूमाल से आँख और नाक उसने साथ-साथ पोंछी थी। रूमाल? सैकड़ों रूमालों-सा वह एक रूमाल। और घर-घर घटने वाली मेरी यह घिसी-पिटी आत्मकहानी?

असल में हम खूब विद्वान हैं, सत्य को जानते हैं। हम उपभोक्ता संस्कृति के नहीं हैं, सूक्ष्म पर नजर रखते हैं। भावनाओं को छुपाते हैं, इच्छा से कतराते हैं। हम अति सभ्य हैं, सदियों की हमारी परम्परा है। हम बहुत पवित्र हैं, बहुत अच्छे भी हैं। एक मन्दिर का पुजारी दूसरे मन्दिर के पुजारी से छिटकता है, तो क्या, हम धार्मिक तो हैं।

पश्चिम कुण्ठाग्रस्त हो तो हो। हम सभी कुण्ठारहित हैं, स्वस्थ

हैं। 'सेक्स' को हमने बन्दी रखा है, उसे हावी नहीं होने दिया है। शरीर हमारा पंक है, केवल आत्मा पंकज, और प्रेम की गन्ध से हम नाक सिकोड़ते हैं, उसे कीचड़ की मानते हैं, कमल की नहीं। हम फैक्टरी में ढले फुटबाल हैं, जो लड़की वालों के हो जाते हैं या लड़के वालों के। नहीं हैं, तो हम इन्सान नहीं हैं।

अगर रात के दो नहीं बज रहे होते, तो आज जूड़ी को फोन करता मैं। उसे बुलाता और फिर साथ-साथ हम कहीं जाते। बस वह और मैं अपनी कार में। जूड़ी के यहाँ तो शरीर पंक नहीं है न, दलदल नहीं है, वह 'सुपर हाई वे' है, जहाँ से जो भी होकर गुजर जाएं, निशान नहीं रहता, गति बनी रहती है, बिगड़ता कुछ भी नहीं। उसकी वे नीली-हरी आँखें मुझे शरीर दे देती हैं। लगता है हाड़-माँस रक्त का बना हूँ। लगता है इन्सान हूँ, इतना चौड़ा हूँ, लगता है मेरे दो होंठ हैं, दो आँखें हैं, हाथ, पैर हैं। लगता है इन्सान हूँ, किसी का 'देवता' नहीं, शरीर में सरसराहट भी होती है और उस सरसराहट में वह दर्द नहीं है, जो गहरे-गहरे बेधा करता था। वह छटपटाहट नहीं है, जो टीसती थी, चुभती थी, रुलाती थी। सरसराहट में उबलते पानी के बुलबुलों-सा हल्का शब्द है, भाप की नमी है और कुछ भी नहीं। यह केवल रक्त है, जो रक्त को टेरता है।

जूड़ी देह है, वह जानती है बेहद बला की देह। और शुक्र है। कि उसके वक्ष का उभार सबके देखने को है, वह चलती है तो खुली टाँगों को लोच देकर। शुक्र है जूड़ी की स्वस्थ सुन्दर देह किसी फिसलनी, सलवट-भरी, सब छुपा-ढक लेने वाली साड़ी में नहीं लिपटी है। उसकी देह कहीं, और प्राण कहीं और नहीं रहते। वह अवश नहीं, विवश नहीं, और यह क्या कम है कि जूड़ी, केवल अपने मन की है, केवल अपने मन की?

उसे न पिता की आज्ञा चाहिए न माँ की प्रसन्नता। किसी के मन्सूबों या मर्यादा से उसका कुछ लेना देना नहीं। वह चलती फिरती स्वतन्त्रता है : हमारी तरह एक कभी न चुकने वाला पैतृकऋण नहीं।

मोहरे

उसकी चेतना लौटी तो वह कमरे की सफ़ेद दीवारों को भौंचका देखती रह गई। याद की फलक पर कोई भी चित्र उतर नहीं रहा था। सूनी आँखों-सी सूनी दीवारें और दीवारों-सा ही सूना उसका स्मृति-पटल। फिर एकाएक बिजली-सी चमकी वेदना की एक तस्वीर उसके सारे शरीर में कराह गई। अपने हाथ से उसने इस तरह आँखें बन्द कर लीं ज्यों रोशनी रोक देने से उसकी कसक भी रुक जाएगी। कुछ देर वह उसी मुद्रा में साँस रोके पड़ी रही, पर हारती हुई सी। स्मृति-पटल पर पिछले तीन महीने का उसके भीतर चलता मानसिक द्वन्द्व एक साथ संचालित हो गया। थकन-भरी साँस छोड़ उसने आँख पर से हाथ उठा माथे से उलझे बाल पीछे सरकाए और दरवाजे पर पड़े मैले से नीले पर्दे के पीछे हस्पताल की दिनचर्या की आती आवाजों को सुनते का यत्न किया। चाहते हुए भी उसे लगा वह कुछ सुन नहीं सकती। है। उसे लगा वह एक 'वैक्यूम' में है, एकदम अकेली, कोई उसके साथ है तो सिर्फ उसका दिन-रात चलता भीतर के विकारों का महायुद्ध।

इस बीते सप्ताह कितनी बार उसने इस ग्लानि को बार-बार जिया है, जिसकी लज्जा मिटाने वह इस हस्पताल में आई और हर बार वितृष्णा से भर गए अपने मन को उसने किसी कलुष धो देने वाली गंगा में, निर्मल त्रिवेणी में डुबो देना चाहा। वह कुछ देर इंतजार-सी करती रही कि शायद वह पुरानी ग्लानि फिर सिर उठाकर उसे कोसेगी या उस पर हँसेगी पर ऐसा कुछ भी नहीं हुआ। कुछ विस्मय से अपने से दूर

भागती-भागती वह रुकी और अपने को नजदीक से देखा और धीरे-धीरे तीव्र होती बड़ी ही करुण रुलाई से उसका कलेजा ऐंठने लगा...।

और दिन की तरह उस दिन भी वह ऑफिस से आ अपने घर के तीनों कमरों में उग रहे तरह-तरह के पौधों को सींच रही थी। पौधों की देखभाल प्रतिदिन कई घण्टे का काम था। हाथों को मिट्टी में साने एक रूठते से फिलाडेण्डरन में नई मिट्टी और खाद डाल उसे मनाने का यत्न कर रही थी। बाहर कोलाहल सुन खिड़की में आई तो कई व्यक्ति एक व्यक्ति को उठाए उसके घर की ओर चले आ रहे थे। समझ में नहीं आया कि क्या हो रहा है। शंकित मन से द्वार खोली तो रमन था। अचेत! वाहकों ने बताया, उसे नई दिल्ली के रेलवे स्टेशन पर गश आ गया था और उसने यही पता उन्हें दिया था। बैठक के दीवान पर रमन को लिटा और उसकी अटैची को वहीं बीच में रखकर जब सब लोग चले गए तो उसे एकाएक कुछ भी सूझा नहीं। डॉक्टर आया, इंजेक्शन देकर बोला, "बीच-बीच में खबर करती रहें।"

रात भर वह दीवान के पास कुर्सी डाले बैठी रही। बार-बार अँधेरे में डूबता रमन कभी-कभी आँख खोल उसकी ओर देख लेता पर उसके देखने में पहचान नहीं थी। वह समय पर बुखार नापती, दवाई देती, सोचती क्यों उसके दिल में कुछ भी हलचल नहीं है। और उसे स्वयं पर गर्व होता कि जीवन में जो व्यक्ति अपना होकर पराया हो गया, अब मृत्यु में उससे क्या लेना-देना? फिर भी विधि के इस क्रूर संयोग पर वह विह्वल होती, क्षणभर को देवदास उसकी स्मृति में कौंध जाता। फिर वैसी ही यन्त्रवत् हो वह रमन के होश में आने की बाट देखती रही। बैठे-बैठे वह वहीं सो भी गई। जब आँख खुली तो वह उसकी ओर देख रहा था चुपचाप...।

"अब तबीयत कैसी है?" कुछ कहने के सबब से कहा उसने।

"लगता है बहुत देर सोया।"

"यह एकाएक हुआ कैसे..?"

"काम से आ रहा था, अम्बाले से ही तबीयत घबराने लगी, स्टेशन पर उतरा तो खड़ा नहीं हुआ गया, एक यही पता याद...।"

डॉक्टर आया, देख गया। बोली, दो-तीन दिन अभी बड़े रेस्ट की ज़रूरत है, कहीं भी आना-जाना नहीं। सुनकर दोनों गुमसुम हो गए। वही बोली, "आपके यहाँ तार भेज दूँ क्या, या टेलीफोन?"

"नहीं, उसकी जरूरत नहीं है।" कुछ देर दोनों फिर चुप रहे, दूसरे के कुछ कहने की प्रतीक्षा-सी में। "तुम्हें परेशानी होगी, आफिस भी तो जाना होगा।"

"छुट्टी ले ली है," उसने बात काटी।

"करुणा...।"

"चाय का पानी सारा जल जाएगा," कह वह वहाँ से चली गई और रसोई की खटपट में व्यस्तता ढूँढ़ने लगी। कितने वर्षों बाद यह मनुहार, मनुहार से अधिक क्षमा, प्रार्थना क्यों? करुणा खीज उठी अपने पर, अपनी स्थिति पर। फिर कुछ आश्वस्त हो वापस कमरे में आ गई। आश्वस्त कि जिस मधुबाला एम.ए. के लिए एक दिन, जो धर्म और समाज की दृष्टि से उसका था, उसका पति, पराया हो गया, वही मधुबाला अभी भी 5-7 सौ मील के फासले पर अपनी धरोहर के प्रति निश्चित प्रतीक्षा में होगी।

दिन छोटी-मोटी उधेड़बुन, बिस्तर के कपड़े बदलने, शेव का पानी गरम करने में दोनों के बीच से हो तिरोहित हो गया। शीशे की बड़ी खिड़की के पीछे छिपते सूर्य को बिदाकर चितकबरी चिड़ियों का समूह भी आँगन से जब चला गया तो उसे बैठा ही जाना पड़ा। वह रचना की बात छेड़ेगा, वह जानती थी। और रचना की बात उठाना उसे जरा भी नहीं रुचता। उसका न चाहते भी जी ऐंठ जाया करता है।

"रचना अभी वनस्थली में ही रहेगी क्या?"

"क्यों?" वह कड़वी हुई।

"यूँ हीं। अकेला नहीं लगता?" शब्द लौटाए नहीं जाते। स्वयं उनकी कचोट से रमन ने आँखें बन्द कर ली थीं। वह बैठी रही। रात गए उठी तो वह सोया नहीं था। बोला, "करुणा, मैं सुबह की गाड़ी से लौट जाऊँगा।"

"डॉक्टर ने कहा है दो दिन...।"

"डॉक्टर तो यूँ ही कहा करते हैं।"

कहने को हुई, 'हाँ, वह इंतजार भी तो करती होगी', पर कहा नहीं।

दो घण्टे पीछे दवा देने आई तो वह सोया नहीं था, तकिए के सहारे बैठा ही था। "दवा रहने दो।"

"अरे!" वह झल्लाई कुछ। वह उसकी ओर देख रहा था, एक तीखी नजर से, जानी-पहचानी नजर से। उस नजर की चुभन उसके शरीर ने ग्यारह बरस झेली थी, और छः वर्ष के अन्तराल के उपरान्त भी उसका शरीर इस नजर के मतलब को पहचानता था। एक चटखता गुस्सा उसके भीतर दौड़ने लगा। वह वहीं बुत-सी खड़ी रही। वह उसकी ओर देखे चले जा रहा था तीखी नजर से, जिसकी चुभन उसके वर्षों से पत्थर हो गए हृदय और विधवा हो गए शरीर को छेदती चली जा रही थी। गुस्सा सटक बोली, "दवाई ले लीजिए, देर हो रही है।" दवाई की शीशी और चम्मच पकड़े उसके हाथ पर रमन ने हाथ टेक दिया था। रुँधा-सा बोला, "करुणा।" वह छिटककर दवाई मेज पर रख कमरे से जाने को उद्यत हुई। मेज से चम्मच झनझनाता-सा फर्श पर आ गिरा था। मुड़ी तो वह उसकी ओर दो कदम बढ़ा चुका था हाथ पसारे।

गर्मी के किसी उमस भरे दिन ज्यों बादल एकाएक कहीं से आकर पूरे वेग से बरस जाता है, वे जितनी तेजी से पास आए उसी तेजी से रीत गए, पर गर्मी के बादल से ही दुबारा घिर कुछ देर लगातार बरसने को।

उसके जाने के कई सप्ताह पश्चात जब उसके शरीर से रमन के ज्वर से उष्ण शरीर का स्पर्श मिट चुका और केवल स्पर्श की याद रह गई, वह घंटों अपने को सालती रही। वह इतनी कच्ची कैसे हो गई थी। रमन उसे किसी और के लिए छोड़ गया इस बात का गुस्सा न भी सही, पर उसके आत्मसम्मान को क्या हुआ। आखिर यह जो हुआ वह क्या मात्र दबी शारीरिक भूख थी, या कि निश्चित पराजय के सामने क्षण भर की विजय के लिए यह उसके नारी मन का षड्यन्त्र था? और रमन के मन में क्या था? क्षमा-प्रार्थना-सी उसकी नम आँखें और क्षमा प्रार्थना-सा उसका यह आचरण, जो शब्दों से कहना असम्भव था, उसे क्या वह अंगों से कह गया है। क्षमा, क्षमा, क्षमा! या मृत्यु के निकट आतंकित हो वह जीवन में जीवन खोज रहा था। या कोई नीच वृत्ति उसे उद्यत किए थी जानने भर को कि इतने वर्षों बाद भी उसका करुणा के अतरंग पर वही राज्य है कि नहीं।

कुछ और सप्ताह टलने तक तो समझने को कुछ भी रहा ही नहीं, रह गई लज्जा, भय और एक भयानक रोष अपने पर। उसे लगता धरती फट जाए और वह उसमें समा जाए या कुछ खा कर सो जाए। पर डॉक्टर उसकी मित्र थी।

चादर के नीचे हाथ से उसने अपना शरीर बहुत टटोला। उसे अपना शरीर खोखला और बाँझ महसूस हुआ, और सना हुआ। एकाएक पंख फड़फड़ा कर विक्षोभ उसके भीतर भर गया। उसे क्या हक था जीवन के विनाश का? अपनी हार को यदि वह यों अकेली न जीती तो उसे हस्पताल आना ही क्यों पड़ता। जीवन, को हार मानती ही

नहीं, सहज हो कर जीती रहती। कुछ साँकलें चढ़ा कर क्यों रोका उसने। अपनी बेटी को बचाने के लिए जो देश-निकाला उसने दिया है, उसका भी तो जाने क्या बदला उससे जीवन ले? उसे लगा उसके स्तन कचोटने लगे हैं और उसका शरीर प्रसव झेलने को बेचैन हो उठा है।

वह करुणा को तुरन्त वनस्थली से बुला लेगी अपने पास। क्यों होस्टल में भरती करवा दिया इस डर से कि लोग यह न पूछें तुम्हारा पिता कहाँ है, कौन है?

क्या वह पहली या आखिरी महिला थी जिसके पति ने किसी अन्य महिला के मोह में घर छोड़ दिया।

क्या एक भ्रूण हत्या के बाद ही उसे यह आत्मबोध होना था कि जीना जैसे भी हो जीना हो। तिल तिल मरना नहीं हो

धर्मयुग, 4 जुलाई, 1971

मीता

रोज़ सुबह जब कॉलेज जाने के लिए मीता तैयार होकर निकलती है और आई.आई.टी. तक पहुँचती है, तो उसका जी करता है वह कॉलेज न जाकर आई. आई. टी. में बनी पानी की छोटी-सी नहर के किनारे जाकर बैठी रहे। बचपन में भी जब वह स्कूल जाया करती थी, तो स्कूल के रास्ते में बड़ा-सा तालाब पड़ता था। अक्सर आते-जाते वह वहीं रुककर जाने क्या-क्या सोचा करती थी? शायद सोचती नहीं थी, बस खड़ी रहती थी पानी के पास। आज और दिन से भी अधिक उसका जी कर रहा था कि वह पानी के पास जाकर बैठ जाए और आसपास कोई न हो। चलते-चलते उसे लगने लगा कि वह चल नहीं रही, बल्कि बैठी है किनारे पर, और पानी की गंदली गहराई से उठ कर एक-एक कमल-कली सतह पर आती-जाती हैं और चटककर खुलती जाती हैं। कली के भीतर का बन्द सोना एकाएक सुख के भान-सा बिखरने लगा है। मीता बैठी है और देख रही है इतने सारे सुनहरी, लाल, गुलाबी खिले कमलों की ओर। देखती है कि पानी के चारों ओर बाँस का घना जंगल है, जिसमें हवा साँय-साँय कर गुजर रही है। हवा गुजरती है, बाँस खड़खड़ा कर रुदन करते हैं। उन टकराते बाँसों से घिरे तालाब के किनारे कमल के खिलते फूलों को देखती मीता सोच रही है कि उसने तो कहीं पढ़ा था जब हवा बाँस के जँगल से गुजरती है, तब बाँसुरी बजती है। फिर यहाँ टकराहट औ खड़खड़ाहट क्यों है? बाँसुरी उसे सुनाई क्यों नहीं देती?

सोचते-सोचते मीता 'उचित दर' की दुकान के सामने पहुँच जाती

है। दुकान में जाकर कहती है, "लाला जी, वनस्पति घी आ गया है क्या?' लाला ने एक क्षण उसे देखा, फिर खाता पलटते हुए बोला, "आया था, समाप्त भी हो गया। आपको जो समय बताता हूँ, उस समय आप आती नहीं।" कहने को हुई "कैसे आऊँ? नौकरी पर जाना होता है। समय की पाबन्दी है। आप ही जो ख्याल कर एक टिन रख देते। कितनी बार तो आ चुकी हूँ।" पर वह कुछ नहीं कहती। चुपचाप बाहर आ जाती है। जो बात अन्य लोग इतने सहज ढंग से कह देते हैं, पता नहीं वहीं बात मीता के लिए कहना बहुत ही कष्टप्रद हो जाता है। मिसेज नायर ने उसे समझाया भी था कि लाला के पास दो-चार डिब्बे तो बतौर 'कर्टसी' रहते हैं। जरा अच्छे-से माँगना, जरूर दे देगा। पर मीता से नहीं माँगा जाता कुछ भी 'अच्छे-से'। फिर जब लाला ने कह ही दिया कि घी खत्म हो गया तब वह कैसे आरोप लगाए कि लाला जी, दो-चार डिब्बे तो काउन्टर के नीचे ज़रूर होंगे?

दुकान से बाहर आकर मीता सोचती है, जिम का पत्र आएगा तो वह उसे लिखेगी, "मैं आजकल कहीं से वनस्पति घी जुटाने की फिराक में रहती हूँ, इसीलिए रिसर्च पेपर पूरा करके नहीं भेज सकी हूँ।" फिर सोचती है कि नहीं, वह नहीं लिखेगी कुछ भी पत्र में। वह पत्र ही नहीं लिखेगी।

अमरीका से जब वह आने लगी थी, जिम ने कहा था, "मीता, तू क्यों जा रही है?"

"जाना तो है ही एक दिन, जिम।"

"क्यों? यहाँ क्या अच्छा नहीं लगता?"

"नहीं, वो बात नहीं, अच्छा लगता है यहाँ रहना। शायद पूरी ज़िन्दगी भी रह लूँ, पर यहाँ मरना अच्छा नहीं लगेगा। जिम, परदेस में मरने की कल्पना से ही डर लगता है।"

"देख मीता, तेरी बहुत-सी बातें मुझे अजीब लगा करती हैं और

यही मरने की बात तो बहुत ही अजीब है..."

"जानती थी, नहीं समझोगे।"

"वही 'कल्चरल डिफरेंस' की वजह से?"

"नहीं जिम..."

"तो समझाओ मुझे कि जिन्दा रहना जहाँ निभ सकता है, वहाँ मरना क्यों नहीं हो सकेगा!"

"समझा पाऊँगी, यह उम्मीद नहीं। हाँ, यह जरूर जानती हूँ कि जब कभी ख्याल आ जाता है कि मैं मर गई हूँ तुम्हारे देश में, तो बहुत ही 'लोनली' महसूस करती हूँ। हो सकता है मरना तभी तक प्रिय लगता है, जब रोने को कोई हो। स्वार्थ की बात है।"

"तुम्हारी बात में तर्क नहीं है जरा भी। पता नहीं कैसे पी-एच. डी. तुम्हारी हो गई। किसी को कोई रोए क्यों? सुनूँ तो? जिन्दगी सही ढंग से व्यक्ति जिए। करता रहे जो वह चाहता है, देता और पाता रहे। फिर शेष तो सब शेष है..."

"हाँ जिम, पर मेरी आँखों में तुम लोगों के कब्रिस्तान में बनी मेरी कब्र मुझे जब दिखती है, तो लगता है किसी पहाड़ी पर हवा जैसे साँय-साँय कर रही है। बड़ा वीरान लगता है। अच्छा छोड़ो, बात भावना की है, तर्क से कैसे समझाऊँ?"

"भावना को मैं कम तूल नहीं देता। मीता, पर जीना छोड़ व्यक्ति कहीं मरने जाए, यह क्या भावना का सहारा ले कर आत्महत्या करना नहीं हुआ? मीता, मैंने तुम्हारा देश नजदीक से देखा है। तुम वहाँ अब पनप नहीं सकोगी।"

"ऐसा न कहो, जिम। इतने वर्ष परदेस में रहते मैंने अपने देश को मन का द्वीप बना रखा है, एक निराली 'तहीटी'। जब मैं उदास होती हूँ, मुझे सुकून वहीं जाकर मिलता रहा है। जैसे राग-रिश्तों-स्नेह

का एक समूचा संसार वहाँ प्रतीक्षा में है, इसीलिए तो यहाँ भी क्या पनप सकी?"

"उसे मन का द्वीप ही रहने दो मीता। जाने पर वह मिलेगा नहीं। जो है नहीं, वह मिलेगा कैसे? तुम बहुत छोटी थीं जब आई थीं। अब लौटकर सुखी न होगी, यह मेरा मन कहता है। वहाँ जाकर तुम बँट जाओगी बिलकुल।"

एकाएक मीता सड़क छोड़ किनारे को छिटक गई। सामने से ईंटों का एक ट्रक बहुत तेज गति से उसकी दिशा में आ रहा था। मानो ड्राइवर उसे ही डराने को इतने तेज और उसके इतने क़रीब से ट्रक को निकाल ले गया। ड्राइवर के ताम्बे-तपे चेहरे की भट्टी-सी मुस्कान की झलक-भर मिलते ही टक आगे निकल गया। पर एक ईंट उसमें से उड़ी और सड़क पर गिर कर चूर हो गई। मीता ठिठक कर उस ईंट को देखती रही, जो मानो सड़क पर नहीं, उसके माथे में लगी हो। ईंट को देखते-देखते उसने देखा कि वह कार चला रही है और उसकी कार ट्रक के ठीक पीछे है। ईंट ट्रक से उड़ती है, कार का शीशा तोड़ती हुई उसके माथे में लग जाती है। सीने में उठती कराह को दबाती मीता का जी कर रहा था कि घर लौट जाए। कॉलेज न जाए आज। कॉलेज में उसे जरा भी अच्छा नहीं लगता। अभी नई-नई वह यहाँ ट्रान्सफर करवाकर आई है। पहले जहाँ पढ़ाती थी, वह कॉलेज बहुत दूर था। पर वहाँ का वातावरण शान्त था। लोग अच्छे थे। यहाँ का तो उसे हिसाब-किताब ही समझ में नहीं आता। जब आई थी, तो लोग इशारे कर उसकी पीठ पीछे कहते "भई, यह अमरीका रिटर्न्ड है।" और सुनने वाले हँसते थे, "अबे, अक्ल के अन्धे, इतना तो सोच, अमरीका रिटर्न्ड होती तो इस कॉलेज में पढ़ाने आती?"

मीता का जी किया कि सड़क के किनारे के नीम के नीचे किसी पत्थर पर बैठ पाए। पर नीम तले न पत्थर था, न छाया। धूप भी सिर पर आ गई थी और पसीने की लाख सुइयाँ साँय-साँय करती

हवा से तीखी हो चुभने लगी थीं।

कॉलेज के पिछले भाग में बनी कैंटीन की तरफ से मीता जैसे ही भीतर आई उसका पल्ला किसी ने छू लिया।

"मैडम!"

"अरे, रो क्यों रही हो तुम? क्या बात है?"

"मैडम, मेरी फीस माफ करवा दीजिए। मेरे पापा बहुत बीमार हैं, काम पर नहीं जाते। माँ फीस नहीं दे सकेगी, तो मुझे पढ़ाई छोड़नी पड़ेगी। भाई भी कोई नहीं है। मैं पढ़कर नौकरी करूँगी..."

"तो रोने की क्या बात है, फीस-माफ कमेटी को यह सब बता दो। फीस माफ हो जाएगी।"

"नहीं मैडम, फीस-माफ कमेटी में जो सर हैं, वे कहते हैं कि फीस माफ नहीं करेंगे।"

"क्यों? अरे, फिर रोने लगी। क्यों नहीं करेंगे फीस माफ?"

"मैडम, पहले शुरू में आप हमें पढ़ाती थीं न? फिर आप दूसरी क्लास को पढ़ाने लगीं, तो हम सबने प्रिंसिपल को यह लिख कर दिया कि हम मैडम से ही पढ़ेंगे, सेठी सर से नहीं पढ़ेंगे, क्योंकि उनकी बात हमारी समझ में नहीं आती। अब सेठी सर फीस-माफ कमेटी में हैं। वे कहते हैं, फीस माफ नहीं होगी, नहीं तो यह बताओ वह चिट्ठी किसने लिखवाई थी, किसने लिखी थी..."

स्टाफ रूम तक पहुँचते मीता का सिर चक्कर खाने लगा था। जिम की आवाज मानो चीख कर उसे कह रही थी, "मीता, तू क्यों जा रही है, क्यों जा रही है मीता, तू क्यों जा रही है?" स्टाफ रूम के दरवाजे का पर्दा सरकाते ही अरुण सेठी उसे दिखाई दे गया। जाकर उसी के सामने वह रुकी।

"मिस्टर सेठी, आप बच्चों को क्यों तंग कर रहे हैं? आपको

जो कहना था मुझसे कहते!"

"मैं आपसे कोई बात नहीं करना चाहता।"

मीता का दुखता सिर झन्नाने लगा था। बड़ी जोर से वह हँसी। स्टाफ के लोगों की ओर देख बोली, "यह अरुण सेठी हैं। हमसे बात नहीं करना चाहते। इनके खिलाफ विद्यार्थियों ने खत लिखा। मैंने इनसे कहा कि वह खत फड़वा डालते हैं, तो मुझसे बोले, आप किसी को इस विषय में कुछ बताना नहीं, पर अपने आप ये बच्चों से पूछते हैं कि बताओ खत लिखवाया किसने? उनकी फीस माफ करने से इनकार करते हैं। मिस्टर सेठी, मुझसे पूछ लिया होता, अगर शक मुझ पर था आपका?"

"कहा न कि मैं आपसे बात नहीं करना चाहता। आपका बिहेवियर बहुत ग़लत है।"

"सो तो है ही, आप कई दिन से मुझे देख मुँह फेर लिया करते हैं। औरों को जाने क्या-क्या कहते रहे हैं। इसी से बहुत से लोग मुझसे आँखें चुराते हैं। हैलो का जवाब तक नहीं देते। यही बिहेवियर तो सीखने आई हूँ... ?"

मीता एकाएक वहीं बैठ गई है कुर्सी पर। सारा स्टाफ रूम एलफ्रेड हिचकॉक की फिल्म 'द बर्ड्स' का एक सीन बन गया है। ढेर-के-ढेर कौए उसकी तरफ काँव-काँव करके उतरे चले आ रहे हैं। और अरुण सेठी गिद्ध की तरह डैने फड़फड़ा कर मँडरा रहा है इस प्रतीक्षा में कि कब मीता की घुटती साँसें आनी बन्द हो जाएँ। अपने दोनों हाथों से मीता ने अपनी आँखें कसकर ढक लीं, जैसे उसके आँख बन्द कर लेने मात्र से यह दृश्य उसके मन से हट जाएगा।

अपने कलाकार मौसा जी के पैरों के पास जमीन पर बैठी, गोदी में सिर डाले मीता बहुत देर से रो रही है। रोते-रोते उसकी हिचकी बँध गई है। कॉलेज में उससे रुका नही गया था। टैक्सी पकड़ सीधी अपने पिता, सखा, सहोदर अपने कलाकार मौसा जी के यहाँ चली

आई थी। तब से यहीं फर्श पर बैठी रो रही है। "लोग इतना झूठ क्यों बोलते हैं? झूठ क्यों बोलते हैं...?"

रोते-रोते जब रोना चुक गया और सुबकियाँ रह गईं, तो मौसा जी ने उसका मुँह ऊपर उठाया है। वे कुछ भी नहीं कह रहे। बस, गहरे उसकी आँखों में देख रहे हैं, उसकी आत्मा तक। वे यह भी नहीं कह रहे हैं कि "लड़की, तू इतने दिन से आई क्यों नहीं? कहाँ रही? यह क्या हाल बना रखा है तूने?" वे कुछ नहीं कह रहे हैं। बस बहुत गहरे उसकी आत्मा में यह देख रहे हैं कि जिसकी पीड़ा से वह इतना व्यथित हुई वह घाव कितना पैना है। बिना कुछ पूछे, बिना कुछ कहे वे उसकी आत्मा तक देखते चले जा रहे हैं।

घर पहुँचने तक धूप बिलकुल ढल चुकी है। आकाश पर हल्की-सी बदली ने साया कर दिया है। मीता नहा कर आई है। खुशनुमा छपाई की हल्की-सी जार्जेट की साड़ी उसने पहन ली है। शीशे में अपना चेहरा ध्यान से देखते हुए उसे ख्याल हो आया है कि आज बृहस्पतिवार है। विशु शायद आज आए। मीता ने सूने माथे पर बिन्दी सजा ली है। विशु ही दे गया था बिन्दियों के ढेर-से पैकेट और मनियारे की तो मानो पूरी दुकान ही उठा लाया था।

"यह खाली कलाई मुझे अच्छी नहीं लगती, भाभी। तुम चूड़ी पहना करो न? बिन्दी लगाया करो। क्यों नहीं लगातीं?"

"पगले, वहाँ बारह साल अमरीका में मैं क्या यह सब करती थी? वहाँ तो ये चीजें मिलती भी नहीं थीं, फिर अटपटा लगता है अब्र तो।"

"लगा करे अटपटा। कहो कि कलाई खाली नहीं रखोगी?"

दोनों हाथों में चूड़ी पहनते मीता सोचती है शायद विशु आज भी न आए। नहीं आये तो न सही। उसे प्रतीक्षा तो है : कोई अपना तो है।

महानगर

हमारी शादी के बाद जब पहली पोस्टिंग इनकी पिठौरागढ़ हुई तो बहुत बुरा लगा। छोटी-सी जगह। न शहर, न बस्ती। कोई चीज उपलब्ध नहीं। मैं कभी झींकती तो कहते थे, "अरे यहाँ पर क्या मिलेगा? अबकी बदली किसी बड़े शहर में मिलेगी तो देखना सब चीज का आराम रहेगा।"

जब इनकी दिल्ली की बदली का पैगाम आया तो मैंने जाना सब संकट दूर हुए। अब जिन्दगी का आनन्द आएगा। खेल, तमाशे, मेले-ठेले। नए-नए कट के कपड़े बढ़िया रेस्तराँ, बच्चों के लिए गिटपिट स्कूल। सामान बाँधती कल्पना करती जाती थी।

इस मुई दिल्ली ने तो दो ही दिन में दाँत दिखा दिए। रहने को मकान नहीं, खाने को सामान नहीं। सुबह दूध नहीं, दोपहर पानी नहीं, शाम को बिजली नहीं। स्कूलों में दाखिला नहीं। शरीफ नौकर नहीं। यानी कि सब चीज नहीं... नहीं...। है तो धूल ही धूल। जी चाहे जितनी फाँक लो। मेज पर, किवाड़ों पर, फर्श पर, आँखों में, बालों में, जिधर से निकल जाओ उड़ती हुई धूल। किरकिराहट से ऐसे जी मिचमिचाने लगता है कि क्या बताऊँ?

फिर यह दिल्ली तो रातों-रात फैलती जाती है। चाची रामाकृष्ण पुरम में, भाई दरियागंज में, मामा चाँदनी चौक और इष्ट-मित्र यत्र-तत्र सर्वत्र। एक के भी घर जाना हो तो दस रुपये जेब में या बस स्टॉप पर खड़े रहने का दम टाँगों में होना लाजिमी है। वक्त-बेवक्त कभी टेलीफोन करना पड़े तो वह भी एक समस्या है।

राम जाने झूठ है या सच पढ़ा तो यही है कि अमेरिका में एक-एक घर में पाँच-पाँच टेलीफोन होते हैं। कम-से-कम एक घर में एक तो रहता ही होगा। पर अपना देश तो अभी प्रगति के आरम्भ में ही है न। सो हमारे पड़ोस में पचास घरों में तीन टेलीफोन हैं। यदि किसी के घर टेलीफोन करने जाना पड़ जाए तो मेरा दम ऊपर नीचे होने लगता है। जाए बिना काम नहीं चलता। एक पब्लिक टेलीफोन था डाकखाने में। उसका कनेक्शन कोई भलामानुष उड़ा ले गया। सो वह भी बेकार पड़ा है। एक टेलीफोन है कागज के थोक व्यापारी चुन्नीलाल जी के घर। बीवी उनकी दमे की मरीज, ढाई-तीन मन की उसकी काया। जब टेलीफोन करने जाओ तो मना नहीं होता। पर जैसे नम्बर घुमाओ तो खाँसते-खाँसते वह बोलेगी, "जरा छेती करना, साडा ट्रंक काल आने वाला है।" जब तक वार्ता आरम्भ होगी उसकी गिद्ध-सी आँखें कमर में ऐसे चुभने लगेंगी कि मुझे पसीना छूट जाए।

दूसरा टेलीफोन है हमारे मकान...मालिक के घर। लाला जी तो किसी को टेलीफोन करने आया देख खिसक जाते हैं, खिसियाने से होकर। आ पधारती हैं उनकी मेम साहिबा। पहला प्रश्न, "कहाँ करोगी?"

"क्यों?" जरा झुँझलाहट से मैं कहती हूँ।

"आजकल तो बाहर दूसरे शहरों में भी नम्बर मिल जाया करता है न!" मैं उस लाखों की मालकिन को ऊपर से नीचे तक देख लेती हूँ जो सात रुपये की मोटी धोती में नंगे पैर ऐसी मनहूस लगती है कि क्या बताऊँ? सारी झुँझलाहट जिन बेचारों को टेलीफोन करना था, उन पर उतरती है। तीस पैसे मेज पर पटकती हुई मैं चली जाती हूँ। कानों को हाथ लगाया जो किसी के यहाँ टेलीफोन करने जाऊँ।

लेकिन कलियुग की प्रतिज्ञा तो अटल नहीं होती। मुन्नू हमारा जब इस कदर बीमार हो गया कि डॉक्टर ने एम्बुलेंस मँगाने को कह

दिया तो मैं बिना आगा-पीछा सोचे वकील साहब के दफ्तर में बदहवास जा पहुँची। तीसरा टेलीफोन उन्हीं के यहाँ है। लम्बा-सा चुरुट मुँह में लगाए वह कछ डिक्टेट करवा रहे थे। मेरी हालत देख सकते में रह गए। मैं इतना ही कह सकी कि टेलीफोन, एम्बुलैंस। उन्होंने तीर की तरह झपाटे से एम्बुलेंस को फोन कर दिया। मैं बिना पैसे दिए, बिना धन्यवाद दिए मुन्नू के पास भाग गई।

शाम को देखती हूँ वकील साहब, वकीलनी साहिबा के साथ आए हैं, बच्चे का हाल पूछने। मुन्नू को आक्सीजन दी गई थी, तीन इंजेक्शन। अब वह बहुत आराम से था। एकाएक मुझे याद आया बोली, "माफ कीजिए। फोन की पेमेंट मैं भूल गई थी।" बड़े एमबेरेस्ड से वकील साहब बोले, "कैसी बात कहती हैं, आपका टेलीफोन है जब मरजी कीजिए।"

सच कहा है पुरखों ने, पाँचों उँगलियाँ एक-सी नहीं होतीं। इस फटीचर दिल्ली में एक तो दिल वाला दिलेर मिला।

हमारा वकील साहब के यहाँ-आना जाना शुरू हो गया। पहल उन्होंने ही की। प्रायः हर इतवार को वह आ जाते। चुरुट पीते इधर-उधर की बातें होने लगतीं। एक दिन इनसे बोले, "आइए विजय बाबू मुझे कम्पनी दीजिए।" देखते-ही-देखते ब्लैक-एण्ड-व्हाइट की एक बोतल और गिलास मेज पर आ गए। मेरे लिए कोका कोला। इन्हें बहुत संकोच हो रहा था। एक तो हम उनके घर में थे, दूसरे दोपहर का समय था। तीसरा, इन्हें पीने की आदत बिलकुल नहीं थी। बहुत आग्रह हुआ और एक पैग लेकर यह जान छुड़ाकर भागे।

घर में आकर खूब बिगड़े कि ऐसे पियक्कड़ों के यहाँ फोन-वोन करने नहीं जाना। चलिए, छुट्टी हुई!

इस बीच हमें वकील साहब के एक मित्र से, जो इनके भी परिचित थे, पता चला कि वकील साहब की घरेलू ज़िन्दगी बहुत दुःखी है। पत्नी

बड़ी कर्कशा है। दोनों की बनती नहीं। वह है जिन्दा दिल। बीवी साथ देती नहीं। नियमों की बड़ी कठोर और कायदों की पाबन्द है। अमीर घराने की लड़की है, वकील साहब के पीने-पिलाने से चिढ़ती है और डरती कतई नहीं। औलाद कोई है नहीं। वैसे वकील आदमी भला है।

कुछ दिन पीछे वकील साहब टैक्सी लेकर आए और हम दोनों को लगभग घसीटते से एक पार्टी में ले चले। मैं जाना नहीं चाहती थी। इनके मिजाज से परिचित हूँ। बैठे-बिठाए आफत क्यों मोल लेती? पर वकील साहब के आग्रह के आगे इनकी भी नहीं चली और शर्म-शर्म में हम साथ चले। इन्होंने शायद भाँप लिया था कि वकील साहब चढ़ाए हैं। बहस में उससे पार नहीं पा सकेंगे।

टैक्सी जोशी रोड के एक मकान पर रुकी। दो मंजिला मकान था। सीढ़ियाँ चढ़कर ऊपर एक तीन कमरों के फ्लैट में हम गए। वहाँ खाने-पीने का आयोजन था। मेजबान थी एक, चुस्त सलवार-कमीज में, बाल-कटी महिला। हमें देखकर वह अधिक प्रसन्न नहीं दीखी। मानो अकेले वकील साहब का इन्तजार उसे था। खैर व्यवहार उनका बड़ा शालीनता पूर्ण था।

घड़ी सरकती-सरकती ग्यारह पर पहुँचने लगी तो मैं उठ खड़ी हुई कि अब जाना ही है। आठ बजे से अभी तक वकील साहब न जाने कितने पैग चढ़ा चुके थे। रह-रहकर ड्रिंक बन्द कर देने को लेकर उन महिला और वकील में झड़प हो जाती। मुझे खड़ा देख वकील साहब को भी उठना पड़ा। टैक्सी में वकील साहब बैठते ही बोले, "आप लोग नाराज तो नहीं, बोर तो नहीं हुए?" "नहीं, नहीं" प्रतिवाद करने में मेरा गुस्सा कुछ ढीला हुआ। वकील साहब वैसे भी कुछ निरीह से लग रहे थे। सीट से टिकते हुए बोले, "मैं आपको मंजरी से मिलाने लाया था। बेचारी आज वह नाराज थी। उसका क्या दोष है? बारह साल से मंजरी मेरे साथ है। पर बदले में मैं उसे कोई 'लीगल स्टेट्स' भी नहीं दे सकता।

इसी से वह आशंकित-सी रहती है। करें भी क्या? दूर-दूर तक कोई ऐसा नहीं जो हमारे सम्बन्धों को न जानता हो। अब उसका मेरे बिना निस्सार नहीं। कहती तो बेचारी मेरे भले के लिए है, पर मुझसे यह ड्रिंक नहीं छूटती। इसी के सहारे जिन्दगी कट रही है, विजय बाबू। नहीं तो है ही क्या? जिस पर अधिकार है उससे प्यार नहीं, जिससे प्यार है उस पर अधिकार नहीं। मैं एक टूटा हुआ व्यक्ति हूँ। मुझे कल से कोई उम्मीद नहीं, आज से लगाव नहीं और पीछे से शिकायत नहीं...दिन गुजर रहे हैं...।" वकील साहब शराबी भावुकता में बहे जा रहे थे।

घर आ गया। टैक्सी के पैसे दिए। गुडनाइट कह सीधे चलने की चेष्टा में वकील साहब अपने घर की ओर चल दिए।

उस रात मुझे बहुत देर तक नींद नहीं आई। पास में सोए विजय की व्हिस्की की गंध से महकती साँसों से वातावरण बड़ा बोझिल हो रहा था।

उन्हें जाने दो

उस दिन नौकर छुट्टी पे था। घण्टी बजने पर दरवाजा मैंने ही खोला। वह मुझे देख मुसकुराई...

"रीना जी?"

"जी। पर मैंने आपको..."

"मैं शीला पाण्डे हूँ।"

"आइए, अन्दर आइए।"

"आपकी बेटी और मेरी बेटी एक ही क्लास में पढ़ती हैं," अन्दर आ उसने बताया। "मैं बहुत दिनों से आपके उपन्यास-कहानियाँ पढ़ती आ रही हूँ। बड़ी भक्त हूँ आपकी।" वह हँसी, "एक दिन मैं बैठी 'वीकली' में छपी आपकी कहानी पढ़ रही थी तो आरती : मेरी बेटी बोली, 'मम्मी, यह तो शबनम की मम्मी की कहानी है।' बस तभी मैंने निर्णय कर लिया था कि आपसे अवश्य मिलूँगी।"

वह बोलती रही। मैं सकुचाई-सी उसे परखती रही। पैंतीस के आस-पास उसकी वय होगी। कुछ स्त्रियाँ इसी उम्र में अपने पूरे निखार पर आती हैं। लंबी कमर की खूबसूरत उस महिला की साड़ी और सलीका दोनों उसके अतिरिक्त सुसभ्य होने का पता दे रहे थे।

"देखिए हमारी एक सभा है।" वह कह रही थी, "सभा भी क्या बस ऐसे ही महीने या पन्द्रह दिन में कुछ कलाकार एक जगह इकट्ठे होकर गपशप कर लेते हैं। हमने सुना है कि आप कभी किसी

सभा-गोष्ठी में नहीं आतीं। लोगों का अनुमान था कि शायद..."

"बदमिजाज हूँ?"

"नहीं" वह फिर हँसी, "लोगों का जो भी ख्याल हो मुझे पूरा विश्वास था कि जो ऐसी आत्मा को छू लेने वाली रचनाएँ लिख सकता है वह व्यक्ति 'सिंपल' के अतिरिक्त कुछ हो ही नहीं सकता। इसीलिए मैं आपको लेने आई हूँ। हमारी अगली सभा में आपको जरूर आना होगा, रीना जी।"

"पर मैं तो..."

"वह सब नहीं चलेगा। भला क्यों नहीं जातीं कहीं आप?"

"लोगों से मिलकर बड़ी घबराहट होती है।"

"इन्सान इन्सान से मिलकर घबराएगा तो जिएगा कैसे? मैं तो परसों आपको पाँच बजे पिकअप कर लूँगी।"

वह मुझे लेने आई। एक बार नहीं, कई बार। वह जिद करती, मनुहार करती और खींचकर मुझे ले ही जाती। सभा में तो उसके जाते ही जान आ जाती थी। जब मैं उससे कुछ परिचित हो गई तो पता लगा कि वह न तो लिखती ही है, न चित्रकारी करती है। यहाँ तक कि 'आलोचक' भी नहीं है : फिर भी वह लेखकों, चित्रकारों और आलोचकों के बीच का सूत्र है। सभा में अधिकतर ऐसे कलाकार थे जो अभी प्रसिद्धि की सीढ़ी पर पहला या दूसरा ही पैर जमा पाए थे। प्रायः ये सभी कलाकार अपनी प्रतिभा से त्रस्त और अपने अहं से कुंठित थे। ऐसे में यदाकदा तनाव उत्पन्न हो ही जाता। शीला जहाँ भी देखती कि लोगों में किसी बात पर मनमुटाव बढ़ रहा है, या वे एक दूसरे को उघाड़ने पर आ गए हैं तो वह जाकर झट स्थिति सँभाल लेती। जब कभी वह देखती कि कोई आलोचक जान-बूझकर किसी नई लेखिका के पीछे पड़ गया है और आरोप लगा रहा है कि लेखिका अश्लील

शब्द बहुत इस्तेमाल करती है तो शीला उस लाल-नीली होती लेखिका के कन्धे पर हाथ रख उसे वहाँ से ले जाती। जाते-जाते पूछती जाती, "अरे सक्सेना साहब, जरा 'अश्लील' की परिभाषा तो हमें कभी समझा दीजिएगा।"

अगर शीला किसी को कहते सुनती कि फलाँ का फलाँ से चल रहा है, या कौन किसकी रखैल है तो वह एकदम विषय बदलवा देती। यह कह कर कि "भई वे लोग खुशनसीब हैं जो जिन्दगी को जीते ही रहना चाहते हैं। मर नहीं जाते थक कर।" शीला को जो लोग नहीं जानते थे वे उसकी बातों से थोड़ी स्तंभित रह जाते। चौंक जाते। और एक-आध पुरुष उसके इर्द-गिर्द पूरी निर्लज्जता से मँडराते ही रहते, पर शीला इन सबसे बेखबर, इस कलाकार मित्र से उस तक सारी सभा में हँसती-बोलती रहती। कभी-कभी मैं शीला की इस बेखबरी पर हैरान होती या गुस्सा कर लेती थी। एक शाम मुझे कुछ अधिक गुमसुम पा वह बोली थी, "क्या बात है, रीना दीदी? बोर हो गई क्या?" जाने कब वह मुझे इतनी आत्मीयता से 'दीदी' कहने लगी थी।

"बताओ न क्या बात है?"

"तुझ पर गुस्सा आ रहा है।"

"अच्छा" गाड़ी कुछ धीमी कर वह बोली थी, "पर क्यों?"

"तू इतनी अश्लीलता बरदाश्त कर लेती है?"

"किस ओर इंगित कर रही हो, दीदी?"

"आज शाम ही को लो न। वह शुक्ला कैसे तुझे पटाने का यत्न कर रहा था और तू मुसकराए जा रही थी..."

"शुक्ला? अरे वह! जिसकी मोटी तोंद है?" गाड़ी एकाएक रोक दी। मेरी ओर देख बोली, "सच ही क्या मुझे पटा रहा था?" फिर

शाम की सारी घटना जैसे मन-ही-मन याद कर खूब जोर से हँस दी, "अच्छा दीदी, उसकी तोंद जब बीच में अड़ती होगी तो कैसा लगता होगा... ?"

शीला के इस अछूते शिशुवत् स्वभाव से मैं हार जाती। कुछ कहते नहीं बनता सिवाय इसके कि "अच्छा चला गाड़ी। क्या चख चख करती है हमेशा ?"

"दीदी", मुझे दुःखी देख वह कहा करती थी, "बेकार ही इतनी सेंसिटिव हो। सब चलता है। यह तो जीवन है।" और मैं सोचती क्या वास्तव में व्यक्ति इतनी सादगी में जी सकता है? यह सादगी भी कोई मुखौटा तो नहीं ? नहीं मुखौटा नहीं थी। कितनी ही बार कनॉट प्लेस के किसी एम्पोरियम में कोई बहुत खूबसूरत जामावार देख या 'जावेरी' के यहाँ कोई सुन्दर आभूषण देख शीला की आँखों में जाने कितना तरल अलहाद भर आता। सड़क पर अक्सर ही वह गाड़ी एक ओर खड़ी कर किसी राह चलती लड़की या महिला को देखने लगती। कहती :

"देखो न रीना दीदी, कितनी सुन्दर साड़ी है" और गाड़ी में बैठी कोई अन्य मित्र यदि कह देती, "पर शीला तुझ पे यह साड़ी अच्छी नहीं लगेगी।" तो शीला गाड़ी स्टार्ट करते आहत होकर कहती, "साड़ी सुन्दर है। पर इसलिए नहीं कि मुझ पर अच्छी लगे।" तब मेरी ओर वह निरीह-सी देख लेती मानो कह रही हो, "दीदी तुम तो समझती हो न, मैं क्या कह रही हूँ?"

और कुछ ही महीनों की दोस्ती में मुझे शीला से प्यार ही नहीं हो गया, उसकी चिन्ता भी रहने लगी। इतना रूप, इतना धन और इतनी सुरुचि लेकर कैसे यह जी पाएगी, इस कपटी दुनिया में? पर वह खूब बेखबरी से जीती। हर अच्छी वस्तु को प्यार करती चलती मानो उस वस्तु की सुन्दरता और गुण ही उसके लिए पर्याप्त सुख

का कारण थे। खरीद कर या झपट कर किसी को वह अपना नहीं बनाना चाहती थी। उसकी उस बेलगाव वृत्ति में जहाँ एक शान्ति थी वहाँ एक चुनौती भी। यही कारण था कि यह जानते हुए भी कि शीला किसी के साथ 'फलर्ट' नहीं करती, पुरुष प्रायः उसे आकर्षित करने का यत्न करते ही रहते। जैसे शीला की तटस्थता उनके पौरुष को किसी कसौटी पर कसती-सी हो। स्वभाव से मैं शीला से काफी भिन्न हूँ। किसी चीज पर जल्दी आसक्त नहीं होती। पर जिस वस्तु पर आसक्त हो जाती हूँ उसे बहुत यत्न से सबसे छुपा कर रखना चाहती हूँ। मानो अपना कुछ भी किसी को सौंप देना एक बहुत 'प्राइवेट', बहुत 'सेकरेड'-सी बात हो जिसे आम आदमी की निगाह से बचाना जरूरी हो। इसी स्वभावगत अन्तर के कारण कभी-कभी मैं शीला के खुलेपन से झेंप जाती। बार-बार सोचती उसे टोक दूँ, जैसे वह कोई बच्चा हो और तौर-तरीके सीखना उसके लिए लाजिमी हो। पर हर बार शीला के निर्दोष चेहरे की पारदर्शिता से मैं स्वयं ठगी रह जाती।

मेरा नया उपन्यास उन दिनों एक अध्याय पर आकर रुक गया था जो किसी भी तरह आगे बढ़ने का नाम नहीं लेता था। उसी की खीज और झुंझलाहट मुझ में भरती रहती। अजब बेबसी महसूस होती। अचानक एक दिन वह अध्याय चल निकला और मैं उसी में एसी उतर गई कि ख्याल ही नहीं आया कि शीला मेरे पास कई महीने से नहीं आई। मामूली तौर पर उसकी याद आई भी तो मैंने यह कह कर कि 'वह स्वयं आ जाएगी', या 'कहीं गई होगी' अपनी व्यस्तता में विघ्न नहीं आने दिया। धीरे-धीरे वह अध्याय ही नहीं उपन्यास भी समाप्त प्रायः हो गया तो शीला की याद जरा शिद्दत से आने लगी। वह आए तो मैं पहले उसे ही पढ़ने को दूँ। शायद हर लेखक को शीला जैसे एक भक्त पाठक की जरूरत रहती है। पर शीला नहीं आई। इससे पहले कि मैं उसे खोजने निकलूँ, सभा की ओर से एक अन्य महिला का फोन आ गया।

"रीना जी, आपको परसों हमारे वार्षिक सम्मेलन में अवश्य आना

है।" वह फोन पर कह रही थी।

"भई आ जाऊँगी, पर यह शीला कहाँ है?"

"यही तो हमें भी नहीं मालूम। हम तो उसे फोन कर-कर के थक गए। कहती है 'हाँ, मैं आऊँगी' और आती ही नहीं। सभी सदस्य उससे बहुत नाराज हो गए हैं।"

"पर शीला तो झूठे वायदे करने वालों में से नहीं है।"

"हमें हैरानी तो इसी बात की है।"

"आपने उससे पूछा, वह बीमार तो नहीं?"

"नहीं बीमार नहीं है। पर बात जरूर कुछ है।"

मुझसे नहीं रहा गया। तभी टैक्सी ले उसके घर आ गई। ढलती-सी दोपहर थी। शीला अपने बगीचे में खड़ी माली को कुछ समझा रही थी। बिखरे बालों और काश्मीरी कढ़ाई की 'मैक्सी' में शीला और भी मासूम-सी लग रही थी। मुझे देखते ही मेरे पास आकर दोनों हाथ उसने पकड़ लिए पर बोल नहीं पाई कुछ भी!

"कैसी हो शीला?"

"अच्छी हूँ दीदी!"

"आई नहीं इतने दिन से?"

"ऐसे ही, अन्दर आओ न! या कहो तो यहीं लॉन में बैठे?"

"यहीं बैठेंगे।"

वह अन्दर चाय भिजवाने गई। इस बीच उसका नौकर लोहे की सफेद, शीशा-जड़ी गोल मेज, और लाल मखमली गद्दियों वाली वाली सफेद कुर्सियाँ बाहर रख गया। शीला के बगीचे के उत्तरी सिरे पर अशोक वृक्षों की कतार ऐसे लग रही थी मानो बहुत सारे झबरे जानवर

सिर झुकाए खड़े हों और पत्ते ऐसे चमक रहे थे जैसे किसी ने कपड़े से पोंछ-पोंछ कर उन्हें चमकाया हो। मैं उन्हीं वृक्षों के पास खड़ी थी जब शीला बाहर लौटी। नौकर चाय की ट्रे मेज पर रख गया था। मुझे अपने घर में, अपने पास देख शीला की आँखों में गीली कृतज्ञता उभर आई थी। उसके कहने से, माली मेरे लिए गुलदावरी का बड़ा-सा गुच्छा तैयार कर रहा था। हम चाय का दूसरा प्याला पी रहे थे।

वह बातचीत करती भी चुप थी।

मैंने सीधा सवाल कर दिया।

वह जानती थी मैं यह सवाल करूँगी ही।

एक तैयार-सा जवाब उसने दे दिया।

"नहीं दीदी, बीमार नहीं हूँ।"

"फिर?"

"कैसे बताऊँ?"

"किसी से प्रेम-व्रेम हो गया है क्या?"

मेरे सवाल का वही असर हुआ जिसकी मुझे आशा थी। हाथ का प्याला उसने मेज पर रख दिया। जरा सीधी होकर बैठी, "प्रेम?" उसने दोहराया। "मुझे जानती तो हो, दीदी प्रेम-व्रेम की बीमारी मुझे नहीं होती।" और वह जल्दी-जल्दी बताने लगी कि करीब छः महीने से वह जब भी घर लौटती तो लगता कि घर में एक खास तरह का शोर है, या 'वाइब्रेशन्स' हैं। एक कमरे में रेडियो चल रहा है, दूसरे में 'टेपरिकार्डर', तीसरे में 'रिकार्डप्लेयर' और उसके तीनों बच्चे उसी शोर के साथ झूम रहे हैं। उसकी लड़की इसी वर्ष सोलह की हो गई थी : पंद्रह और तेरह वर्ष के दो लड़के थे घर में। उसे लगने लगा कि तीनों बच्चे अजनबी होते जा रहे हैं। लड़की अब उससे अधिक

बात नहीं करती। कतराती-सी रहती। न पूछती "मम्मी, कहाँ जा रही हो" न पूछती "मम्मी, कब आओगी" लड़के भी अपने-अपने कमरे का दरवाजा बन्द कर बैठे रहते। अगर किसी कामवश शीला दरवाजा खोले भी तो उन्हें अच्छा नहीं लगता। कभी-कभी तो वे अन्दर से 'लाक' लगा कर बैठते हैं। बस ऐसी ही छोटी-छोटी बातें थीं जिनसे शीला चोट खाती चली गई।

"दीदी, मुझे भय लगने लगा है। ये लोग कौन हैं? क्या मेरे ही बच्चे हैं? मैं कौन हूँ? क्या इनकी माँ हूँ?"

आँसू उसकी गहरी आँखों में कुछ देर भीग कर बह आए। मेरी ओर से चुप कराने का कोई यत्न न होते देख उसने आँसू पोंछे। नाक को रूमाल में दबा कुछ देर बैठी। फिर छोटी-छोटी स्मृतियों को जोड़ने लगी।

"बेटी की जब सहेलियाँ आती हैं तो वे लोग लॉन के किसी कोने, गेट के बाहर या छत पर फुसफुसा कर बातें करती हैं। पास से गुजरो तो एकदम चुप। पीछे, अपमानित कर दे ऐसी दबी-सी हँसती हैं, ये लड़कियाँ..."

"मैं? मुझे लगता है कुछ फालतू, बेमतलब, अनाकर्षक चीज हूँ, जिसका उनके जीवन में कोई 'पाजिटिव' रोल नहीं रह गया है। इससे भी गहरी होती एक नश्तर-चुभन कि कुछ होने वाला है, कुछ हो रहा है...क्या? नहीं जानती...एक दिन लड़की के कमरे में सुई-धागा खोजने चली गई। मुझे देखते ही आरती ने पलंग के गद्दे के नीचे कुछ छुपा दिया। पत्र? पुस्तक? तस्वीर?"

"...लड़कों के कमरे में यह कहने गई कि रेडियो थोड़ा धीरे चलाओ तो दोनों लड़के फर्श पर एक-दूसरे से गुँथे पड़े थे। लड़ाई? कैसी? किसलिए?"

इतना बताते-बताते शीला काँपने लगी। गोदी में रखा अपना शाल मैंने उस के कन्धे पर डाला। चाय को ताजा प्याला बनाकर दिया। पूछा, "शीला, तुम्हें याद है मेरे घर का पता तुम्हें किसने दिया था?"

"आरती...शबनम : आपकी बेटी! आपके घर में भी तो इस उम्र की बेटी है। आपके यहाँ यह सब नहीं होता?"

"होता है, शीला। यही सब होता है?"

"आप कैसे सहती हैं? आप तो मुझसे भी ज्यादा 'सेंसेटिव' हैं।"

"मेरी एक गुरु है, शीला नाम की। उसने मुझे सिखाया कि यह सब जीवन है।"

"मैंने तब वह बात कितने सहज ढंग से कह दी थी, दीदी। मैं जानती हूँ कि एक उम्र में हम भी कुछ किताबों के हिस्से बार-बार पढ़ते थे, कॉलेज में इधर-उधर पेड़ों के नीचे लेटे बेमतलब की बातें करते थे, पर दीदी, हम 'रीयल' थे, वे बातें 'रीयल' नहीं थी। अब लगता है ये बच्चे 'रीयल' नहीं रहे, वे बातें अधिक 'रीयल' हुई जा रही हैं..."

"शीला, थोड़ा हौंसला, सब्र रखो। स्वयं को बचाओ, उन्हें जाने दो। बच्चे कुछ ही अरसे में अपने आप मैं लौट आएँगे।"

"सच, दीदी?" उसे विश्वास नहीं हो रहा था। घड़ी की ओर देख वह रोती-सी बोली, "देखो, साढ़े तीन बजते ही, जैसे ही बच्चों के घर लौटने का समय होता है, मुझे बुखार-सा चढ़ने लगता है। काँपने लगती हूँ किसी दुराशा से। बताओ न दीदी, मुझे इतना डर क्यों लगता है..."

चाय की खाली केतली उठा, वह और चाय लेने चली गई।

धर्मयुग, 13 फरवरी 1978

सिनिकल सुबोध

रात-भर बर्फ बंधड़ चलता रहा। सुबह दिन निकलने से पहले ही बर्फ ठेलने के ट्रक सड़कों से बर्फ बटोर किनारों पर जमा कर, रास्ते में रेत की परत बिछा गए, फिसलन कम हो सके, इस निमित्त। सुबोध की कार रात-भर बाहर खुले में खड़ी रह कर जम गई। सुबह चलकर ही नहीं दी। यूनिवर्सिटी तक पैदल आना पड़ा। पैदल तो वह पहले भी आता था पर तब आदत थी। जब से कार आई, आदत बिगड़ गई।

इतनी सर्दी, छुट्टी का दिन। किनारे-किनारे ढेले-सी सख्त बर्फ में टखनों तक धंसकर चलना-बेहद बुरा महसूस हो रहा था। ले-देकर रवि और शनि के दिन देर तक सो पाता है। सो आज परीक्षा देनी होगी-जर्मन भाषा की। जिन दो के साथ वह घर किराए पर लेकर रहता है : राव और सिंह, पड़े सो रहे थे और वह जर्मन के शब्द रट रहा था, 'क्रान्क' बीमार, 'दुम' बुद्धू, 'लीब' प्रेम।

अमरीका में सर्दी की सुबह भी कैसी उदास होती है। जब तक सूर्य नहीं निकलता एक चुप्पी-सी हर ओर छायी रहती है। प्रकृति बेजान और सोई लगती है। पर आज सूर्य निकला था, झलमल सफेदी से ऐसा लग रहा था जैसे बर्फ ने अँगड़ाई ली हो। पातहीन वृक्ष निर्जीव नहीं दीखते थे। यूनिवर्सिटी के पिछवाड़े वृक्षों के नीचे छोटे रास्ते से होता सुबोध बिल्डिंग तक पहुँच गया।

हिन्दी उसकी मातृभाषा है। अंग्रेजी पर उसका अच्छा अधिकार

है थोड़ी उर्दू भी समझता है, पर यह जर्मन बला-सी लगती है। पढ़ती विज्ञान है, उलझ भाषा से रहा है। सुन्न हो रहे हाथों को जेब से निकाल झुककर सुबोध ने पैंट के किनारे से बर्फ झाड़ी और मुँह से हलकी सीटी बजाता वह सीधा हुआ।

बिल्डिंग के सामने वाले 'पार्किंग लॉट' में आज अधिक कारें नहीं थीं। शुक्रवार की शाम को ही अधिकतर लड़के-लड़कियाँ घर चले जाते हैं। सोमवार को लौटते हैं। या रात में देर तक बाहर रह सुबह पड़े सोते हैं। कुल पाँच-छः कारें वहाँ होंगी। और दिन वहाँ कार खड़ी करने की जगह तक नहीं मिलती थी।

उधर की लाल कार में प्रगाढ़ आलिंगन में बँधे दो शरीर सुबोध की आँखों में गड़ गए। साँस भीतर अटक गई। क्षण के सूक्ष्म भाग के लिए एक भूरा सिर जुदा हो दाएँ से बाएँ को ढुलक गया कि अब जुदा नहीं होगा। गर्दन के गिर्द दो गोरी बाँहों का घेरा धूप में दीप्त हो उठा था : दो शरीर...बेचैन आलिंगन...।

सुध आई तो जड़ हो रही सनसनाती टाँगों को जबरन घसीटता सुबोध शीशे का दरवाज़ा ठेल बिल्डिंग में दाखिल हो गया। रुका नहीं। सीढ़ियाँ चढ़ परीक्षा-हाल में आ गया। ओवर-कोट के बटन खोलते उसकी उँगलियाँ थिरकी जाती थीं। खुले में प्यार? सुना तो बहुत था पर देखा आज ही। जब आया था तब दोस्तों ने आते ही लड़कियों की बात की थी। उसने अनसुनी कर दी थी। राव और सिंह उसे छेड़ते थकते नहीं थे। कल रात तो सिंह अपनी लिजि को लेकर 'लवरजलेन' गया था। बहुत रात गए लौटा था और आकर बताता रहा था, "'लवरजलेन' में बिजली के खम्बे तक नहीं हैं। केवल घुप अन्धकार, कारें और प्रेमी युगल। कार स्टार्ट करते समय भी कोई हेड लाइट ऑन नहीं करता।"

कल तो सुबोध ने दरवाज़ा बन्द कर लिया था, झुंझला गया था। आज कैसे एक-एक शब्द याद आ रहा है। क्यों? सुबोध की आँखों में भीगा कोहरा भर गया। कमरे में सबसे पिछली सीट पर थका-सा वह खिड़की के निकट बैठ गया। माथे से जर्मन के सब शब्द विलीन हो गए थे, रह गए सबसे बेखबर दो के अस्तित्व को एक करते, आलिंगन में जकड़े-दो शरीर।

"नीचे लिखी कविता जर्मन के प्रसिद्ध कवि गेटे की है। इसका सरल अंग्रेजी में अनुवाद.. ।" सुबोध का मन भटकता रहा। शब्द निगाहों में तैरने लगे जल की सतह पर टूटते-जुड़ते प्रतिबिम्ब से कितने ही दिन...साल...फिसल गए। हवा में दिल्ली की, मार्च की अलमस्त शाम भर गई। सिगरेट की गन्ध से महकते कमरे में हिन्दू कॉलेज का लॉन, उसके बाहर किंग्सवे कैम्प तक जाती कोलतार की सड़क मौरिस नगर. .पटेल चेस्ट...विजय नगर...उभरते चले गए।

इक्कीस नम्बर बस और उससे उतरती शोभा३शोभा रावत। सिल्क की फालसई साड़ी...स्कूटर की फटफट...शोभा की उँगलियों का स्पर्श कमर के आस-पास और सिविल लाइन३शाम के साए से श्यामल शालीमार। सन् साठ-इकसठ का वह शालीमार। सुबोध अभी अमरीका आने से पहले शालीमार देखने गया था। शालीमार वह रहा नहीं है। सब उजड़ गया है। न बीच में फव्वारे और पानी की नन्ही नहर है, न ऊँचे किनारों पर उगे रंग-रंग के फूल। और तो और आशियाने का छप्पर तक उड़ गया है। केवल ईंटों के फूटे स्तूप अभी खड़े हैं।

सुबोध हँस दिया था, 'ठीक ही तो है दोस्त? तू भी मुझ-सा हो गया है।' बेंचें उठा दी गई हैं : कुन्ज-कुन्ज सूना! वीरान! पर उस शाम शालीमार दूल्हा-सा था। बीसियों मालियों के यत्न से सँवारी गई घास...बेशुमार हर नस्ल के फूल...दुलराते से हवा में झूमते वृक्ष और बगीचे में घूमते कितने ही जोड़े, खेलते बच्चे, इधर-उधर बिखरे स्त्री-पुरुष। मदिरा-सी वह शाम स्नायुओं में उलट गई थी। सूर्य डूबे

आकाश में सिन्दूर बिखरा था। शोभा का सामीप्य था। कितनी प्रतीक्षा के : कितनी कल्पना के बाद।

आशियाना के पीछे उसने स्कूटर टिका वहीं के छोटे गेट से पार्क में प्रवेश किया था...क्यारियों की ओट वे बैठे थे। कितनी बातें की थीं उस दिन बेसिर पैर की, एक भी बात अब याद नहीं। याद है, शरीर में रह-रह कर उठती लहर और शोभा के चेहरे पर डोलते रंग। एक फूल उसने तोड़ लिया था और शोभा ने इंगित किया था, बालों में लगा दो। साथ ही घुटनों पर सिर टिका वह इस तरह उसकी ओर झुक आई थी कि चुपके-चुपके से फूल वह लगा पाए। आज तक उँगली में जूड़े की किसी उभरी पिन की ठोस चुभन बाकी है! चाहा था कि सारी पिने निकाल फेंके और काले लम्बे बाल पीठ पर लहराने दे। साल-भर से वह एक-दूसरे के निकट दूर-दूर से आते रहे थे। प्रयोगशाला में परीक्षण के समय नियमपूर्वक पत्रों का विनिमय करते रहे थे। शोभा बड़े प्यारे पत्र लिखती थी, बहुत ही भाव-भीने और जाने कहाँ-कहाँ से खोज कर उनमें गीतों की पंक्तियाँ लिखती थी। पत्र, पढ़ता वह थकता नहीं था, पढ़ कर सुलग उठता था। साल-भर के संचित सब उन्माद उस शाम एक साथ शरीर में व्याप गए थे। मार्च का महीना, वर्ष का अन्त। अगले सप्ताह परीक्षा और फिर ग्रीष्मावकाश : फिर लम्बी प्रतीक्षा : बीच में केवल यह शाम...शाम के कुछ थोड़े-से क्षण।

एक घण्टा बीतते पता भी नहीं लगा और अँधेरे ने उन्हें लपेटना आरम्भ कर दिया, साथ ही कुछ आवारा लड़कों ने मँडराना और दूर-दूर से आवाजें कसना। शोभा कुछ विवर्ण हो चुकी थी। हँसने के प्रयत्न में बोली थी, 'बड़ी गलती हो गई। मुझे ढेर-सी लिपस्टिक लगा और कानों में बड़े-बड़े बुन्दे लटका कर आना चाहिए था ताकि लोग हमें पति...पत्नी...।' वह कह नहीं पाई थी। लरज गई थी। सुबोध ने उँगलियों में जकड़ी उसकी उँगलियाँ चटका दी थीं। और कान के पास मुँह लाकर बहुत भीगी बात कही थी।

शोभा! मेजर पिता के कड़े अनुशासन में पल रही लड़की, शोभा जो हिन्दू कॉलेज में इसलिए प्रवेश पा सकी कि इन्द्रप्रस्थ में प्रीमेडिकल नहीं था। कार में वह आती, कार उसे ले जाती। साथ ही, मेजर की तीक्ष्ण दृष्टि उसके हर व्यवहार को आर-पार देखती रहती। सहमी-सी शोभा उस शाम कितने साहस से आ पाई थी। कालेज में विदाई समारोह था। प्रोग्राम रात नौ बजे तक चलने को था। सुबोध! सुबोध के साथ कुछ देर अकेले। धीरे-से बोली, "गाड़ी नौ बजे आ जाएगी।"

"अभी तो साढ़े आठ बजे हैं, शुभी। स्कूटर पर पाँच मिनट में पहुँचेंगे।"

रक्त की रक्त को पुकार। समाज की परिधि की कँटीली तारें बहुत पास घिर गई थीं, और भी दमघोट गई थीं। केवल एक बार सुबोध शोभा को बाँहों में भर लेना चाहता था। एक बार, शोभा सुबोध की बाँहों में बँध कर देखना चाहती थी।

"प्लीज़, अब चलो सुबोध।"

"हाँ...ओ...चल रहे हैं।" रूखा हो गया था वह, अपनी अपूर्ण इच्छा-सा ही तीखा। चलते-चलते शोभा आशियाना के ठीक सामने रुक गई थी। रात के अन्धेरे में उसकी बड़ी-बड़ी विस्मित आँखें सितारों-सी जगमगा उठी थीं।

"सुबोध, यू लव मी? डोंट यू?"

एक सिसकी ले सुबोध ने दीवार से सट उसे आशियाना के साए में खींच लिया था। एक क्षण, शायद उससे भी कम, दो शरीर टकरा कर अलग हो गए : होंठ छुए-भर ही-चुम्बन की परिधि से लौट आए, सुबोध का पहला और तब से अब तक आख़िरी वह चुराया-सा संक्षिप्त चुम्बन चारों ओर से घिरे-घुटे शरीर का मूक आर्त-उन्माद। सारा क्रोध स्कूटर पर उतारते उसने स्कूटर स्टार्ट किया और शोभा ने आगे हाथ बढ़ा उसकी कमर को घेर लिया। फटफट में डूब गए दो शब्द : सुबोध

डार्लिंग! सड़क मुड़ी, हिन्दू कॉलेज आ गया।

ग्रीष्म की छुट्टियाँ और रोशनआरा के चक्कर। शोभा की उड़ती-सी झलक। मम्मी, भाई-बहिनों से घिरी शोभा की दुलार-भरी छटपटाई-सी मुसकराहट। न पत्र की सुविधा, न बातचीत का अवसर। हिन्दी पिक्चरें अर्थ का अपव्यय लगती। वही घिसी-पिटी, रोती-धोती कहानियाँ। अंग्रेजी फिल्में सह नहीं पाता। प्रेम के दृश्य देख भड़क आता, ईर्ष्या से, क्रोध से। अन्याय क्यों? हमीं पर यह अत्याचार क्यों? वे भी तो हम-से ही इन्सान हैं? उन्हें छूट क्यों? कुछ अच्छा नहीं लगता।

मसूरी गया, हवा-घर में बैठा कल्पना के सहारे जीने का यत्न करता, शरीर जब पुकार कर स्पर्श माँगता तब कल्पना फीकी लगती। शोभा के पत्र पढ़ता, उसके लिखे शेर गुनगुनाता और मोड़ पर मुड़ती हर लड़की को देख चौंक जाता, कहीं शोभा तो नहीं।

तीन सप्ताह में ही लौट आया। पहाड़ी सुबह और पहाड़ी शाम, लिली के फूल, हवा में उड़ते बादल और दोपहर को सन्नाटा, पहाड़ों -सा बोझिल हो उस पर ठहर गया था। स्केटिंग रिंग में किसी एंग्लो-इंडियन जोड़े को सटकर थिरकते देखता, तो शोभा, शोभा चिल्ला उठना चाहता। दिल्ली ही चला आया था वह। दिल्ली में कुछ और न सही कुछ दोस्त तो थे, शोभा की झलक भी। सीमा पर सरगर्मी बढ़ गई थी। चीन से युद्ध की आशंका तीव्रतर हो उठी। दिल्ली भी बदल गई। होटल रेस्टोरेंट में मिलने वाले सब जिन्दादिल दोस्त जो दो-दो तीन-तीन साल से डिग्री ले बेकार घूमते सेल्समैन की नौकरी ढूँढ़ते फिर रहे थे, एमरजेंसी कमीशन में चले गए। देशप्रेम के लिए नहीं, कुछ करने को, कुछ कमा पाने को। कॉलेज खुले। शोभा नहीं लौटी। उसके पीछे जैसे कोई उसकी जिन्दगी चुरा ले गया था। छोड़ गया था, रीतापन।

मेजर के बंगले के चक्कर लगाए। मालूम हुआ, सब मुंबई गए

हैं। ढाढ़स हुआ, लौटेंगे। लौटे तो, पर कैसा वह लौटना हुआ। शोभा की जगह पेंसिल से घसीटी उसकी चिट्ठी मिली कि मेजर मोर्चे पर जाने से पहले सब को मुंबई ले जाकर एक मित्र के लड़के से शोभा का ब्याह तीन दिन के भीतर कर आए। शोभा क्या करती? क्या कहती? कैसे कहती? पापा शूट कर डालते। वैसे भी तो सुबोध अभी फाइनल में ही है? सुबोध उसे क्षमा कर दे, सुबोध को वह याद रखेगी सदा।

शालीमार के सामने एक मित्र के घर उत्सव हुआ। सुबोध नहीं गया। माडल टाउन में एक चाची असमय मर गई, सुबोध नहीं गया। किसी की प्रतीक्षा न हो, कल से आशा न हो तो समय काटना कठिन नहीं, अपने आप कटता जाता है। अखबार में पढ़ा, मेजर रावत खेत रहे। बहुत लोग शोक प्रदर्शन को गए। क्या सोच वह भी चला गया था, मन में कसक थी! वक्त-बेवक्त क्या कषाय रखनी। दूर से ही दिख गई थी शोभा, देखकर पहचानी नहीं जाती थी, फूल कर खूब मोटी, दोहरी हो गई थी। वह गुलाबी फूल-सा रंग, तांबे-सा लाल हो रहा था। पास खड़े सम्पन्न से दिखने वाले पति से आँसू पोंछने को बार-बार रूमाल माँग रही थी। मन बिगड़ गया। उलटे पैर लौट आया। समय और अधिकार से पहले जो इच्छा सुगबुगाई थी, वह एक विरक्ति, एक वितृष्णा छोड़ती गई। दोस्त लोगों ने नाम रख दिया 'सिनिकल सुबोध'।

और आज इतने दिन बाद जब उसे विश्वास हो चला था कि भूल गया है : आज फिर क्यों? दर्द क्या कभी नहीं जाता? जरा सी चुभन, और उभर आता है?

परीक्षा-पत्र के पृष्ठों पर बैठे-बैठे सुबोध ने ढेरों आड़े-तिरछे रेखा चित्र बना डाले थे। जर्मन की परीक्षा अब अगले सेमेस्टर में ही देगा वह।

नई कहानियाँ, जुलाई 1966

इतने बरसों बाद

उसकी नई-नई नौकरी लगी थी। जितना डर उसे पहली क्लास पढ़ाने में लगा उतनी ही खुशी अपना ऑफिस देख कर हुई। हालांकि उस ऑफिस में एक अन्य प्रोफेसर का डेस्क इत्यादि भी था जिसका पुराना और विर्विरोध आधिपत्य शायद उसके हिस्से में पड़ने वाले कमरे के कोने के महत्त्व को अन्य की दृष्टि में कुछ कम कर देता, पर उसके लिए उस कोने, डेस्क, बुकशेल्फ का क्या महत्त्व था, इसे वही समझ सकते हैं जो बहुत लगन से किसी वस्तु को चाहें और उसे तनिक-सी आशा न होने पर भी प्राप्त कर लें। संक्षेप में एक जागता स्वप्न-सा उसे अपना ऑफिस महसूस होता था। वह चाहती थी जल्दी-से-जल्दी उसका व्यक्तित्व उसके ऑफिस से ऐसा घुल-मिल जाए कि जब सुबह वह दरवाजा खोले तो कमरे की गरमाई उसे गले लगती-सी प्रतीत हो। शायद इसीलिए मेज पर बहुत छोटे दवातनुमा ठिगने से फूलदान में उसने एक फूल सजाना शुरू कर दिया। वे पतझड़ के दिन थे। गुलदावरी ताजी फूली हुई थी। घर से लाया फूल अगले दिन एकदम खिला मिलता।

मेज, कुर्सी के अलावा अपने ऑफिस में सबसे खूबसूरत उसे लगती थी पुराने स्टाइल की धनुषाकार खिड़की, जिसमें से धूप सदा झुकी झुकी-सी आती थी। ज्यों पूछकर आहिस्ते से आई हो, न कि अक्खड़ नौकर-सी। और खिड़की के नीचे थी झील, जिसमें कॉलेज की सीढ़ियाँ उतरती थीं। झील में तैरती कॉलेज की दो-तीन छोटी सेलबोट और एक बड़ा

याच। झील के दूसरे किनारे के सघन वृक्षों में मेपल वृक्ष कभी लाल कभी सुनहरे रंग बदलते रहते।

वह अक्सर ऑफिस में अपने को अकेला ही पाती। सुबह साढ़े आठ की क्लास लेने के बाद उसकी अगली क्लास ग्यारह बजे होती। बीच में वह लगभग सवा घण्टा खाली थी। उस खाली समय में चाय की बेहद आवश्यकता महसूस होती, क्योंकि कॉलेज घर से 35 मील दूर था। सुबह-सुबह इतनी गाड़ी चलाने और पढ़ाने के बाद अगला लेक्चर लेने से पहले गले में खुश्की मालूम होती। देखा कि कमरे के एक कोने में कॉफी का बर्तन है, कुछ बिना धुले-प्याले भी रखे हैं। लगता था बहुत अर्से से किसी ने वहाँ कॉफी नहीं बनाई। घर से वह अगले दिन कॉफी का डिब्बा, चीनी, मिल्क पाउडर वगैरह सब चीजें ले आई। अपने हाथ की कॉफी की बात ही और है। क्लास के लिए चलने लगी तो ख्याल आया कि पानी तो इतना गरम है जार्ज के लिए भी एक प्याला बनाकर रखती जाए। जार्ज सीनियर प्रोफेसर थे जो उस कमरे में बहुत सालों से थे। लम्बे इकहरे शरीर के व्यक्ति। सिर पर बहुत थोड़े बाल, और बालों में आ चली सफेदी। एक-आध बार उनसे काम-काज के विषय में तथा औपचारिक बातें हो चुकी थीं। अधिक चर्चा नहीं चल पाती क्योंकि जब वह फ्री होती थी तब पढ़ाते और जब वह पढ़ाकर आते तब उसकी ग्यारह बजे की क्लास का समय हो जाता। क्लास पढ़ाते ही वह प्रायः घर चली जाती क्योंकि उसका सबसे छोटा बेटा स्कूल नहीं जाता था। 'बेबी सिट्टर' के यहाँ से उसे लेने को वह उतावली रहती।

एक-आध दिन बाद की बात होगी, वह कमरे से निकल रही थी, जार्ज पढ़ा कर आ गए। हवा में फैली कॉफी की सुगन्ध को लम्बे साँस में भर कर प्रसन्न हुए, बोले, "देखता हूँ मेरा प्याला भी तैयार है।"

"यह तो नहीं मालूम था कि आप चीनी-दूध भी लेते हैं या सिर्फ ब्लैक कॉफी, फिर भी बना देती हूँ...।" उसे समझ नहीं आया कि और क्या कहे? जार्ज लम्बे-लम्बे डग भरते अपनी मेज के प्याले तक पहुँचकर बोले, "ब्लैक ही पीता हूँ। अच्छा है तुम इस कमरे में हो। तुम्हारे आने से कमरा साफ रहने लगा है।" धूप की एक किरण जार्ज के मुँह पर उस समय पड़ रही थी। उनकी अक्सर हरी जैतून के रंग की आँखें सहसा रंग बदल कर गहरी बादामी लगने लगी थीं।

अक्तूबर के अंत में उसके लिए घर से दीवाली के उपलक्ष्य में कई नई साड़ियाँ आईं। उसमें उसकी मनपसन्द काली साड़ी भी थी जिस पर चौड़ा लाल बार्डर था। क्लास पढ़ाकर वह आई और आफिस का दरवाज़ा ठेलकर चौखट पार करने लगी ही थी, कि सुना, "बस एक मिनट खड़ी रहो। देखें तो कैसी लग रही हो। हिलना नहीं, हाँ।" उसे हँसी आई, कुछ सकुचा कर अपनी मेज से टिक कर खड़ी हुई। आदेश देने वाले बॉब थे, जो अक्सर पहले भी उसकी साड़ियों पर, पहनावे पर कई काम्पलीमेण्ट दे चुके थे।

"बहुत खुश हैं आज?"

"इस लिबास में तुम्हें देख कर खुश न हों? आखिर तो इटालियन खून है मेरा। दो पुश्त से अमरीका में रह रहे हैं तो क्या," उसे लगा कि बॉब की पत्नी ने कुछ तीखा-सा उसकी ओर देखा, ऐसा तीखापन जो मुस्कराहट के पर्दे में भी छुपता नहीं। वह अपने लिए कॉफी ढालने लगी। बॉब और उनकी पत्नी भी वहीं पढ़ाते थे। गैलरी के दूसरे छोर पर उनका ऑफिस था। जार्ज से मिलने आते रहते थे। कॉफी प्याले में डाल उसने सबकी ओर देखा।

बॉब से बोली, "सुनिए, आप से परीक्षा-पत्र के विषय में पूछना था। डीन कह रहे थे आप भी वही पढ़ा रहे हैं जो मैं और मुझे गाइड कर देंगे...?"

बॉब और वह कुछ देर बातें करते रहे। फिर बॉब अगले दिन आया। पुराने परीक्षा-पत्र लाया, कुछ अन्य साइक्लोस्टाइल्ड पर्चे इत्यादि भी। उसकी पत्नी उस दिन छुट्टी पर थी। काफी देर बैठे रहे। फिर बोले कि जेम्स जायस ने लिखा है पूर्वी देशों की महिलाएँ बेहद 'एक्जाटिक' होती हैं। अब देख रहा हूँ कि ठीक लिखता है वह। जार्ज, तुम हमसे कमरा क्यों नहीं बदल लेते?

बॉब के जाने के काफ़ी समय बाद उसने जार्ज की तरफ देखा, उसे देखना पड़ा, क्योंकि वह गम्भीर होकर उसी ओर देख रहे थे। बोले, "बॉब की बातों का बुरा न मानना। उसकी यह सब कहने की आदत है।" जार्ज का अपने प्रति 'कंसर्न' उसे बहुत अच्छा लगा।

नवम्बर में उनके टाइम टेबल में परिवर्तन हो गया। जार्ज भी उसी फ्री टाइम में फ्री रहने लगे। साहित्य पर काफी दिलचस्प वार्ता चलने लगी। सिलविया पलाथ ने हाल में ही आत्महत्या की थी। मृत्यु से पूर्व की उसकी दो कविताएँ उसे बेहद पसन्द थीं। जा़र्ज ने एक बार टोका, "देखता हूँ सिलविया पलाथ को बहुत पढ़ती हो। वहाँ प्रतिभा होते हुए भी पागलपन को इतना अंगीकार कर लिया गया है कि मृत्यु और जीवन में असन्तुलन हो गया है। तुम पढ़ो हरमन हैसे का 'सिद्धार्थ'। और जीवन के प्रति जो संकल्प उनमें है, उससे इस अँधेरे की तुलना करो जिसे सिलविया ने छाना है...।"

दिसम्बर के अन्त में बड़े दिन की छुट्टियाँ प्रारम्भ होने से पहले बॉब उसे और जार्ज को लंच के लिए झील पर बने एक बेहद खूबसूरत रेस्टोरेंट में ले गया, जहाँ बत्तखें किनारे-किनारे तेजी से तैर रही थीं। बर्फीले पानी में तेजी से घूमती बत्तखों को देख उसे सालिंजर का ख्याल आया, वार्ता चली जीवन को हर क्षण स्वीकार करते चलने पर। जार्ज बहुत कुछ चुप थे। उसने उन्हें एक-आध बार अपनी ओर देखते पाया।

बॉब कुछ ज़्यादा पीकर अधिक मुखर हो गया था। जैसे स्पन्दन सिर्फ अनुभव होते हैं व्यक्त नहीं किए जा सकते, वैसी ही कुछ थी वह दोपहर।

लौटते समय गाड़ी वही चला रही थी, बॉब को उसने कॉलेज छोड़ दिया। जार्ज बोले, "घर जाने की जल्दी तो नहीं?"

गाड़ी जार्ज ने ली, और दोनों एक स्टेट पार्क में गाड़ी पार्क कर कुछ देर वहाँ के सन्नाटे को सुनते रहे। जार्ज बोले, "तुम्हें डर तो नहीं लग रहा है?"

वह हँस पड़ी, "क्यों?"

"बड़ी अजीब लड़की हो।" कुछ रुक कर, "समझती तो हो कि तुम मुझे बहुत अच्छी लगने लगी हो। खास कर आज इस सफेद साड़ी में बहुत ही भली दिखती हो।"

जार्ज ने उसका पल्ला हाथ में ले सफेद साड़ी पर कड़े कत्थई और 'हरे रंग के' रेशम के फूलों पर उँगली चलाई। "सच में ही मुझसे डर नहीं लग रहा?"

"जहाँ घृणा या जोर-जबरदस्ती की बात न हो, वहाँ डर स्वयं से होता है। दूसरे से नहीं।" वह बोली।

"तुम अमरीकी स्टैंडर्ड से एक छोटी, नाज़ुक-सी लड़की हो, इतना बल तुममें कहाँ से रहता है। कभी कमजोर होती नहीं दिखती। इतने दिनों से मेरा इतना ख़्याल करती आ रही हो, सोचता हूँ किस प्रतिकार की इच्छा से?"

"यह तो अमरीकी सोचने का तरीका है न। अपने यहाँ संबंधों के बहुत से रंग ही नहीं शेड भी होते हैं, या कहिए अनाम रिश्ते। सो आपकी तरह न हम 'गिल्ट' की भावना से ग्रस्त होते हैं, न डर पनपता है।"

जार्ज देर तक सोचते रहे। फिर एकाएक बहुत ही प्रसन्न हो गए। एकदम जैसे छोटा बच्चा किसी रहस्य को सुलझाकर विभोर हो जाता है। कार के शीशे पर बर्फ की बारीक चादर बिछ गई थी। बोले, "चलो, तुम्हारी कार में तो स्नो टायर भी नहीं और तुम्हें दूर जाना है।"

उसने जार्ज को कालेज उतारा, घर पहुँचने तक बर्फ का अंधड़ चलने लगा। सुबह उसकी छुट्टी थी। रात-रात में कई फुट बर्फ सड़कों पर जमा हो गई थी। दस बजे के आस-पास जार्ज का फोन आया, "मैंने ऐन को बताया है कि हम कल स्टेट पार्क गए थे और तुमसे काफी बातें हुईं। मैंने उसे कह दिया है कि मुझे तुम बहुत अच्छी लगती हो।" झल्लाहट-भरे विस्मय से वह स्तब्ध रह गई। क्या सोचेगी ऐन, उसकी पत्नी। एक पार्टी में उससे मुलाकात हुई थी। अच्छा कलात्मक व्यक्तित्व था ऐन का। पर पता नहीं क्यों फिर भी एक रोचक उपन्यास के 'एपीलॉग'-सी वह लगी थी उसको? उसे चुप पा बोले, "वह बहुत खुश हुई सुनकर, तुम्हें वह फोन करेगी।"

ऐन का फोन आयो। निमन्त्रण भी। इनफार्मल से डिनर के बाद वे सब बच्चों को लेकर उनके घर के पास पहाड़ी पर 'टोबागन' में फिसलने गए। जार्ज अपने और उसके कुल मिला कर छः बच्चों को बारी-बारी से टोबागन में फिसलाने लगे। इस बीच ऐनक पर चढ़ी बर्फ पोंछती ऐन उसके पास सरक कर खड़ी हुई, बोली "सुनो, मैं तुम्हारी बहुत ही आभारी हूँ, जार्ज को इतना प्रसन्न और खुला-खुला बहुत अर्से में देखा है।"

सुनकर अच्छा भी लगा और कुछ अटपटा भी। उसके बाद वे लोग उसके घर आए कई बार। बॉब के यहाँ भी पार्टी में उनसे मिलना हुआ। हर बार उसे यही लगा कि ऐन और जार्ज कुछ खुलते नहीं। पार्टी के दौरान जार्ज अक्सर उसके निकट आकर बैठ जाते और दोनों

फिर किसी प्रिय लेखक के जीवन-दर्शन पर विवाद करने लगते। जार्ज के इस व्यवहार में कुछ अटपटा भी हो सकता है, यह वह दूसरी सभ्यता में पली होने के कारण, उस समय लक्ष्य नहीं कर सकी।

मार्च महीने में उसके घरेलू वातावरण में कई परिवर्तन हुए। उसके पति को एक दूर शहर से बहुत अच्छी नौकरी की आफर आई थी। बहुत बर्ष बाद!

"आप भी अजीब हैं।" हैरान-सी वह बोली।

"नहीं, नहीं टालो नहीं, तुम दे सकती हो, बोलो दे सकोगी!" और उन्मत्त से ही वह लौट गए।

वह सामान्यता शायद जार्ज के इस कथन पर अधिक विचलित होती, पर घर की उलझनें उन दिनों बहुत थीं। बच्चों के साथ अकेले रहना पड़ेगा यह ख्याल उसे रुच नहीं रहा था। पर फिलहाल दो-तीन महीने से पहले जाने का सुभीता भी नहीं था। पति के जाने से एक रात पहले उसने बॉब और जार्ज को सपत्नी खाने पर बुलाया। उस रात बॉब उसके 'अस्थायी वैधव्य' को लेकर छेड़छाड़ करते रहे और हँसी-मज़ाक में उसने यह भी नहीं देखा कि ऐन उस शाम बिलकुल गुमसुम थी। अगले दिन एयर पोर्ट से वापस आ वह लेटी थी कि ऐन का फोन आया। फोन पर ऐन का स्वर बेहद त्रस्त मालूम होता था। बोली, "जार्ज ने मुझसे कह दिया है कि वह तुमसे प्यार करता है३।" धीरे-धीरे उसकी आवाज में रोष और अपमान की पीड़ा भरने लगी। बोली, "मैं जानती हूँ तुम्हारा पति तुम्हें छोड़कर चला गया है। और तुम भी शायद नए पति की तलाश में हो...।" और वह काफी देर प्रलाप करती रही, कभी बुरा-भला कहने लगती। कभी अनुनय करने लगती। ऐन पर उस समय उसे न दया आई ने गुस्सा। उसे हैरानी जार्ज पर थी जिसने बिना कभी उससे कुछ कहे, उसका मन जाने इतना सब ऐन से कही। उस समय वह इतनी क्षुब्ध हो गई कि अपनी सफाई

देने की जरूरत भी उसे महसूस नहीं हुई। और गुस्से वश ही उसने ऑफिस जाना छोड़ दिया। घर से क्लास और क्लास से सीधी घर। घर का काम-काज समाप्त कर वह अपने को बेहद अकेला पाती। टेजीविजन देखने से भी अनिच्छा हो गई थी। बच्चों के सो जाने के बाद सुनसान घर में बहुत-सी बातें उसके मन में उठतीं। देश की बेहद याद आती, माँ की याद, अपनों की याद आती ऐन ने जो बुरा-भला कहा था वह उसे कचोटता रहता।

एक अमरीकी मित्र से उसने बातचीत की। उन्होंने बात हँसी में टाल दी कि नौकरी के जगत में महिला जो भी आकर्षक होगी वह पुरुष की आसक्ति और नारी के अविश्वास को पात्र सदा रहेगी। इसमें क्षुब्ध होने की तो खास बात नहीं। सुन कर उसके मन को संतोष नहीं हुआ। तो क्या नारी केवल शरीर है? ममता, प्रेरणा, दया, शक्ति, उदारता कुछ भी नहीं? सिर्फ शरीर से आँकी जाए, नारी ऐसी बेबस किस सबब हो जाती है?

कॉलेज की नौकरी का अन्तिम दिन था। ऑफिस में कुछ पुस्तकें पड़ी थीं, वह उन्हें लेने गई। कमरे की चाबी जो उसके पास थी उसे भी डीन को वापस करना था। जाते ही कुछ लड़के-लड़कियों ने उसे घेर लिया। उन्हें तभी मालूम हुआ था कि वह अगले साल वहाँ नहीं पढ़ाएँगी। वे लोग कहने आए थे कि उसकी अनुपस्थिति उन्हें खलेगी। हो सके तो वह न जाए। उनकी वाणी में विनय था और उसे लगा था कि एक अच्छे शिक्षक की परीक्षा में वह उत्तीर्ण हो गई है।

जार्ज भी कमरे में थे, जैसे उसी की प्रतीक्षा में बैठे हों। विद्यार्थियों की भीड़ छँट जाने पर वह एक-दो क्षण खड़ी सोचती रही कि चली जाऊँ क्या? बिना बोले? एकाएक वह लम्बा-सा डग भर उसकी मेज पर आ टिके, "सुनो मैं तुम्हें बताना चाहता था कि ऐन मुझे तलाक़

दे रही थी इस साल। उसका कई वर्ष से एक कवि से प्रेम है। वह कवि विवाहित है और ऐन का प्रेम लौटाने में असमर्थ। फिर भी वह मुझसे दूर होती चली जा रही थी। और उसने कह दिया था कि कॉलेज बन्द होते ही मैं यूरोप चला जाऊँ ताकि वह बच्चों को लेकर कहीं चली जाए। बच्चों के बिना मेरा जीवन अँधेरे में डूब जाता। पर... अब वह नहीं जाएगी मुझे छोड़ कर। बोलोगी नहीं कुछ भी...?"

वह नहीं ही बोल पाई। बस तनिक-सा उनकी ओर देख चलती चली आई। उसे देखने में जार्ज ने बधाई पाई कि प्रताड़ना, कहना कठिन होगा।

पर इतने वर्षों के बाद वह सोचती है कि जार्ज ने मित्रता का ढोंग या नाटक किया, इस संशय ने भले ही उस समय उसे तिलमिला दिया था, और यद्यपि उसका मन कहना चाहता था कि अच्छा हुआ हमारी मित्रता सार्थक हुई, जार्ज, तुम्हारी गृहस्थी टूटी नहीं। फिर भी कहीं एक अक्षमा जार्ज के प्रति भीतर से उसे तोड़ती। पर अब प्रताड़ना और बधाई के वृत्त से ऊपर, एक अन्य ही बात उसके मन में आती है। वह सोचती है सर्दियों में झील का पानी जम जाने पर एक छोटे-से घेरे में तेजी से तैर कर जीती, जीवित रहने के प्रयत्न में निरन्तर संलग्न बत्तखों से ही नहीं थे क्या जार्ज और जार्ज की हर चेष्टा? और जार्ज ही क्यों क्या हम सब जब-जब बर्फ जम जाती है हमारी अपनी अपनी झील में?

धर्मयुग, 1 अप्रैल, 1973